Alle Rechte, einschließlich das des vollständigen oder
auszugsweisen Nachdrucks in jeglicher Form, sind vorbehalten.

Der Preis dieses Bandes versteht sich einschließlich
der gesetzlichen Mehrwertsteuer.

Umwelthinweis:
Dieses Buch wurde auf chlor- und säurefreiem Papier gedruckt.

Das verhängnisvolle Rendezvous
Hohe Flammen schlagen der erfolgreichen Unternehmerin Natalie Fletcher entgegen, als sie zum Lagerhaus ihrer Firma kommt. War es Brandstiftung? Natürlich will Natalie, dass der Täter gefasst wird, aber dennoch empört sie das Verhalten des ermittelnden Inspektors Ryan Piasecki maßlos! Dieser attraktive Mann, der ihr bereits am Tatort aufgefallen ist, macht keinen Hehl daraus, dass er sie zum Kreis der Verdächtigen zählt. Trotzdem flirtet er geradezu provokant mit ihr und krönt sein Verhalten mit einem heißen Kuss. Hat er denn überhaupt keine Angst, sich die Finger zu verbrennen?

Nora Roberts

Nachtgeflüster 4
Das verhängnisvolle Rendezvous
Roman

Aus dem Amerikanischen von
Emma Luxx

MIRA® TASCHENBUCH
Band 25153
1. Auflage: Oktober 2005

MIRA® TASCHENBÜCHER
erscheinen in der Cora Verlag GmbH & Co. KG,
Axel-Springer-Platz 1, 20350 Hamburg
Deutsche Taschenbucherstausgabe

Titel der nordamerikanischen Originalausgabe:
Night Smoke
Copyright © 1994 by Nora Roberts
erschienen bei: Silhouette Books, Toronto
Published by arrangement with
Harlequin Enterprises II B.V., Amsterdam

Konzeption/Reihengestaltung: fredeboldpartner.network, Köln
Umschlaggestaltung: pecher und soiron, Köln
Redaktion: Sarah Sporer
Titelabbildung: Corbis Images, Düsseldorf
Illustrationen: Sándor Rózsa, Köln
Autorenfoto: © by Harlequin Enterprise S.A., Schweiz
Satz: Buch-Werkstatt GmbH, Bad Aibling
Druck und Bindearbeiten: Ebner & Spiegel, Ulm
Printed in Germany
ISBN 3-89941-192-7

www.mira-taschenbuch.de

PROLOG

Feuer. Es reinigt. Und es zerstört. Seine Hitze kann Leben retten. Oder vernichten. Sich die Kraft des Feuers zunutze zu machen war eine der großartigsten Entdeckungen der Menschheit. Doch zugleich ist das Feuer eine Hauptquelle von Ängsten. Rationalen und irrationalen.

Feuer fasziniert. Mütter müssen ihre Kinder davor warnen, mit dem Feuer zu spielen. Wie aufregend ist doch eine züngelnde Flamme und wie prickelnd und wohltuend die Wärme, die sie ausstrahlt!

Wer liebt es nicht, in gelöster Atmosphäre am Kaminfeuer zu sitzen, während die heißen Flammen gelborangerot emporschlagen und die verglühenden Holzscheite geheimnisvoll knistern? Es ist die Stunde der Romantiker und Träumer.

Wenn am Lagerfeuer die Funken hoch aufsprühen zum sternenbestickten Nachthimmel, rösten sich Kinder mit vor Aufregung roten Wangen ihre Kartoffeln in der heißen Glut und genießen den wohligen Schauer, der ihnen beim Anhören von Gruselgeschichten den Rücken hinabläuft.

In den dunklen Ecken der Stadt kauern obdachlose Menschen an Feuern, dicht zusammengedrängt und mit gesenkten Köpfen. Längst zu müde und zu desillusioniert zum Träumen, wärmen sie sich die halb erfrorenen Hände über den Flammen, die sie aus zusammengesammeltem Müll und alten Zeitungen entfacht haben.

In den großen Städten gibt es viele Brände. Und ebenso viele verschiedene Ursachen dafür.

Ein unachtsam ausgedrückter Zigarettenstummel, der in einer Matratze langsam vor sich hinschwelt, ein defektes Stromkabel, eine Herdplatte, die jemand vergessen hat abzustellen, eine Kerze, die vor dem Schlafengehen nicht ausgelöscht wurde.

All dies kann den Verlust von Eigentum nach sich ziehen und Menschenleben kosten. Es kann ein Leben von einem Moment zum anderen von Grund auf verändern. Oft ist Unachtsamkeit im Spiel, und manchmal ist es ein Unfall. Vielleicht auch das Schicksal.

Doch es gibt noch andere, abwegigere Ursachen.

Endlich in dem Gebäude, holte er kurz und flach ein paar Mal Luft. Es war einfach gewesen, wirklich einfach. Und erregend. Nun hatte er es in der Hand. Er wusste genau, was jetzt zu tun war, und es verursachte ihm den Nervenkitzel, nach dem er ständig so besessen suchte. Er tat es allein. In der Dunkelheit.

Doch es würde nicht mehr lange dunkel sein. Bei dem Gedanken daran begann er zu kichern, während er die Treppe zum zweiten Stock hinaufstieg. Gleich würde es hell werden. Viel heller, als es das Licht von Lampen je ermöglichen könnte.

Zwei Kanister dürften ausreichen. Er schraubte den ersten auf und zog eine Benzinspur über den hölzernen Fußboden und die Wände. In den anderen Räumen tat er dasselbe. Dann riss er Akten aus den Regalen, Berge von Papier, alles, was ihm leicht entflammbar erschien, türmte es auf dem Boden auf zu riesigen Haufen, die er mit Benzin tränkte. Flammen waren hungrig, sie wollten ausreichend gefüttert werden. Er kicherte wieder.

Die Vorfreude auf das, was gleich kommen würde, verursachte ihm ein Kribbeln im Bauch. Seine Fantasie schlug Purzelbäume, wobei seine Erregung wuchs. Doch er war trotz des Aufruhrs in seinem Innern ruhig, und jede seiner Handlungen war wohl überlegt und präzise. Er bewegte sich mit katzenhafter Gewandtheit und war peinlich bemüht, auch das geringste Geräusch zu vermeiden, obgleich er wusste, dass ihm von dem Wachmann keine Gefahr auf Entdeckung drohte. Der hatte erst vor kurzem seine Runde gemacht und saß nun friedlich über einen Stapel Illustrierten gebeugt in einem anderen Teil des Gebäudes.

Dieses Feuer würde brennen und brennen und brennen. Immer heller lodernd, würde es der Benzinspur folgen. Die Fensterscheiben würden zerbersten, weil sie dem Druck der Hitze nicht standhalten konnten. Die Farbe an den Wänden würde Blasen werfen, Metall würde schmelzen, Regale umstürzen, alles, alles würde ein Opfer der gierigen Flammen werden.

Er wünschte sich für einen Moment, er könnte bleiben, hier, mittendrin im Zentrum, wo gleich eine rot glühende Feuerwalze gierig alles verschlingen würde. Er wünschte sich, er könnte bleiben, um mit eigenen Augen die befreiende Gewalt der Flammen erleben zu können.

Mit einem sehnsüchtigen Seufzer riss er ein Streichholz an und warf es auf den benzindurchtränkten Haufen. Ein grelle Stichflamme fuhr zischend empor. Einen kurzen Blick auf das Feuer gönnte er sich noch, bevor er lautlos verschwand.

1. KAPITEL

Verärgert und erschöpft betrat Natalie ihr Penthouse-Apartment. Das Arbeitsessen mit ihren leitenden Angestellten hatte fast bis Mitternacht gedauert. Natürlich hätte sie anschließend gleich nach Hause gehen können. Doch da sie auf dem Heimweg an ihrem Büro vorbeikam, hatte sie einfach nicht widerstehen können, noch mal kurz hineinzuschauen, um einen Blick auf die Werbekampagne zu werfen, die die Eröffnung ihres neuen Geschäfts ankündigte.

Leicht taumelnd vor Müdigkeit betrat sie ihr Schlafzimmer. Wie spät mochte es wohl sein? Ein Blick auf den Wecker verursachte ihr Unbehagen. Himmel, schon zwei Uhr! Jetzt aber nichts wie ab in die Federn! Sie war ja wirklich besessen von ihrer Arbeit. Bereits morgen Früh um acht stand das nächste Meeting mit einigen Führungsleuten aus den drei anderen Niederlassungen an.

Und wenn schon? Alles kein Problem für Natalie. Wer brauchte Schlaf? Sicherlich nicht Natalie Fletcher, die dynamische, zweiunddreißigjährige Generaldirektorin von Fletcher Industries, die voller Elan dabei war, dem Konzern eine weitere gewinnträchtige Einkommensquelle zu erschließen. In Hochform kam sie immer dann, wenn die Herausforderung groß war.

Und dieses Geschäft würde ebenso gut laufen wie alle anderen. Sogar besser noch. Das hatte sich Natalie fest vorgenommen und ihre ganze Kraft und Kreativität in dieses Vorhaben gesteckt. Von Anfang an hatte sie alles selbst in die Hand genommen, *Lady's Choice* musste der Renner werden.

Ihr Baby. Jawohl, dieser neue Zweig des Konzerns, den sie allein geschaffen hatte, war ihr Baby, und sie würde es hegen und pflegen, auch wenn das bedeutete, dass sie noch um zwei Uhr morgens im Büro herumhocken musste! Der Versand lief schon seit einiger Zeit, und das Geschäft würde ebenso laufen.

Ein Blick in den Spiegel sagte ihr jedoch, dass sogar Natalie Fletcher gelegentlich Schlaf brauchte. Ihr Gesicht war blass und schmal vor Erschöpfung. Der Hauch von Rouge, den sie zu Beginn des Abends aufgelegt hatte, war längst dahin. Ihr honigblondes Haar, das sie heute Abend zu einem raffinierten Knoten im Nacken verschlungen hatte, unterstrich ihren eleganten, gepflegten Typ. Doch jetzt lagen dunkle Schatten unter ihren smaragdgrünen Augen, die besagten, dass Natalie im Moment nichts dringender brauchte als Nachtruhe.

Sie war eine Frau, die stolz war auf ihre Arbeit, ihre Energie und ihr Durchhaltevermögen. Jetzt trat sie vom Spiegel zurück und rollte die Schultern, um die Verspannungen im Nacken zu lösen. Haifische schlafen nicht, rief sie sich ins Gedächtnis. Auch Wirtschaftshaie nicht. Doch sie war so hundemüde, dass sie sich am liebsten mit Kleidern hätte aufs Bett fallen lassen, um gleich darauf in einem tiefen Schlaf zu versinken.

Das aber sollte sie besser nicht tun. In Kleidern zu schlafen bringt ja nun wirklich keine Erholung, ermahnte sie sich und schlüpfte aus ihrem Mantel. Organisation und Selbstkontrolle gehörten zu ihrem Wesen; und diese Eigenschaften waren verantwortlich dafür, dass sie auch jetzt noch, mit dieser unsäglichen Müdigkeit in den Knochen, hinüber zum Wandschrank ging, um ihr Samtcape ordentlich auf einen Bügel zu hängen. Da läutete das Telefon.

Nimm nicht ab, befahl sie sich selbst, der Anrufbeantworter ist ja eingeschaltet. Doch im selben Moment hatte sie schon zum Hörer gegriffen.

„Hallo?"

„Miss Fletcher?"

„Ja?" Ihr Smaragdohrring klapperte gegen den Hörer. Sie wollte ihn gerade abziehen, da ließ sie die Panik, die in der Stimme des Anrufers mitschwang, in ihrer Bewegung innehalten.

„Hier ist Jim Banks, Miss Fletcher. Der Dienst habende Wachmann des Lagerhauses. Wir haben hier Probleme."

„Probleme? Ist eingebrochen worden?"

„Es brennt. Heiliger Himmel, Miss Fletcher, das ganze Gebäude steht lichterloh in Flammen!"

„In Flammen?" Ihr stockte der Atem. „Die Lagerhalle brennt? Um Gottes willen! Ist noch jemand drin?"

„Nein, Ma'am, ich war der Einzige, der da war." Seine Stimme überschlug sich. „Ich war unten in der Cafeteria im Westflügel, als ich die Explosion hörte. Es muss eine Bombe gewesen sein oder so was. Keine Ahnung. Ich bin sofort rausgerannt und hab von der Telefonzelle aus die Feuerwehr alarmiert."

Im Hintergrund vernahm sie jetzt Sirenen, dann wurden Befehle gebrüllt. „Sind Sie verletzt?"

„Nein, ich bin grade noch rechtzeitig rausgekommen. Heilige Mutter Gottes, Miss Fletcher, es ist grauenhaft. Einfach grauenhaft."

„Ich bin schon unterwegs."

Eine Viertelstunde später war Natalie da. Schon von weitem sah sie dichte Rauchschwaden am brandrot erleuchteten Nachthimmel emporsteigen. Das Herz klopfte ihr bis zum Hals, während sie am Rand des

Geschehens nach einem Parkplatz Ausschau hielt. Männer mit rußgeschwärzten Gesichtern rannten hin und her und bemühten sich verzweifelt, die rasende Feuersbrunst unter Kontrolle zu bringen. Flammen und Rauch schlugen aus den Fenstern, deren rußgeschwärzte Scheiben längst unter dem Druck der Hitze zerborsten waren. Der Dachstuhl war bereits völlig ausgebrannt und fiel gerade krachend in sich zusammen.

Sie stieg aus und blickte voller Entsetzen auf die gespenstische Szenerie. Obwohl sie in einiger Entfernung stand, wehte die Gluthitze des Feuers zu ihr hinüber und ließ sie den eisigen Februarwind, der an ihren Kleidern zerrte, nicht spüren.

Kein Zweifel. Alles. Alles, was in dem Gebäude gewesen war, war dem Inferno anheim gefallen.

Schwankend zwischen Faszination und Schrecken stand sie wie erstarrt und starrte mit aufgerissenen Augen in die Flammen. „Miss Fletcher?" Sie wandte sich um. Ein Mann mittleren Alters, der eine graue Uniform trug, stand vor ihr.

„Ich bin Jim Banks."

„Oh. Ja." Noch immer wie vor den Kopf geschlagen, griff sie nach der Hand, die sich ihr entgegenstreckte. Sie war eiskalt und zitterte. „Sind Sie in Ordnung? Sind Sie sicher, dass Sie nicht verletzt sind?"

„Ja, Ma'am. Ist das nicht schrecklich?"

Sie schauten eine Zeit lang schweigend zusammen auf das Feuer und beobachteten die Männer, die ihr Letztes gaben. „Was war mit der Alarmanlage? Hat sie nicht funktioniert?"

„Ich hab nichts gehört. Erst als ich die Explosion hörte, bin ich aufmerksam geworden. Ich wollte nach oben rennen, da sah ich das Feuer. O Gott! Es war überall." Er schlug sich die Hand vors Gesicht Nein, diese Angst und Panik, die ihn bei dem schrecklichen Anblick überfallen hatte, wollte er niemals mehr erleben. „Es war einfach überall", wiederholte er tonlos. „Ich bin sofort rausgerannt und hab die Feuerwehr von der Telefonzelle dort hinten alarmiert."

„Sie haben vollkommen richtig gehandelt. Haben Sie eine Ahnung, wer hier der Verantwortliche ist?"

„Nein, Miss Fletcher."

„Na gut. Ich werds rausfinden. Sie sollten jetzt nach Hause gehen, Jim. Ich werde mich um alles Weitere kümmern. Lassen Sie mir nur Ihre Nummer da, für den Fall, dass Sie jemand diese Nacht noch dringend sprechen möchte."

Er nickte langsam und starrte wieder in die Flammen. „Ich kann Ihnen gar nicht sagen, wie Leid mir das tut, Miss Fletcher." Wie hinterhältig und gemein muss jemand sein, um so ein Feuer zu legen?

„Ja. Es ist schrecklich. Rufen Sie mich morgen an, bitte."

„Aber natürlich. Gute Nacht." Damit wandte er sich um und ging zu seinem Wagen.

Natalie blieb stehen, wo sie war, und wartete.

Als Ry am Ort des Geschehens eintraf, hatte sich bereits eine große Menschenmenge versammelt, die fasziniert in die prasselnden Flammen starrte. Jedes Feuer zieht unweigerlich Menschen an, das wusste er aus Erfahrung. Wie ein guter Boxkampf oder ein geschickter Jongleur.

Bald würde es für ihn Zeit sein, an die Arbeit zu gehen.

Er stieg aus, nahm vom Rücksitz einen langen schwarzen Schutzmantel und warf ihn sich über sein kariertes Flanellhemd und die Jeans. Er reichte ihm bis zu den Füßen. Mit den Fingern fuhr er sich durch sein widerspenstiges dunkelbraunes Haar und setzte sich dann einen breitkrempigen grauen Hut auf, den er tief in die Stirn zog. Ry war ein schlanker, breitschultriger Mann mit Augen von der Farbe eines rauchgrauen Winterhimmels.

Nun schüttelte er sich eine Zigarette aus dem Päckchen, das er aus seiner Manteltasche hervorgeholt hatte, klemmte sie sich zwischen die Lippen und steckte sie an. Das Licht der Flamme erleuchtete für Sekunden sein offenes, scharfkantiges, gut geschnittenes Gesicht. Es wirkte ruhig und beherrscht. Dann lief er mit federnden Schritten, denen man das jahrelange sportliche Training und die absolute Körperbeherrschung anmerkte, in Richtung des Geschehens. Obwohl das Feuer noch immer gierig loderte und Holzbalken knackten, um gleich darauf einzustürzen, sagte ihm seine Erfahrung, dass die Feuerwehrleute den Brand weitgehend unter Kontrolle gebracht hatten.

Er versuchte sich einen Überblick zu verschaffen und überflog mit einem kurzen Blick die Szenerie. Ein Mann in seiner Stellung hatte in einer solchen Situation auf alles zu achten. Wind, Wetter, all diese Dinge waren ausschlaggebend für den Verlauf eines Brandes. Nachdem seine Kollegen ihre Arbeit beendet hatten, würde er ausführlich mit ihnen sprechen und versuchen, verschiedene Dinge in Erfahrung zu bringen.

Doch erst einmal musste er sich auf seine eigenen Augen und seine eigene Nase verlassen.

Von der Lagerhalle war offensichtlich nicht mehr viel zu retten. Doch das war auch nicht sein Job. Sein

Job war es, die Ursachen für die Entstehung des Feuers herauszufinden.

Aufmerksam studierte er die Gesichter der Umstehenden. Der Wachmann der Firma hatte den Brand gemeldet, so viel wusste er. Er würde ihn ausführlich befragen müssen. Auf den Zügen der jungen Frau, die ihm am nächsten stand, malte sich Panik, vermischt mit Erregung und Faszination. Das war normal. Er kannte die Reaktionen der Menschen, er hatte sie schon unzählige Male erlebt.

Dann fiel sein Blick auf die blonde Frau.

Sie stand ein wenig abseits von der Menge, allein, und starrte reglos in die Flammen. Der Wind hatte ein paar Strähnen ihres honigblonden Haars, das sie in einem eleganten Knoten im Nacken verschlungen trug, gelöst. Ihre Füße steckten in teuren hochhackigen Schuhen, und um ihre Schultern hatte sie ein raffiniertes Samtcape geworfen. Der Widerschein der Flammen beleuchtete ihr zartes, blasses, apart geschnittenes Gesicht.

Ein Wahnsinnsgesicht, registrierte er automatisch. Blass und vornehm, es ließ ihn an eine Statue denken. Die Augen ... Er konnte die Farbe nicht erkennen, es war zu dunkel. Nicht die Spur von Erregung, grübelte er, während er sie betrachtete. Keine Panik. Kein

Schock. Höchstens Ärger. Entweder war sie eine Frau mit sehr wenigen Emotionen, oder sie hatte sich ausgezeichnet unter Kontrolle.

Ein Rasseweib, entschied er für sich. Und absolut cool. Was tat sie hier, um vier Uhr morgens, weit entfernt von der vornehmen Gegend, in der sie mit Sicherheit zu Hause war?

„Hey, Inspector." Eine Stimme riss ihn aus seinen Gedanken, und er sah Lieutenant Holden mit grimmigem Gesicht durch den Matsch auf sich zustapfen. Er schnorrte eine Zigarette von Ry. „Schreiben Sie's an", knurrte er.

Ry grinste. Typisch Holden. Gleich darauf wurde er wieder ernst. „Sie sehen aus, als wollten Sie gleich jemand den Hals umdrehen."

„Das war mal wieder so ein verdammter Hurensohn, darauf möcht ich wetten." Der Lieutenant schirmte mit der Hand ein Streichholz ab gegen den Wind, riss es an und gab sich Feuer. „Seit fast zwei Stunden voll im Einsatz. Der Anruf kam gegen ein Uhr vierzig. Wir sind sofort mit einem Höllentempo angerückt. Als wir eintrafen, standen der erste und der zweite Stock bereits in Flammen. Nur das Erdgeschoss hatte das Feuer noch nicht erreicht. Doch das ging dann so schnell, dass wir auch nicht mehr viel machen konnten. Ich nehme an, Sie werden den Brandherd im ersten Stock entdecken."

„Glauben Sie?"

„Wir haben auf der Treppe ausgerollte Stoffballen gefunden. Möglicherweise dienten sie dazu, dem Feuer Nahrung zu geben."

„Was ist das hier für ein Laden?"

„Damenunterwäsche."

„Hmmm?"

„Damenunterwäsche", wiederholte Holden grinsend. „Hier ist tonnenweise Damenunterwäsche gelagert. Dessous besser gesagt. Unmengen von Reizwäsche." Er tippte Ry auf die Schulter. „Viel Spaß damit! Hey, Azubi!" rief er dann einem Auszubildenden zu. „Willst du mit dem Schlauch das Feuer löschen oder nur mit ihm spielen?" Im Weggehen brummte er Ry zu: „Dem muss man wirklich ständig auf die Finger sehen."

Aus den Augenwinkeln heraus beobachtete Ry, wie die schöne Blondine etwas unsicher auf hohen Absätzen durch den Matsch auf das Feuerwehrauto, das Holden und ihm am nächsten stand, zustöckelte.

„Können Sie mir schon etwas über den Hergang sagen?", fragte Natalie einen vollkommen erschöpften Feuerwehrmann. „Wann ist der Brand ausgebrochen?"

„Lady, ich bin nur dazu da, das Feuer zu löschen." Damit wandte er sich unwillig ab, aber dann raffte er sich doch noch zu einer weiteren Auskunft auf. „Wenn Sie Ihre Fragen beantwortet haben wollen, wenden Sie sich an den Brand-Inspector." Bei seinen Worten deutete er in Rys Richtung.

„Unbeteiligten erteilen wir keinerlei Auskünfte", sagte Ry hinter ihrem Rücken knapp. Nachdem sie sich umgedreht hatte, sah er, dass ihre Augen von einem herrlichen Grün waren.

„Ich bin keine Unbeteiligte", gab sie kühl zurück. „Es ist meine Lager- und Fabrikationshalle, die da eben abgebrannt ist", fuhr sie erläuternd fort. „Meine Lagerhalle – und mein Problem."

„So?" Ry musterte sie kurz und ergänzte seine Einschätzung. Sie war kalt. Er kannte diese Sorte Frauen. Jetzt straffte sie die Schultern und hob das zweifellos hübsche Kinn. „Darf ich erfahren, mit wem ich es zu tun habe?", fragte er.

„Natalie Fletcher. Ich bin die Eigentümerin." Sie zögerte einen Moment. Dann erkundigte sie sich mit leicht erhobenen Augenbrauen: „Und mit wem habe ich es zu tun, wenn ich fragen darf?"

„Piasecki. Abteilung Brandstiftung."

„Brandstiftung?" Für eine Sekunde malte sich Erschrecken auf ihrem Gesicht, doch sie hatte sich sofort wieder unter Kontrolle. „Sie vermuten, dass es Brandstiftung gewesen sein könnte?" fragte sie sachlich.

„Mein Job, das herauszufinden." Er blickte nach unten. „Sie werden sich Ihre Schuhe ruinieren, Miss Fletcher", spöttelte er.

„Meine Schuhe sind ja wohl nun wirklich das Letzte, was Sie etwas …" Sie unterbrach sich, als er ihren Arm nahm und sie beiseite zog.

„Was erlauben Sie sich?" fauchte sie ihn an.

„Sie waren im Weg. Das ist doch Ihr Auto, oder?" Er nickte hinüber zu einem glänzenden neuen Mercedes Cabrio.

„Ja, aber …"

„Steigen Sie ein."

„Ich denke ja gar nicht daran. Warum denn?" Sie versuchte, seine Hand abzuschütteln. „Hätten Sie vielleicht die Güte, mich loszulassen und mir zu erklären, was das bedeuten soll?"

Teufel noch mal, sie roch wesentlich besser als dieser verdammte rauchende Trümmerhaufen hier! Ry inhalierte ihren Duft tief, dann bemühte er sich um ein bisschen Diplomatie. Nicht gerade eine seiner starken Seiten, wie er sich oft genug eingestehen musste.

„Schauen Sie, Sie werden sich erkälten. Warum sollen wir hier draußen in Wind und Wetter herumstehen und frieren?"

Was bildete sich dieser Mensch eigentlich ein? „Weil das hier mein Lagerhaus ist. Oder das, was noch davon übrig ist."

„Fein." Sollte sie doch machen, was sie wollte! Dennoch gelang es ihm trickreich, sie hinter ihr Auto zu lotsen. Er stellte sich vor sie, damit sie wenigstens etwas im Windschatten stand. „Ist es nicht ein bisschen zu spät in der Nacht, um hier herumzustehen? Sie können ja eh an der Sachlage nichts mehr ändern."

„Stimmt." Sie steckte die Hände in ihre Manteltaschen, um sie gegen die Kälte zu schützen, doch es nützte nicht viel. „Nachdem mich der Wachmann angerufen hat, bin ich gleich hierher gefahren."

„Und das war wann?"

„Ich weiß nicht genau. Etwa gegen zwei."

„Gegen zwei", wiederholte er nachdenklich und musterte sie unverschämt von Kopf bis Fuß. Flottes Abendkostüm, das sie da trug unter ihrem Samtcape. Der Stoff, der dieselbe Farbe hatte wie ihre Augen, wirkte teuer. Das erkannte er auf den ersten Blick. „Hübsches Outfit für einen Großbrand", stellte er beißend fest.

„Ich hatte ein Arbeitsessen heute Abend. Tut mir

Leid, wenn ich nicht Ihren Vorstellungen entsprechend angezogen bin." Idiot, dachte sie und schaute wehmütig auf die rauchenden Trümmer. „Ist das eigentlich wichtig?"

„Ihr Meeting hat bis zwei Uhr gedauert?"

„Nein, nur bis Mitternacht."

„Wie kommts, dass Sie dann um zwei noch immer angezogen waren?"

„Was?"

„Wie es kommt, dass Sie noch immer dieselben Kleider tragen. Waren Sie noch nicht zu Bett gegangen?" Er zündete sich eine neue Zigarette an. „Hatten Sie hinterher noch ein spätes Rendezvous?"

„Nein. Ich fuhr anschließend ins Büro, um noch einige Dinge zu erledigen. Als mich Jim Banks, der Wachmann, anrief, war ich eben erst nach Hause gekommen."

„Dann waren Sie also von Mitternacht bis zwei Uhr morgens allein?"

„Ja, aber ..." Plötzlich verstand sie. Ein ungläubiger Ausdruck huschte über ihr Gesicht. „Nehmen Sie etwa an, ich sei verantwortlich für das Inferno hier? Das ist ja nicht zu fassen. Wie zum Teufel war noch mal Ihr Name?"

„Piasecki", antwortete er mit betonter Höflichkeit

und lächelte. „Ryan Piasecki. Und bis jetzt, Miss Fletcher, denke ich überhaupt gar nichts, haben Sie mich verstanden? Ich sortiere lediglich die Fakten."

Nun blickte sie nicht mehr länger kühl und kontrolliert. Er hatte sie aus der Fassung gebracht. „Gut, dann will ich Ihnen noch ein paar Fakten mehr liefern. Das Gebäude samt Inhalt ist komplett versichert. Und zwar bei der United Security."

„Was für ein Geschäft haben Sie?"

„Ich bin Fletcher Industries, Mr. Piasecki. Vielleicht sagt Ihnen das ja was."

Natürlich sagte ihm das was. Immobilien, Minen, Schiffe. Und verschiedene Holdings in Urbana. Doch es gab auch für große Gesellschaften und Konzerne genügend Gründe, ebenso wie für kleine, finanzielle Rettung beim Versicherungsbetrug zu suchen. Kam ja oft genug vor.

„Sie leiten Fletcher Industries?"

Ausweichend erwiderte Natalie: „Im Augenblick interessiert mich nur dieser Zweig des Unternehmens." Bei diesen Worten deutete sie auf die rauchende Ruine. Besonders dieser eine, dachte sie und fühlte, wie sich ihr Herz schmerzlich zusammenzog. Ihr Baby! „Wir eröffnen im Frühjahr landesweit verschiedene Boutiquen, verbunden mit einem Bestellservice, der bereits seit anderthalb Jahren existiert und ganz hervorragend läuft. Ein großer Teil meiner Bestände befand sich hier in diesem Gebäude."

„Bestände welcher Art?"

Jetzt lächelte sie ihn an. „Dessous, Inspector. Exklusive Dessous. BHs, Slips, Negligees. Seide, Satin, Spitzen. Alles erstklassige Ware." Ein Kälteschauer durchfuhr sie, und sie kroch tiefer in ihr Samtcape hinein.

Ihre Füße müssen bereits zu Eiszapfen erstarrt sein in diesen Schuhen, dachte er. „Sie werden noch erfrieren hier in der Kälte. Sie können jetzt nach Hause fahren, ich denke, wir sind für heute fertig. Wir bleiben in Kontakt."

„Ich will aber wissen, was von meinen Beständen noch übrig geblieben ist."

„Das werden Sie heute nicht mehr erfahren. Oder doch. Sie sehen ja selbst, das Gebäude brennt nieder bis auf die Grundmauern. Da ist nichts mehr zu retten. Kaum zu glauben, dass da noch was drin sein könnte, was einem Mann das Blut schneller durch die Adern fließen ließe." Er öffnete die Fahrertür. „Ich hab noch zu tun. Und Sie sollten morgen gleich Ihre Versicherung benachrichtigen."

„Wirklich sehr fürsorglich, Inspector."

„Nun", erwiderte er vollkommen ernst, „das würde ich nicht gerade behaupten." Er nahm ein Notizbuch und einen Stift aus seiner Manteltasche. "Geben Sie mir doch bitte Ihre Adresse und die Telefonnummer. Die von Ihrem Büro und auch Ihre private."

Natalie holte tief Luft, bevor sie ihm die gewünschte Information zukommen ließ. "Sie müssen wissen", fügte sie hinzu, "bisher hatte ich immer eine Schwäche für öffentliche Bedienstete, da mein Bruder Polizist in Denver ist."

"Ach ja?"

"Ja." Sie stieg ein und glitt hinters Steuer. "Sie allerdings haben mich in kurzer Zeit eines Besseren belehrt." Mit diesen Worten knallte sie die Wagentür zu und bedauerte es, dass sie nicht schnell genug gewesen war, um ihm die Finger einzuklemmen. Während sie einen letzten Blick auf die zerstörte Lagerhalle warf, startete sie den Motor und rauschte dann davon.

Ry beobachtete, wie sich ihre Rücklichter in der Ferne verloren, und machte sich eine Notiz. Atemberaubende Beine. Nicht, dass er es sonst vergessen hätte, aber ein guter Inspector schreibt sich eben alles auf.

Natalie schlief zwei Stunden, dann erwachte sie und fand, dass es keinen Sinn hatte, noch länger im Bett zu bleiben. Sie würde ja doch kein Auge mehr zutun. Also stand sie auf und nahm eine kalte Dusche.

Nachdem sie in Ruhe gefrühstückt hatte, sah sie zur Uhr. Es war acht. Ihre Assistentin müsste gerade im Büro eingetroffen sein. Sie rief sie an, erzählte kurz, was in der Nacht zuvor geschehen war, und bat sie, alle Morgentermine abzusagen. Dann telefonierte sie mit ihren Eltern in Colorado. Natürlich waren sie bestürzt, als sie die unangenehmen Neuigkeiten hörten, und erteilten ihr viele gute Ratschläge.

Als Nächstes setzte sie sich mit ihrem Versicherungsagenten in Verbindung und vereinbarte einen Termin. Während sie mit dem letzten Schluck Orangensaft ein Aspirin hinunterspülte, begann sie sich in Gedanken ihren Tagesplan zurechtzulegen und zog sich dann an. Es würde ein langer Tag werden.

Sie war schon an der Wohnungstür, als das Telefon läutete.

Der Anrufbeantworter ist ja eingeschaltet, sagte sie sich, doch da hatte sie schon abgehoben. „Hallo?"

„Natalie, hier ist Deborah. Ich habs gerade in den Nachrichten gehört."

„Oh." Sie rieb sich den schmerzenden Nacken, der verspannt war, weil sie zu wenig Schlaf gehabt hatte, und setzte sich auf die Sessellehne. Mit Deborah

O'Roarke Guthrie war sie auf doppelte Weise eng verbunden. Sie war ihre Freundin und gehörte zugleich mit zur Familie. „Das hab ich mir gedacht, dass das die erste Meldung in den Lokalnachrichten sein würde."

„Es tut mir so Leid, Natalie. Wirklich. Wie schlimm ist es denn?"

„Ich weiß es noch nicht. Vergangene Nacht sahs fürchterlich aus. Ich will jetzt gerade hinfahren. Wer weiß, vielleicht ist ja doch noch was zu retten."

„Möchtest du, dass ich mitkomme? Ich könnte mir heute Vormittag freinehmen."

Natalie lächelte. Deborah wäre glatt dazu imstande. Als hätte sie nicht genug mit ihrem eigenen Kram zu tun. Mit ihrem Mann, ihrem Baby und ihrem Job als Stellvertretende Bezirksstaatsanwältin.

„Nein, Deborah, das ist lieb von dir, doch es ist nicht nötig. Aber trotzdem vielen Dank für das Angebot. Ich ruf dich an, wenn ich was Genaueres weiß."

„Komm doch heute Abend zum Essen. Dann kannst du dich entspannen und dich ein bisschen umsorgen lassen, was meinst du?"

„Ja, gern."

„Und wenn es irgendetwas gibt, das ich für dich tun kann, lass es mich wissen."

„Ach, du könntest in Denver anrufen. Halte deine

Schwester und meinen Bruder davon ab, dass sie hierher kommen. Wahrscheinlich will mein Bruder den Retter spielen, so wie ich ihn kenne."

Deborah lachte. „Ich werd tun, was ich kann."

„Und noch was." Natalie erhob sich und ging den Inhalt ihrer Aktenmappe durch, während sie etwas zögernd weitersprach. „Kennst du zufälligerweise einen Inspector Piasecki? Ryan Piasecki? Sagt dir der Name was?"

„Piasecki?" Es dauerte einen Moment. Deborah blätterte in Windeseile in ihrem geistigen Notizbuch. Dann hatte sie es. „Abteilung Brandstiftung. Es gibt in seinem Fach keinen, der besser ist."

„Das hätte er vielleicht gerne", brummte Natalie unwirsch.

„Besteht denn ein Verdacht auf Brandstiftung?" fragte Deborah.

„Ich weiß nicht. Ich weiß nur, dass dieser Piasecki gestern Nacht auch da war, grob und unhöflich wie die Axt im Walde, und mir keinerlei Auskunft erteilen wollte."

„Bis man eine Brandursache herausgefunden hat, dauert es eben seine Zeit, Natalie", erwiderte Deborah besänftigend. „Doch wenn du möchtest, könnte ich versuchen, ein bisschen Druck dahinter zu machen."

Verlockende Vorstellung, dachte Natalie, Piasecki ein bisschen ins Schwitzen zu bringen. „Nein, danke. Noch nicht. Warten wir erst mal ab, wie's weitergeht. Wir sehen uns heute Abend."

„Um sieben, ja?"

„Ich werd um sieben da sein." Natalie legte auf und griff nach ihrer Aktenmappe. Jetzt aber nichts wie los, es gab viel zu tun. Vielleicht schaffte sie es ja mit etwas Glück, der morgendlichen Rushhour auszuweichen und in zwanzig Minuten bei der Lagerhalle zu sein.

Das Glück war ihr geneigt. Doch als Natalie bei der von der Feuerwehr abgesperrten Brandstelle vorfuhr, wurde ihr klar, dass sie viel, viel mehr brauchen würde als nur Glück, wenn sie diese Schlacht gewinnen wollte.

Ihr erster Eindruck heute Morgen war verheerend, einfach verheerend. Noch viel verheerender als in der Nacht zuvor.

Die Außenmauern des zweistöckigen Gebäudes hatten der Feuersbrunst zwar standgehalten, doch sie waren mit glitschigem schwarzen Ruß überzogen und wasserdurchtränkt. Natalie spähte durch die von den Flammen zerstörte Eingangstür ins Innere. Der Fußboden war mit verkohlten Holzbalken, rußgeschwärzten Glasscherben und halb geschmolzenen Metallteilen übersät. In der Luft hing der beißende Geruch von kaltem Rauch.

Schrecklich. Gerade als sie über die Schwelle treten wollte, hörte sie eine männliche Stimme.

„Was zum Teufel machen Sie denn hier?"

Sie fuhr zusammen. Die Stimme kannte sie doch. Sie hätte es sich ja wirklich denken können! Ry kam ihr, vorsichtig in den Trümmern einen Fuß vor den anderen setzend, entgegen. „Können Sie nicht lesen? Draußen steht ein großes Schild ‚Betreten verboten'."

„Ich habs gesehen. Doch dies hier ist mein Eigentum, Inspector. Ich denke, ich habe durchaus ein Recht dazu, mir den entstandenen Schaden anzusehen."

Er betrachtete sie verdrossen. „Haben Sie vielleicht noch ein anderes Paar Schuhe?"

„Wie bitte?"

„Bleiben Sie hier stehen." Unwirsch murmelte er noch irgendetwas Unverständliches vor sich hin, stieg über die Trümmer und ging hinaus zu seinem Auto. Kurz darauf erschien er wieder und hielt ein paar überdimensionale Sicherheitsschuhe in Händen. „Los, ziehen Sie die an."

„Aber …"

Er packte sie am Arm, so dass sie beinahe das Gleichgewicht verloren hätte. „Marsch jetzt, steigen

Sie mit Ihrem lächerlichen Schuhwerk hier in diese Stiefel! Alles andere ist zu gefährlich. Sie könnten sich verletzen."

„Na gut." Sie schlüpfte hinein und kam sich irgendwie absurd vor in diesen riesigen Kähnen, deren Schäfte ihr bis zum Knie reichten.

„Hübsch sehen Sie aus." Natürlich konnte er sich einen boshaften Kommentar nicht verkneifen. „Also, auf gehts! Und im Übrigen – alles muss so bleiben, wie es ist, fassen Sie bitte nichts an."

„Ich habe nicht die Absicht …"

„Das sagen sie immer alle …"

Sie wandte sich ihm zu. „Eine Frage, Inspector, arbeiten Sie allein, weil es Ihnen lieber ist, oder deshalb, weil es kein Mensch länger als fünf Minuten in Ihrer Nähe aushalten kann?"

„Beides." Er grinste sie offen an. Charmant, dachte sie. Sehr verdächtig. Was führte er jetzt wieder im Schilde? „Was bringt Sie eigentlich auf die Idee, in einem Fünfhundertdollarkostümchen auf einer Brandstelle herumzuturnen?"

„Ich …" Noch immer misstrauisch, knöpfte sie ihren Mantel bis obenhin zu. „Ich hab heute Nachmittag noch einige Geschäftsbesprechungen und keine Zeit mehr, mich umzuziehen."

„Manager", brummte er abschätzig und legte seine Hand auf ihren Arm. „Na los, kommen Sie. Aber seien Sie vorsichtig, es besteht Einsturzgefahr. Aber ich denke, wir könnens riskieren. Ich kenne die Stellen, wo man aufpassen muss."

Er reichte ihr die Hand, damit sie gefahrenlos über ein verkohltes Holzregal steigen konnte. Sie sah nach oben. Wo früher die Decke zwischen den Stockwerken gewesen war, gähnte jetzt ein schwarzes Loch. Alles war nach unten durchgefallen und lag nun in Gestalt von verkohlten Trümmern hier unten auf dem Boden. Sie erschauderte beim Anblick einer geschmolzenen Masse, die früher eine Schaufensterpuppe gewesen war.

„Sie hat nicht gelitten", versicherte ihr Ry, und sie blitzte ihn wütend an.

„Ich bin sicher, Sie sehen dies alles nur als einen Witz, aber ..."

„Feuer ist niemals ein Witz. Passen Sie auf, wo Sie hintreten!"

An der Stelle, wo er gearbeitet hatte, als sie kam, lag eine Schaufel, die wie ein Kinderspielzeug aussah, einige Gefäße, ein Brecheisen, ein Zollstock. Während sie die Sachen betrachtete, zeichnete Ry an einer Fußbodenleiste etwas an.

„Was machen Sie da?"

„Meinen Job."

Sie biss die Zähne zusammen. „Sind wir aus demselben Grund hier?"

Er schaute hinauf zu ihr. „Vielleicht." Mit einem Spachtel kratzte er etwas von der Wand. Er schnüffelte daran, brummte vor sich hin und tat es dann mit einem hochzufriedenen Gesichtsausdruck in eins der Gläser, die er mitgebracht hatte, und hielt es ihr dann hin. „Riechen Sie mal."

Sie steckte ihre Nase hinein.

„Erkennen Sie den Geruch?"

„Rauch, Feuchtigkeit ... Ich weiß nicht."

Er schraubte das Gefäß zu. „Benzin", klärte er sie dann auf. „Schauen Sie, hier läuft die Spur an der Wand entlang, und hier – eine Ritze im Fußboden, sehen Sie?" Sie sah, dass er auch hier gearbeitet und offensichtlich Benzinrückstände gefunden hatte. „Und hier!" Nun deutete er auf eine andere Stelle, wo er Schutt beiseite geschaufelt hatte. Darunter war ein runder schwarzer Fleck zum Vorschein gekommen.

„Was ist das?" fragte sie.

„Es ist wie eine Landkarte. Ich trage es ab, Schicht für Schicht, und bin dann imstande, Ihnen zu sagen, was geschehen ist."

„Wollen Sie behaupten, dass jemand hier im ganzen Haus Benzin ausgegossen und das Gebäude dann in Brand gesteckt hat?"

Er hüllte sich in Schweigen, hob einen halb verkohlten Stofffetzen auf und fuhr mit den Fingerspitzen darüber. „Seide. Schade drum." Er schnüffelte daran. „Stoff getränkt mit Benzin ist eine wunderbare Fackel und gibt dem Feuer Nahrung." Er griff nach einem BH, dessen spitzenbesetze Schalen fast vollständig erhalten waren. Amüsiert lächelte er Natalie an. „Lustig, was übrig geblieben ist, finden Sie nicht auch?"

Ihr war kalt, doch nicht vom Wind, der durch das zerstörte Gebälk pfiff. Die Kälte kam von innen. Es war kalte Wut. „Das Feuer ist also mit voller Absicht gelegt worden."

Ry kam langsam aus der Hocke hoch und studierte mit Interesse ihr Gesicht und ihre zornblitzenden Augen. Sein schwarzer Feuerwehrmantel stand offen und enthüllte seine ausgebleichten Jeans und dasselbe Flanellhemd, das er letzte Nacht getragen hatte. Er war noch nicht zu Hause gewesen, hatte seit seiner Ankunft heute Morgen um halb drei durchgearbeitet bis jetzt.

„Sie werden meinen Bericht bekommen." Er stand jetzt neben ihr. „Wie hat es hier vor vierundzwanzig

Stunden ausgesehen? Ich möchte es wissen, um mir vorstellen zu können, was geschehen sein könnte."

Sie schloss für einen Moment die Augen, doch es half nichts. Der Geruch der Zerstörung lag in der Luft, sie atmete ihn ein, er drang ihr in die Nase.

„Zwei Stockwerke. Ungefähr zweitausend Quadratmeter. Hier war die Treppe. Da im zweiten Stock arbeiteten die Näherinnen. Alles, was wir verkaufen, ist Eigenproduktion."

„Edel."

„Ja. Das ist unser Konzept. Es ist das, was uns von anderen unterscheidet. Im ersten Stock befanden sich Büros. Unter anderem auch meins. Es war nur klein, denn meistens arbeite ich in unserem Hauptbüro in der Innenstadt und hatte das auch weiterhin vor. Hier unten wurde die Ware noch einmal überprüft, verpackt und verschickt. Außerdem gabs hier eine kleine Cafeteria und einen Aufenthaltsraum. Wir haben ja diesen Katalog-Bestellservice, wie Sie wissen. Wir hatten gerade angefangen, die Frühjahrsbestellungen in Angriff zu nehmen. Parallel zu dem Bestellservice wollen wir in den nächsten Wochen sowohl hier in Urbana als auch in Atlanta und Chicago Boutiquen einrichten. Sehr, sehr viel Arbeit."

Natalie drehte sich um, machte ein paar Schritte,

ohne zu wissen, wohin sie eigentlich gehen wollte, und stolperte über einen Geröllhaufen. Ry reagierte blitzschnell und griff nach ihrem Arm.

„Fallen Sie nicht!" murmelte er.

Einen kurzen Moment lehnte sie sich gegen seine Brust. Sie spürte seine Stärke. Und noch etwas. Sympathie? Im Augenblick war ihr danach, daran zu glauben. „Mehr als siebzig Menschen haben hier gearbeitet. Lauter Leute, die vorher arbeitslos waren. Jetzt sind ihre Arbeitsplätze vernichtet." Ihre Stimme war laut geworden, Wut und Schmerz lag darin. Dann drückte sie ihn von sich weg, doch er hielt ihre Handgelenke fest. „Und das war alles absichtlich! Vorsätzlich! Brandstiftung!" schrie sie empört.

Ruhe bewahren, sagte Ry sich. Sie hatte sie im Moment nicht, das merkte man deutlich. Sie war wie eine Bombe, die gleich hochgehen würde. „Ich habe meine Untersuchungen noch nicht beendet."

„Es war Absicht", wiederholte sie jedoch nur hartnäckig. „Und Sie vermuten womöglich auch noch, ich hätte es getan. Ich hätte mich mitten in der Nacht heimlich, still und leise mit einem Kanister Benzin hier hereingeschlichen und meine eigene Lagerhalle in Brand gesteckt!"

Ihr Gesicht war jetzt ganz nah vor seinem. Lustig,

dachte er. Wie sie dasteht, sprühend vor Zorn, in den viel zu großen Schuhen. „Nun ja", gab er lächelnd zu, „es ist ein bisschen schwierig, sich das vorzustellen."

„Vielleicht hab ich ja jemanden angeheuert für den Job", stieß sie wutschnaubend hervor. „Genau, ich hab jemandem den Auftrag erteilt, das Gebäude in Flammen aufgehen zu lassen, obwohl ich genau wusste, dass ein Wachmann drin war. Aber was ist schon ein Menschenleben gegen einen dicken Scheck von der Versicherung!"

Er schwieg und sah ihr tief in die smaragdgrünen Augen. „Erzählen Sie ruhig weiter."

Rasend vor Wut trat sie einen Schritt zurück. „O nein, Inspector, ich habe Ihnen nichts zu erzählen. Sie werden mich aufklären. Ob es Ihnen passt oder nicht, ich werde mich wie ein Schatten an Ihre Fersen heften, bis ich die Wahrheit erfahren habe. Bis ich Antwort bekommen habe auf all meine Fragen, haben Sie mich verstanden?"

Mit hocherhobenem Kopf und, trotz der vollkommen unpassend wirkenden Schuhe, würdevoll, strebte sie der vom Feuer zerstörten Eingangstür zu und ging hinaus. Auch als sie das Auto entdeckte, das eben vor der Absperrung anhielt, hatte sie sich noch immer nicht ganz unter Kontrolle. Sie seufzte, ging weiter, bückte sich und schlüpfte dann unter den dicken Seilen hindurch.

„Donald." Sie streckte dem Mann, der auf sie zukam, die Hand hin. „Ach, Donald, was für ein furchtbares Chaos!"

Donald war einer ihrer engsten Mitarbeiter. Er begrüßte sie und starrte dann auf das, was von ihrem Eigentum noch übrig geblieben war. Entsetzt schüttelte er den Kopf. „Um Himmels willen. Wie konnte das bloß passieren? Eine defekte elektrische Leitung? Ich hab doch alles erst vor zwei Monaten bis ins Detail durchgecheckt."

„Ja. Ich weiß. Es ist entsetzlich. Deine ganze Arbeit." Zwei Jahre seines Lebens. Und ihres Lebens. Aufgegangen in Rauch.

„Alles?" fragte er bang und griff nach ihrer Hand. „Ist wirklich alles zerstört?"

„So Leid es mir tut. Ja. Alles. Doch die Firma hat ja noch mehr Bestände in unserer anderen Produktionsstätte, Donald. Es wird uns nicht umhauen, wir werden weitermachen."

„Du bist eben zäher als ich, Natalie." Er drückte ihre Hand noch einmal kurz und ließ sie dann los. „Dies hier war mein größter Wurf. Du bist der Generaldirektor, doch ich hab mich immer gefühlt, als sei ich der Kapitän. Jetzt ist mein Schiff gesunken. Und das innerhalb weniger Stunden."

Natalie fühlte mit ihm. Es war ihr und Donald Hawthorne niemals ausschließlich ums Geschäft gegangen. Sowohl er als auch sie hatten in dieses Projekt ihre ganzen Träume gelegt, es war etwas aufregend Neues gewesen, das äußerst erfolgreich zu werden versprach.

„Wir werden eben in den nächsten drei Wochen unsern Hintern noch tüchtig in Bewegung setzen müssen", meinte sie dann trocken. Er sah sie verdutzt an, und um seine Lippen spielte ein leises Lächeln. „Bist du wirklich der Meinung, wir können nach all dem hier das Geschäft in der Stadt trotzdem eröffnen?"

„Selbstverständlich." Sie sagte es mit unumstößlicher Sicherheit. „Jetzt heißts die Zähne zusammenbeißen, Donald. So leicht lassen wir uns doch nicht unterkriegen, was meinst du? Vielleicht wird es sich zeitlich etwas verschieben, aber das ist auch schon alles. Wir müssen umdenken und vieles umorganisieren. Na und? Mit Sicherheit werden wir die Buchprüfungen hinausschieben müssen."

„Daran kann ich im Moment gar nicht denken." Doch dann schlug er sich die Hand vor die Stirn. „O Gott, Natalie, die ganzen Akten, die Disketten! Die gesamte Buchhaltung, die sich hier im Gebäude befand!"

„Ich glaube nicht, dass davon auch nur noch ein einziges Blatt oder eine einzige Diskette übrig ist." Sie schaute über die Schultern hinüber auf das Gebäude. „Das wird die Dinge natürlich wesentlich komplizieren und uns eine Menge zusätzlicher Arbeitsstunden bescheren, doch wir werdens schon hinkriegen, verlass dich drauf! Glücklicherweise hab ich von einigen wichtigen Sachen Kopien."

„Aber wie können wir die Buchprüfung hinter uns bringen, wenn …"

„Wenn wir uns von vornherein den Kopf darüber zerbrechen, wird alles nur noch schlimmer. Wir werden im Büro alles ausführlich diskutieren und uns überlegen, wie wir die Sache am besten angehen. Sobald ich mit der Versicherung gesprochen habe, kommt der Ball ins Rollen." Ihr Gehirn arbeitete bereits fieberhaft, sie sah schon jedes Detail vor sich, Schritt für Schritt. „Wir ordnen einige Doppelschichten an, besorgen uns Warenbestände aus Atlanta und Chicago … Wir werden es schaffen, Donald. *Lady's Choice* wird im April eröffnet, und wenn zuvor die Welt untergeht!"

Sein Lächeln vertiefte sich. „Wenn es irgendjemand schafft, dann du, Natalie."

„Wir", verbesserte sie ihn. „Am besten, du gehst jetzt gleich ins Büro. Es gibt viel zu tun. Gib Melvin und Deirdre die Informationen, die sie brauchen, telefoniere mit Atlanta und Chicago, oder bitte Melvin darum. Was auch immer, du weißt selbst, was zu tun ist. Das Wichtigste ist jetzt, dass wir unseren Warenbestand wieder aufstocken. Wir werden es schaffen, Donald, ich glaube fest daran."

„Natalie, ich bin dabei. Du kannst fest auf mich zählen."

„Ich weiß, dass ich das kann. Ich werde so bald wie möglich drüben im Büro sein, um die Peitsche zu schwingen."

Ist das ihr Liebhaber, fragte sich Ry, während er beobachtete, wie sich die beiden zum Abschied umarmten. Der hoch gewachsene, etwas gelackt wirkende und gut aussehende Mann mit den auf Hochglanz polierten Schuhen könnte zweifellos ihr Typ sein.

Er schrieb sich die Nummer des Lincoln auf, der neben Natalies Wagen parkte, und ging dann zurück an die Arbeit.

2. KAPITEL

„Sie wird in wenigen Minuten hier sein." Die Stellvertretende Bezirksstaatsanwältin Deborah O'Roarke Guthrie stemmte die Hände in die Hüften. „Ich will die ganze Story hören, Gage, und zwar bevor Natalie hier ist."

Gage kniete vor dem Kamin und legte ein weiteres Holzscheit nach, bevor er sich zu seiner Frau umwandte. Sie war erst vor kurzem nach Hause gekommen, hatte sich aber bereits umgezogen und trug jetzt bequeme Slacks und einen mitternachtsblauen Kaschmirpullover. Ihr ebenholzschwarzes Haar reichte ihr fast bis auf die Schultern.

„Du bist wundervoll, Deborah. Ich muss es dir immer wieder sagen."

Sie hob die Augenbrauen. Oh, was für ein schlauer Fuchs war er doch! Ablenkungsmanöver waren schon immer seine Stärke gewesen. Doch da konnte sie mit ihm mithalten. „Keine Ausflüchte, Gage. Bis jetzt hast du es wunderbar eingerichtet, dass du mir ausweichen konntest, doch …"

„Du warst den ganzen Tag bei Gericht", erinnerte er sie. „Und ich hatte Besprechungen."

„Das ist nicht der Punkt. Jetzt bin ich hier."

„Das kann man wohl sagen." Er kam aus der Hocke hoch, ging auf sie zu und legte den Arm um sie. Um seine Lippen spielte ein Lächeln, als er sie sanft küsste. „Hallo."

Auch mehr als zwei Jahre Ehe hatten die Anziehungskraft, die er auf sie ausübte, nicht beeinträchtigen können. Sie wollte gerade die Lippen öffnen zu einem innigen Kuss, da erinnerte sie sich selbst daran, dass im Moment etwas anderes angesagt war, machte sich aus seiner Umarmung frei und trat einen Schritt zurück. „Nein, mein Lieber. Jetzt nicht. Nimm dich selbst unter Eid und tritt in den Zeugenstand, Guthrie! Red schon! Ich weiß, dass du dort warst."

„Ich war dort." In seinen Augen blitzte Verärgerung auf. Ja, er war dort gewesen, doch er war zu spät gekommen.

Er bekämpfte die Schattenseiten von Urbana auf seine eigene Art und Weise. Er war zu lange Polizist gewesen, um die Augen verschließen zu können vor dem Verbrechen. Nun gut, er hielt sich vielleicht nicht immer strikt an die Regeln. Aber nur deshalb, weil ihm allzu bewusst war, dass man dann der Gerechtigkeit noch weniger zum Sieg verhelfen konnte.

Deborah beobachtete ihn, wie er dastand und die

ausgestreckten Finger seiner rechten Hand betrachtete. Eine Angewohnheit, die er hatte, solange sie ihn kannte. Er machte diese Bewegung immer dann, wenn er eine schwierige Nuss zu knacken hatte.

„Ich war dort", wiederholte er, ging zum Tisch und goss sich ein Glas Wein ein. „Doch zu spät, um etwas verhindern zu können. Der erste Löschzug traf exakt fünf Minuten nach dem Alarmruf ein. Ich war etwa zwei Minuten später zur Stelle."

„Du kannst nicht jedes Mal der Erste am Tatort sein, Gage", murmelte Deborah. „Du bist doch nicht allmächtig."

„Nein. Ich weiß, Deborah." Er schenkte ihr auch ein Glas Wein ein und reichte es ihr.

„Was meinst du, ob es tatsächlich Brandstiftung war?"

Er lächelte wieder. „Tja, ich bin ein misstrauischer Mensch."

„Wie ich." Sie erwiderte sein Lächeln, hob ihr Glas und stieß mit ihm an. „Ich wünschte, es gäbe etwas, was ich für Natalie tun könnte. Sie hat so hart gearbeitet, um diese neue Firma aufzubauen. Und jetzt das!"

„Du tust doch etwas für sie. Du bist für sie da. Das ist sehr viel, weißt du. Natalie ist zäh, sie lässt sich nicht unterkriegen. Du wirst sehn, sie wird schnell wieder auf die Füße kommen."

„Darauf kannst du Gift nehmen." Sie hob den Kopf. „Ich nehme an, dich hat niemand gesehen letzte Nacht?"

Jetzt grinste er. „Na, was denkst du?"

„Keine Ahnung, bei dir kann man nie wissen." Es läutete an der Tür, und Deborah stellte ihr Glas ab. „Ich geh schon." Dann lief sie zur Tür, öffnete und empfing Natalie mit offenen Armen. „Schön, dass du da bist, Natalie."

„Um nichts in der Welt würde ich eines von Franks köstlichen Essen verpassen, wenn ich dazu eingeladen werde." Natalie gab Deborah einen Kuss auf die Wange und legte ihr, während sie zusammen ins Wohnzimmer gingen, den Arm um die Schultern.

„Hallo, Gage!" Sie schenkte dem Herrn des Hauses ein strahlendes Lächeln und küsste ihn auf die Wange. „Schön, dich zu sehen." Er drückte ihr ein gefülltes Weinglas in die Hand, und sie nahm in einem Sessel neben dem Kaminfeuer Platz. Was für ein herrliches Haus. Großzügig eingerichtet, aber nicht protzig. Und so ein schönes Paar. Wie verliebt sie noch immer ineinander waren! Hätte sie Sehnsucht nach häuslicher Geborgenheit, dann müsste sie glatt vor

Neid erblassen angesichts der Harmonie, die die beiden ausstrahlten. So sah das Glück aus.

„Wie kommst du mit der Situation zurecht?" fragte Deborah.

„Nun ja, ich liebe Herausforderungen, das wisst ihr ja. Und das hier ist eine. Die Vorgabe ist, dass *Lady's Choice* in drei Wochen landesweit eröffnet wird."

„Ich habe gehört, dass du einen großen Teil deines Warenbestands verloren hast, Natalie", wandte Gage vorsichtig ein. „Ebenso wie die Lager- und Fabrikationshalle."

„Das wird sich bald wieder ändern."

Tatsächlich hatte sie heute im Laufe des Tages den Kaufvertrag für ein anderes Lagerhaus unterschrieben. Natürlich würde es eine Weile dauern, bis man alles für die Fabrikation eingerichtet hatte und genügend neue Bestände hergestellt worden waren, doch irgendwie würde es gehen. Es musste einfach gehen, dafür würde sie schon sorgen.

„Wir müssen eben Überstunden machen, um den Verlust wieder reinzuholen. Einige Warenbestände kann ich mir aus anderen Filialen besorgen. Doch das Geschäft hier in Urbana ist unser Flaggschiff. Es wird in drei Wochen eröffnet, und ich will, dass es ein Bombenerfolg wird."

In Gedanken versunken, nippte sie an ihrem Wein. „Donald glühen schon die Ohren vom vielen Telefonieren. Er ist unersetzlich. Er hats wirklich drauf, die Leute rumzukriegen, und verlegt sich aufs Bitten, so dass niemand Nein sagen kann. Melvin hat sich schon auf die Socken gemacht und absolviert eine Rundreise durch unsere anderen Niederlassungen, um den Leuten persönlich etwas von ihrem Bestand abzuluchsen. Deirdre sitzt an den Berechnungen. Und ich hab heute Nachmittag bereits mit dem Vorstand gesprochen. In achtundvierzig Stunden sind wir so weit und gehen wieder in die Vollen."

Gage prostete ihr zu. „Wenn es irgendjemand schafft, dann du …"

Auch er war Geschäftsmann. Unter anderem. Deshalb war ihm sehr genau bewusst, wie viel Stress, wie viel Risiko und wie viel Energie Natalie jedes Mal in die Projekte, die sie anpackte, steckte. „Gibts über die Brandursache irgendwelche Neuigkeiten?"

„Nichts Genaues." Natalie schaute versonnen in die züngelnden Flammen des Kaminfeuers. „Ich hab ein paar Mal mit dem Ermittler gesprochen. Er stellt recht merkwürdige Vermutungen an und fragt mir ein Loch in den Bauch. Zu allem Überfluss ist er auch noch immer ziemlich gereizt und will sich nicht festlegen."

„Ryan Piasecki", stellte Deborah fest und lächelte Natalie zu. „Ich hab mal versucht, ein bisschen was über ihn rauszukriegen. Es kam mir so vor, als würde es dich interessieren."

„Dank dir." Natalie lehnte sich vor. „Und?"

„Er ist seit gut fünfzehn Jahren bei der Feuerwehr. Während dieser Zeit hat er sich hochgearbeitet bis zum Lieutenant. Aber einen Fleck hat er schon auf seiner ansonsten weißen Weste."

Natalies Lippen umspielte ein leichtes Lächeln. „Ach ja?"

„Anscheinend hat er einmal einem Stadtrat eine schallende Ohrfeige verpasst. Er hat ihm den Kiefer gebrochen."

„Aha. Anlage zur Gewalttätigkeit", bemängelte Natalie triumphierend. „Das hab ich mir doch gleich gedacht."

„Es war während eines großen Brandes", fuhr Deborah fort. „In einer Chemiefabrik. Piasecki war mit dem achtzehnten Zug am Unfallort. Sie waren die Ersten und hatten keinerlei Unterstützung." Natalie zog interessiert die Brauen hoch, während Deborah weitererzählte. „Drei Männer verloren ihr Leben im Feuer, und zwei weitere wurden schwer verletzt. Da tauchte der Stadtrat mit der Presse im Schlepptau auf und fing an, die Feuerwehrleute darüber zu belehren, wie sie seiner Meinung nach vorzugehen hätten."

Das war ja nicht zu fassen! Natalie schüttelte empört den Kopf. „Ich glaube, da hätte ich ihm auch eine geknallt."

„Dann gabs noch mal so ein Ding. Er kam in das Büro des Bürgermeisters gestürmt und knallte ihm eine Tasche mit aus dem Feuer geretteten Sachen auf den Schreibtisch. Sie hatten sie aus einem heruntergekommenen Apartmenthaus an der Eastside geborgen, und es war alles, was von dem Haus übrig geblieben war. Obwohl die elektrischen Leitungen vollkommen verrottet waren, die Feuertreppe nicht zugänglich und die Lüftung defekt gewesen war, hatte das Gebäude kurz zuvor ohne jegliche Beanstandung eine Kontrolle der Feuerschutzbehörde passiert. Mit Sicherheit nur dank einer saftigen Bestechung. Zwanzig Menschen fanden bei dem Brand den Tod."

„Ich wollte, dass du mir was erzählst, was mich in meiner Einschätzung bestätigt, Deborah", beschwerte sich Natalie. „Damit ich einen guten Grund habe, ihn zu verabscheuen."

„Tja, tut mir Leid, damit kann ich nicht dienen." Deborah hatte ein kleines Stück von dem Charakter eines Mannes enthüllt, der entschlossen war, Kriminalität und Korruption auf seine eigene, unkonventionelle Weise zu bekämpfen. Sie warf Gage einen warmen Blick zu.

„Also gut." Natalie seufzte. „Was weißt du sonst noch alles über ihn?"

„Vor fünf Jahren wechselte er zur Ermittlungsabteilung über. Ihm ging der Ruf voraus, ein zwar aggressiver, aber auch unerschrockener Mann zu sein."

„Schon besser."

„Er ist bekannt dafür, dass er die Spürnase eines Bluthundes hat, die Augen eines Adlers und die Zähigkeit eines Pitbulls. Er gräbt und gräbt, so lange, bis er auf alle seine Fragen eine Antwort gefunden hat, die ihn zufrieden stellt. Ich hatte ihn bisher noch nicht im Zeugenstand, doch ich hab mich ein bisschen umgehört. Alle sagen dasselbe. Wenn er einmal Blut geleckt hat, ruht er nicht eher, bis er den Schuldigen dingfest gemacht hat." Deborah hielt inne und überlegte kurz. „Was sonst noch? Ach ja, er ist sechsunddreißig, geschieden."

„Na ja, ich vermute, du willst mir Mut machen und mir zu verstehen geben, dass ich in kompetenten Händen bin." Natalie zog skeptisch die Schultern hoch. „Doch daran glaube ich nicht. Ich trau lieber meinen eigenen Augen."

„Kein Problem", begann Deborah, doch da wurde sie vom Weinen eines Babys, das durch das Mikrofon der Kinderüberwachungsanlage ins Wohnzimmer drang, unterbrochen. „Klingt, als sei der Boss aufgewacht. Nein, lass mal – ich geh schon", bremste sie Gage, der beim ersten Krähen aufgesprungen war. „Sie will sicher nur ein bisschen Gesellschaft."

„Kann ich mitkommen und einen Blick auf sie werfen?" fragte Natalie.

„Aber ja. Komm!"

„Ich sag Frank Bescheid, dass er mit dem Servieren des Essens warten soll, bis ihr zurück seid." Gage sah hinter Natalie her, wie sie mit seiner Frau nach oben ging.

„Wie machst du es bloß, dass du trotz all deiner vielen Arbeit so gut aussiehst?" fragte Natalie, als sie mit Deborah die Treppe nach oben ging. „Ich kann mir oft gar nicht vorstellen, wie du das alles schaffst. Eine anstrengende Karriere, einen Mann, der vor Tatendrang fast aus den Nähten platzt, samt all den gesellschaftlichen Verpflichtungen, die ihr habt, und dann auch noch Adrianna."

„Ach, das ist nur eine Frage der Organisation. Und der Prioritätensetzung." Deborah grinste und öffnete die Tür zum Kinderzimmer. „Doch worauf es letztlich ankommt, ist Leidenschaft. Leidenschaft für den

Beruf, Leidenschaft für Gage, Leidenschaft für Adrianna. Wenn man will, kann man alles haben. Man muss es nur wollen."

Das Kinderzimmer war eine Symphonie in Farben. Auf bunten Tapeten sah man Prinzen und Prinzessinnen und fliegende Pferde. Die beiden Frauen traten an das Kinderbett und schauten auf die zehn Monate alte Adrianna hinunter, die ihre Lippen zu einem Schmollmund verzog und gerade wieder anfangen wollte zu weinen.

„Oh, meine Süße." Deborah nahm sie heraus.

Die Schnute verwandelte sich in ein strahlendes Lächeln. „Mama."

Natalie schaute zu, wie Deborah die Kleine auf den Wickeltisch legte.

„Sie wird immer hübscher." Sanft strich sie dem Baby über den Kopf. Addy genoss die Aufmerksamkeit, strampelte mit den kleinen strammen Beinchen und begann, fröhlich vor sich hin zu plappern.

„Wir denken über ein zweites nach."

„Ein zweites?" Überrascht schaute Natalie Deborah an. „Jetzt schon?"

„Na ja, wir sind noch im Was-wäre-wenn-Stadium. Doch da wir ja auf jeden Fall drei haben wollen …" Sie legte Addy ein Kissen unter. „Weißt du, ich bin wahnsinnig gern Mutter. Jeder Augenblick mit Addy ist ein Geschenk des Himmels."

„Das sieht man. Darf ich?" Deborah hatte dem Baby die Strampelhose wieder angezogen. Natalie hob es hoch und schmiegte es an ihre Schulter.

Zwei Tage später saß Natalie an ihrem Schreibtisch. Sie hatte rasende Kopfschmerzen, doch sie achtete nicht darauf. Im Gegenteil, das unaufhörliche Pochen hinter ihrer Stirn trieb sie nur weiter vorwärts.

„Wenn die Maschinen nicht repariert werden können, müssen eben neue her. Jede Näherin muss abrufbereit sein. Nein, nicht morgen Nachmittag." Sie kramte unter den Papierbergen auf ihrem Schreibtisch einen Stift hervor und klemmte sich den Telefonhörer zwischen Schulter und Ohr. „Heute. Ich werde eigenhändig Stück für Stück des neuen Warenbestandes überprüfen. Ja, ja, ich weiß, das ist das reinste Irrenhaus. Also, alles läuft wie besprochen, ja?"

Sie legte auf und sah ihre drei engsten Mitarbeiter an. „Donald?"

Er fuhr sich mit der Hand durchs Haar. „Die erste Anzeige wird in der *Times* vom Samstag geschaltet. Ganzseitig, dreifarbig. Dieselbe Anzeige, den jeweiligen Umständen angepasst natürlich, erscheint zeitgleich in den anderen Städten. Wir lassen uns doch von so einem Feuer nicht unterkriegen."

„Was ist mit den Änderungen, die ich vorgeschlagen habe?"

„Sind alle eingearbeitet worden. Heute haben wir übrigens die Kataloge bekommen. Sie sind fabelhaft geworden."

„Das stimmt." Hocherfreut warf Natalie einen Blick auf den edel aussehenden Katalog, der vor ihr lag. „Melvin?"

Wie gewöhnlich nahm Melvin Glasky, ein Mann mittleren Alters, seine Brille ab und polierte, während er redete, mit einem Papiertaschentuch die Gläser. Melvins Leidenschaften waren Krawatten und das Golfspielen. Er trug ein grau meliertes Toupet, von dem er naiverweise annahm, es wäre sein kleines Geheimnis.

„In Atlanta siehts am besten aus, doch ich denke, auch Chicago und L. A. ziehen mit." Er deutete auf den Bericht, den Natalie vor sich liegen hatte. „Ich habe mit allen gesprochen, und wir haben Mittel und Wege gefunden, damit sie uns die Hilfe zukommen lassen, die wir benötigen. Nicht jeder war begeistert, wie man sich vorstellen kann." Mittlerweile blitzten die Gläser seiner Brille wie Diamanten, und er setzte sie wieder auf. „Die Filialleiterin in Chicago hat ihren

Warenbestand verteidigt wie eine Löwenmutter ihr Junges. Erst mal hat sie sich geweigert, auch nur einen einzigen BH rauszurücken."

Natalie verzog etwas den Mund. „So?"

„Ja. Also hab ich's auf dich geschoben."

Natalie lehnte sich im Stuhl zurück und grinste. „Gut so."

„Dann hab ich ihr die doppelte Menge von dem genannt, was du eigentlich brauchst. Sie ist fast vom Hocker gefallen." Er zwinkerte und fuhr dann fort: „Durch diesen Trick verschaffte ich mir einen Verhandlungsspielraum."

Natalie gefiel Melvins Taktik. In den achtzehn Monaten, die sie jetzt mit Melvin zusammenarbeitete, schätzte sie ihn von Tag zu Tag mehr. Er war wirklich großartig.

„Schließlich habe ich ihr gesagt, sie soll mir wenigstens die Hälfte von dem geben, was du angefordert hast. Ich würds auf meine Kappe nehmen."

„Du würdest einen Wahnsinnspolitiker abgeben, Melvin."

„Ja, was glaubst du denn, wer ich bin? Zu feilschen war schon immer meine Stärke. Nun ist es jedenfalls so, dass du ungefähr fünfzig Prozent des Warenbestands bekommst."

„Du bist unbezahlbar, Melvin. Deirdre?"

„Ich habe die vorgesehenen Steigerungen der Personalausgaben und der Sachausgaben durchgesehen." Deirdre Marks wickelte sich eine Haarsträhne um den Finger. Ihr Tonfall war leise mit einen leichten Mittelwest-Akzent, und ihr Verstand arbeitete so schnell und kontrolliert wie ein Hightech-Computer. „Mit den vorgesehenen Vergünstigungen, die du autorisiert hast, werden wir in die roten Zahlen kommen. Ich habe Grafiken …"

„Ich habs gesehen." Während sie sich alles, was sie eben gehört hatte, noch einmal durch den Kopf gehen ließ, massierte sich Natalie den schmerzenden Nacken. „Wenn die Versicherung bezahlt, werden wir alles ersetzen können. Ich bin bereit, fürs Erste noch einmal etwas von meinem Eigenkapital zuzuschießen, meinst du, dann könnten wir's schaffen?"

„Von einem klaren finanziellen Standpunkt aus sieht die Lage im Moment ziemlich düster aus", warnte sie. „Zumindest, was die absehbare Zukunft anbelangt. Die Verkäufe in den ersten Jahren müssten zumindest mehr als …" Sie zuckte die Schultern, als sie Natalies wild entschlossenen Gesichtsausdruck sah. „Na, die Zahlen hast du ja. „

„Ja, und ich weiß deine Extraarbeit zu schätzen. Die

Unterlagen über das Lagerhaus auf der South Sie sind komplett zerstört worden. Zum Glück hatte ich Maureen gebeten, von den meisten Papieren Fotokopien zu machen." Sie rieb sich die Augen. „Mir ist durchaus klar, dass wir dieses Jahr keinen besonderen Profit machen können. Doch mir sind nicht schnelle Erfolge wichtig, sondern der Durchbruch auf lange Sicht. Ich beabsichtige, innerhalb von zehn Jahren an der Spitze sowohl des Groß- als auch des Einzelhandels zu stehen. Und deshalb werde ich doch nicht beim ersten Hindernis schon schlappmachen."

Sie drehte nachdenklich an einem Knopf ihrer Kostümjacke, als der Summer ertönte. „Ja, Maureen?"

„Inspector Piasecki wünscht Sie zu sprechen, Miss Fletcher. Er hat aber keinen Termin."

Natalie warf einen Blick in ihren Terminkalender. Fünfzehn Minuten kann er haben, entschied sie. „Wir machen später weiter", informierte sie ihre Mitarbeiter. „Maureen, führen Sie Mr. Piasecki herein."

Ry war immer bemüht, möglichst schnell herauszufinden, ob derjenige, den er vor sich hatte, Freund war oder Feind. Er hatte sich noch nicht entschieden, welcher Kategorie Natalie Fletcher zuzuordnen war. Deshalb war er hier. Er wollte sein Bild vervollständigen und sie einmal in ihrer eigenen Umgebung erleben.

Alles war ungefähr so, wie er es sich vorgestellt hatte. Eine luxuriöse Lady in luxuriöser Umgebung. Na ja. Dicke Teppiche, viel Glas, helle, hohe Räume, am Empfang bequeme komfortable Sessel. Die Bilder an den Wänden waren zweifellos Originale, das sah er auf den ersten Blick. Und überall wucherten riesige Topfpflanzen.

Ihre Sekretärin oder Assistentin, oder was auch immer das auffallend hübsche Ding an der Rezeption sein mochte, arbeitete an einem Computer der jüngsten Generation.

Das Chefbüro war genauso wenig eine Überraschung. Ein blaugrauer Teppich, in dem er fast das Gefühl hatte zu versinken, die Wände waren mit Gemälden, angefertigt in einer modernen Spritztechnik, dekoriert, und die Möbel antik.

Ihr Schreibtisch schien ein Einzelstück zu sein. Hinreißend, dachte er. Mit Sicherheit aus Europa. Italienisches Design. Natalie, die ein elegantes Kostüm trug, saß dahinter und blickte ihm ruhig entgegen.

Außer ihr befanden sich noch drei andere Personen in dem Raum. Den jüngeren der beiden Männer kannte Ry bereits. Es war der, den Natalie heute Morgen umarmt hatte. Maßgeschneiderter Anzug, Krawatte, teure blank gewienerte Schuhe, hübsches Gesicht. Der andere war älter. Mitte fünfzig, schätzte Ry. Er machte den Eindruck, als hätte er eben über irgendetwas gelacht. Seinen Hemdkragen schmückte eine gepunktete Fliege, und auf dem Kopf trug er, Ry erkannte es sofort, ein mittelmäßiges Toupet.

Die Frau bildete einen guten Gegensatz zu ihrer Chefin. Ein bequemes Leinensakko – leicht zerknittert – flache Schuhe, messingfarbenes Haar, das sich nicht so recht zwischen Rot und Braun entscheiden konnte. Sie mochte etwa Anfang Vierzig sein. Und sah nicht so aus, als wolle sie ihr Alter verheimlichen.

„Inspector." Natalie wartete volle zehn Sekunden, ehe sie sich erhob und ihm die Hand entgegenstreckte.

„Inspector Piasecki untersucht den Brand in unserem Lagerhaus." Sie betrachtete ihn und registrierte, dass er wieder seine übliche Uniform, Jeans und ein Flanellhemd, trug. Gab es für Angestellte der Feuerwehr nicht ganz spezielle Dienstkleidung? „Inspector, darf ich vorstellen, das sind meine drei engsten Mitarbeiter – Donald Hawthorne, Melvin Glasky und Deirdre Marks."

Ry nickte kurz zu den dreien hinüber und widmete dann sogleich wieder Natalie seine ganze Aufmerksamkeit. „Wie kommt es, dass eine kluge Frau wie Sie sich ein Geschäftsbüro im zweiundvierzigsten Stockwerk einrichtet?"

„Wie bitte?"

„Eine Rettung hier wäre im Fall eines Brandes verdammt schwierig, so viel kann ich Ihnen verraten. Wenn der Aufzug ausfällt, müssen Sie – und natürlich nicht nur Sie, sondern auch all Ihre Angestellten – zweiundvierzig Stockwerke nach unten laufen. Und das in einem rauchgeschwängerten Treppenhaus."

Natalie setzte sich und vergaß vor Verblüffung nach dem Grund seines Besuchs zu fragen. „Das Gebäude ist vorschriftsmäßig mit allem ausgestattet. Alarmanlage, Feuerlöscher, Rauchdetektoren sowie einer Sprinkleranlage."

Er lächelte einfach. „Genauso wie Ihr Lagerhaus, Miss Fletcher."

Sie fühlte, wie sich ihre Kopfschmerzen zurückmeldeten. „Inspector, sind Sie hierher gekommen, um mich über den aktuellen Stand Ihrer Untersuchungen zu informieren oder um meinen Arbeitsplatz zu beanstanden?"

„Ich kann beides."

„Würdet ihr uns bitte entschuldigen?" Natalie warf ihren Mitarbeitern einen Blick zu, der ihnen bedeutete, dass sie allein sein wollte. Nachdem sich die

Tür geschlossen hatte, deutete Natalie auf einen Sessel. „Nehmen Sie Platz."

Dann fuhr sie in bestimmtem Ton fort: „Lassen Sie uns die Dinge beim Namen nennen, Mr. Piasecki. Sie mögen mich nicht, und ich mag Sie ebenso wenig. Doch wir haben ein gemeinsames Ziel. Wissen Sie, ich habe sehr oft mit Leuten zu tun, mit denen ich privat nie zu tun haben möchte. Doch das beeinträchtigt mich in keiner Weise in der Ausübung meines Jobs." Sie legte den Kopf leicht zur Seite und musterte ihn kühl. „Beeinträchtigt es Sie?"

„Keineswegs." Lässig schlug er die langen schlanken Beine übereinander, und ihr Blick fiel auf die abgewetzten Knie seiner Jeans.

„Gut. Also, was haben Sie mir zu erzählen?"

„Ich habe meine Untersuchungen beendet. Es war Brandstiftung."

Obwohl sie etwas Ähnliches zu hören erwartet hatte, krampfte sich ihr Magen zusammen. „Und kein Zweifel ist möglich?" Noch bevor er antworten konnte, schüttelte sie jedoch den Kopf. „Nein, sicher nicht. Ich habe gehört, dass Sie sehr sorgfältig arbeiten."

„So? Haben Sie? Sie solltens mal mit Aspirin versuchen, bevor Sie sich noch ein Loch in Ihren Kopf reiben."

Verärgert ließ Natalie die Hand sinken, mit der sie sich ihre Schläfen massiert hatte. „Was gedenken Sie als Nächstes zu tun?"

„Ich weiß jetzt Bescheid über die Brandursache, wie der Brand entstanden ist und wo. Jetzt brauche ich nur noch ein Motiv."

„Gibt es nicht Menschen, die Feuer legen, weil es sie auf irgendeine Weise erregt? Die es aus einem inneren Zwang heraus tun?"

„Sicher. Das gibt es." Er griff in seine Hemdtasche und förderte eine Zigarettenpackung zutage. Doch dann bemerkte er, dass nirgendwo ein Aschenbecher stand. Nichtraucherbüro, registrierte er und steckte das Päckchen wieder ein. „Aber vielleicht haben Sie ja jemanden angeheuert, Miss Fletcher. Sie waren hoch versichert."

„Das stimmt. Ich hatte einen guten Grund. Ich habe mehr als anderthalb Millionen verloren, allein was den Warenbestand und die Ausstattung anbetrifft."

„Sie waren aber viel höher versichert. Sie machen doch bestimmt ein Plus bei der ganzen Sache."

„Sie sollten nicht länger nach einem Versicherungsbetrug Ausschau halten, Inspector, damit verschwenden Sie nur Ihre Zeit."

„Oh, ich habe viel Zeit." Er stand auf. „Ich brauche

von Ihnen eine Aussage, Miss Fletcher. Ganz offiziell. In meinem Büro, morgen um vierzehn Uhr."

Natalie stand ebenfalls auf. „Sie können meine Aussage haben. Hier und jetzt."

„In meinem Büro, Miss Fletcher." Er nahm eine Visitenkarte aus seiner Brusttasche und warf sie auf den Schreibtisch. „Hier ist meine Adresse. Je eher wir beide im Reinen sind miteinander, desto schneller können Sie ihre Versicherungssumme kassieren, vergessen Sie das nicht."

„Sehr gut." Sie nahm die Karte und warf einen flüchtigen Blick darauf. „Je eher, desto besser. Wars das für heute, Inspector?"

„Ja." Sein Blick streifte über den Katalog, der vor ihr lag. Eine Schönheit mit elfenbeinfarbener Haut, die einen verführerischen roten Morgenmantel aus Seide und Spitzen trug, lag wie hingegossen auf einer Samtrecamière und lächelte dem Betrachter geheimnisvoll zu.

„Sehr hübsch." Er grinste Natalie an. „Eine elegante Art, Sex zu verkaufen."

„Nicht Sex, Inspector", verbesserte sie ihn gelassen. „Romantik. Viele Leute lieben das."

„Sie auch?"

„Ich glaube nicht, dass das etwas zur Sache tut."

„Ich frage mich, ob Sie an das, was Sie verkaufen, glauben, oder ob es Ihnen nur ums Geld geht." Er überlegte, ob sie eines ihrer Dessous unter ihrem perfekt sitzenden Schneiderkostüm trug.

„Nun, ich will Ihre Neugier befriedigen. Selbstverständlich glaube ich an das, was ich verkaufe. Und es macht mir Spaß, damit Geld zu verdienen." Sie nahm den Katalog in die Hand. „Möchten Sie ihn mitnehmen? Auf alle unsere Waren gibt es Garantie."

Wenn sie erwartet hatte, er würde das Heft zurückweisen, musste er sie enttäuschen. Ry griff nach dem Katalog und rollte ihn zusammen. „Danke."

„Wenn Sie mich jetzt bitte entschuldigen, ich habe einen Termin außer Haus."

Nun tat sie etwas, das er sich schon die ganze Zeit gewünscht hatte. Sie kam hinter ihrem Schreibtisch hervor. Denn was auch immer er über sie dachte, ihre Beine fand er einfach umwerfend. „Kann ich Sie irgendwohin mitnehmen?"

Sie war zu dem Wandschrank an anderen Ende des Zimmers gegangen und drehte sich überrascht um. „Nein. Ich habe selbst einen Wagen." Noch mehr erstaunte es sie, dass er jetzt zu ihr herüberkam und ihr in den Mantel half. Einen kurzen Moment lagen seine Hände leicht auf ihren Schultern.

„Sie sollten mal etwas ausspannen, Miss Fletcher."

„Ich bin zu beschäftigt, Inspector." Sie drehte sich um und stieß versehentlich gegen seine Brust. Verärgert trat sie einen Schritt zurück.

„Und zu nervös", fügte er hinzu, und um seine Lippen spielte ein leises, zufriedenes Lächeln. Er fragte sich, ob sie vielleicht einfach nur ebenso auf der Hut war vor ihm wie er vor ihr. „Das könnte einen Mann, der sowieso schon misstrauisch ist, noch misstrauischer machen. Verstehen Sie, was ich meine?"

„Ich bin fasziniert von Ihren Gedankengängen, Inspector. Wirklich."

Ihr Sarkasmus lief an ihm ab wie Regen an einer Öljacke. Sein Lächeln verstärkte sich. „Ich denke, Sie sollten so nicht weitermachen. So angespannt und reizbar. Sie sind doch ein kontrollierter Mensch und wissen, wie man ein Feuer klein hält. Doch im Moment sind Ihnen die Dinge etwas entglitten. Zweifellos interessant, das zu beobachten."

Er hatte nicht ganz Unrecht. „Wissen Sie, was ich glaube, Inspector?"

Das Grübchen in seinem Kinn vertiefte sich. „Erzählen Sie, ich bin gespannt."

„Ich denke, dass Sie ein arroganter, überheblicher Mensch sind, der viel zu viel von sich hält."

„Vielleicht haben wir ja beide Recht."

„Ich auf jeden Fall."

„Ja. Sie haben Recht." Er stand ganz nah bei ihr und bewegte sich keinen Millimeter von der Stelle. „Verdammt – Ihr Gesicht hat es mir wirklich angetan!"

„Wie bitte?"

„Oh, ich hab nur laut gedacht. Sie sind eine Klassefrau." Er erhob die Hand, als wollte er sie berühren, besann sich dann jedoch eines Besseren und rammte sie in seine Hosentasche. Er hatte Natalie aus dem Konzept gebracht. Das war offensichtlich. Sie starrte ihn an, halb erschrocken, halb fasziniert. Ry sah keinen Grund dafür, warum er nicht aus dieser Situation seinen Vorteil ziehen sollte. „Ein Mann, der bei Ihrem Anblick nicht zumindest ein paar Fantasien entwickelt, muss schon ziemlich abgestumpft sein."

„Ich glaube nicht …" Nur ihr Stolz verhinderte, dass sie einen Schritt zurücktrat. So, als sei alles ganz normal, blieb sie ungerührt da stehen, wo sie stand. „Ich muss schon sagen, ich finde Ihre Bemerkungen ziemlich unpassend – gelinde ausgedrückt."

„Wenn wir uns irgendwann einmal doch etwas näher kommen sollten, werden Sie herausfinden, dass Anstand nicht unbedingt Punkt eins auf meiner Prioritätenliste ist. Verraten Sie mir, haben Sie etwas mit

Hawthorne, diesem zuvorkommenden, gut aussehenden Mitarbeiter, der Sie so toll findet?"

„Mit Donald? Natürlich nicht." Eine Sekunde war sie entsetzt, dann fing sie sich jedoch sofort wieder. „Im Übrigen glaube ich kaum, dass Sie das etwas angeht."

Ihre Antwort erfreute ihn. In beruflicher sowie persönlicher Hinsicht. „Alles, was mit Ihnen zu tun hat, geht mich im Moment etwas an, Miss Fletcher."

„Aha, dieser erbärmliche Annäherungsversuch diente Ihnen also auch nur dazu, mich weiterhin auszuspionieren, weil ich unter Verdacht stehe?" Ihr Blick schien ihn zu durchbohren.

„Ich bin ganz und gar nicht der Meinung, dass hier etwas erbärmlich gelaufen wäre. Offensichtlich, das ja. Doch keineswegs erbärmlich. Aber immerhin hab ich ja Wirkung erzielt und etwas erfahren."

„Ich könnte ja auch gelogen haben."

„Hätten Sie gelogen, hätten Sie zuvor nachdenken müssen. Da Sie das nicht eine Sekunde getan haben, bin ich überzeugt davon, dass Sie die Wahrheit gesagt haben." Er merkte, dass es anfing, ihm Spaß zu machen, sie ein bisschen zu quälen, also machte er gleich weiter. „Wirklich, wenn ich ganz ehrlich sein soll, muss ich schon zugeben, dass ich Sie vom Äußeren her sehr ansprechend finde. Doch keine Angst, das wird meine Arbeit in keiner Weise beeinträchtigen. Ich bin absolut unbestechlich."

„Sie sind wirklich absolut widerwärtig, Inspector Piasecki."

„So was Ähnliches sagten Sie bereits." Er streckte die Hand nach ihrem Mantel aus. „Kragen hoch", empfahl er ihr mit einem unverschämten Grinsen. „Es ist kalt draußen." Während er sich zum Gehen wandte, fügte er noch hinzu: „Wir sehen uns in meinem Büro. Morgen um vierzehn Uhr."

Dann hob er die Hand zum Gruß und verließ das Zimmer.

Natalie Fletcher. Ein scharfer Verstand in einer exklusiven Verpackung. Intelligent war sie zweifellos. Vielleicht hatte sie ja doch ihr eigenes Lagerhaus in Brand gesteckt, um Profit für sich herauszuholen. Sie wäre nicht die Erste und würde auch nicht die Letzte sein.

Doch sein Instinkt sagte ihm, dass sie es nicht gewesen war.

Sie erschien ihm nicht als die Frau, die derartige Lösungen wählen wurde.

Der Aufzug hielt, und die Türen öffneten sich geräuschlos. Nachdenklich stieg er ein.

Alles an ihr war perfekt. Und ihr Hintergrund machte es auch nicht gerade wahrscheinlicher, dass sie eine Betrügerin war. Fletcher Industries könnten allein mit dem Gewinn, den sie pro Jahr machten, ein paar kleine Dritte-Welt-Länder aufkaufen. Dieser neue Zweig des Konzerns war offensichtlich Natalies Augapfel, und auch wenn er nicht laufen würde, wäre das mit Sicherheit kein großes Drama für das Unternehmen.

Natürlich durfte er das emotionale Moment bei der Angelegenheit nicht außer Acht lassen. Sie hatte anscheinend eine Menge Gefühl in dieses Vorhaben gesteckt. Es könnte ein Motiv dafür sein, sich ein finanzielles Polster verschaffen zu wollen, um über die schwierigen Anfangszeiten hinwegzukommen.

Doch das reichte ihm als Beweggrund nicht aus. Nicht bei ihr.

Vielleicht jemand anders aus der Firma? Wer weiß? Oder ein Konkurrent? Möglicherweise auch einfach ein klassischer Pyromane, der sich wieder einmal einen Thrill verschaffen musste.

Wer auch immer das Feuer in dem Lagerhaus gelegt hatte, er würde es herausfinden.

Und währenddessen, dachte er amüsiert, werde ich mit Vergnügen noch ein wenig an Natalie Fletchers Käfig rütteln. Nur so zum Spaß, um zu sehen, was passiert. Mal sehn, ob ich die coole Geschäftsfrau nicht ein wenig aus der Ruhe bringen kann.

Eine Klassefrau. Sie sah wirklich verdammt gut aus – als sei sie der Werbeträger für die Luxusartikel, die sie verkaufte.

Nachdem er aus dem Aufzug gestiegen war, ertönte der Piepser an seinem Gürtel. Schon wieder ein Feuer, dachte er und beeilte sich, zum nächstgelegenen Telefon zu kommen.

3. KAPITEL

Ry ließ sie volle fünfzehn Minuten warten. Nun ja, den Trick kannte sie, sie hatte ihn auch schon oft angewandt. Darauf fiel sie mit Sicherheit nicht herein.

Er arbeitete in einer der ältesten Feuerwachen der Stadt, zwei Stockwerke über den Garagen, wo die Feuerwehrautos standen. Sein Büro befand sich in einem verglasten Kasten, der einen nicht gerade aufregenden Blick auf einen verwahrlosten Parkplatz und graue Mietskasernen bot.

Durch die geöffnete Tür sah Natalie im Nebenzimmer eine Frau lustlos auf einer Schreibmaschine herumhacken. Die Wände, in einem schmuddeligen Gelb gehalten, schrien förmlich nach einem neuen Anstrich. Vor Jahrzehnten, so stand zu vermuten, waren sie einmal weiß gewesen. Überall hingen Fotos von Brandschauplätzen – einige von ihnen erschienen Natalie so Furcht erregend, dass sie sich abwandte. An einer Pinnwand waren dienstliche Mitteilungen mit Stecknadeln befestigt sowie eine Reihe von Polenwitzen, die nicht unbedingt von gutem Geschmack zeugten.

Ry hatte offensichtlich keinerlei Probleme mit dem etwas zweifelhaften Humor seiner Kollegen.

Metallregale, voll gestopft mit Büchern, Akten, Pamphleten und ein paar Basketballtrophäen, standen an den Wänden. Natalie verspürte einen Juckreiz in der Nase und musste niesen. Himmel, hier lag der Staub ja beinahe fingerdick herum. Rys Schreibtisch war nicht größer als ein Kartentisch und kaum weniger ramponiert. Damit er nicht wackelte, hatte er kurzerhand ein Taschenbuch darunter gelegt. The Red Pony.

Der Mann hatte ja nicht einmal vor dem großen Schriftsteller John Steinbeck Respekt!

Weil ihre Neugier noch immer nicht gestillt war, erhob Natalie sich von dem Klappstuhl, auf dem sie gesessen hatte, ging zum Schreibtisch und fing an, ein bisschen herumzustöbern. Nichts Persönliches, registrierte sie. Keine Fotos, keine Erinnerungsstücke. Verbogene Büroklammern, abgebrochene Bleistifte, eine Nagelschere, ein vollkommen lächerliches Durcheinander von Papierbergen, in denen sich bestimmt kein Mensch zurechtfand. Aus Versehen stieß sie einen um und wich vor Schreck zurück, als darunter der Kopf einer Puppe zum Vorschein kam.

Natalie musste über sich selbst lachen, denn so Furcht erregend war der abgerissene Puppenkopf ja nun auch wieder nicht. Nachdenklich blickte sie auf die Überreste des Kinderspielzeugs, das gekräuselte blonde Haar war versengt, das einstmals rosige Gesicht aus Plastik war auf der einen Seite geschmolzen und starrte sie nur noch aus einem himmelblauen Glasauge an.

„Ein Souvenir", erklärte Ry, als er ins Zimmer trat. Er hatte sie bereits seit ein oder zwei Minuten von der offenen Tür aus beobachtet. „Ein kleines Mädchen hat es mir geschenkt." Er schaute hinunter auf den Schreibtisch. „Sie war nach dem Brand Gott sei Dank in einem etwas besseren Zustand als ihre Puppe."

Ihr lief ein Schauer über den Rücken. „Das ist ja schrecklich."

„Ja. Das war es wirklich. Der Vater der Kinder kippte im Wohnzimmer einen Kanister Benzin aus, weil seine Frau sich scheiden lassen wollte. Nachdem er sein Werk dann beendet hatte, war das nicht mehr nötig."

Wie kaltschnäuzig er das erzählt, dachte sie entsetzt. Aber vielleicht kann man diesen Job nicht anders machen. „Sie haben einen traurigen Beruf, Inspector."

„Genau aus diesem Grund liebe ich ihn." Es klopfte zaghaft an der Glastür, und Ry deutete auf den Klappstuhl. „Setzen Sie sich. Ich bin gleich zurück." Mit diesen Worten verschwand er nach nebenan.

Durch die geschlossene Tür vernahm Natalie Stimmen. Sie brauchte nicht erst zu hören, wie Ry seine Stimme erhob, um mitzubekommen, dass er jemandem eine Standpauke erteilte, die es in sich hatte.

„Wer hat dir gesagt, dass du frische Luft reinlassen sollst, Azubi?"

„Sir, ich hab gedacht ..."

„Auszubildende haben nicht zu denken. Du weißt noch längst nicht genug, um selbstständig denken zu können, merk dir das gefälligst. Doch wenn du wirklich nachgedacht hättest, wäre dir schon eingefallen, was passiert, wenn Feuer Luftzufuhr bekommt, und wenn du dazu noch, verdammt noch mal, in einer riesigen Öllache stehst!"

„Ja, Sir. Ich weiß, Sir. Ich ... ich habs nicht gesehen. Der Rauch ..."

„Du musst lernen, durch den Rauch hindurchzusehen. Du musst lernen, durch alles hindurchsehen zu können, kapiert? Und wenn sich das Feuer in die verdammte Wand reinfrisst, kannst du es nicht dadurch verhindern, dass du ihm noch mehr Nahrung gibst. Du kannst dich glücklich schätzen, dass du überhaupt noch am Leben bist, Azubi, und es ist die Mannschaft, die unglücklich sein müsste, dass sie mit so einem Esel zusammenarbeiten muss."

„Ja, Sir. Ich weiß, Sir."

„Du weißt nichts. Rein gar nichts. Einen Dreck weißt du! Das ist das Wichtigste, was du dir immer wieder vor Augen halten musst, wenn du das nächste Mal ins Feuer gehst, verstanden? Und jetzt raus hier!"

Natalie schlug die Beine übereinander, als Ry zurückkam. „Ein wirklicher Diplomat, das muss ich schon sagen. Der Junge ist doch bestimmt nicht älter als zwanzig."

„Wäre doch schön, wenn er ein hohes Alter erreichen würde, oder?"

„Für Ihre Art von Gesprächsführung hätte ich wohl besser meinen Anwalt mitbringen sollen."

„Entspannen Sie sich." Er setzte sich hinter seinen Schreibtisch und fegte schwungvoll einen Stapel Akten beiseite. „Keine Angst, ich bin nicht befugt, jemanden festzunehmen, ich ermittle lediglich."

„Nun, dann kann ich ja beruhigt schlafen." Nervös sah sie auf ihre Armbanduhr. „Was meinen Sie, wie lange dieses Verhör hier dauern wird? Zwanzig Minuten meiner Zeit hab ich bereits hier verschwendet."

„Oh, Entschuldigung, ich hab Sie aufgehalten." Er öffnete die Tüte, die er mitgebracht hatte. „Haben Sie schon zu Mittag gegessen?"

„Nein." Erstaunt sah sie, wie er jetzt eine Schachtel herausnahm, die verführerisch duftete. „Sagen Sie bloß, Sie haben mich hier warten lassen, während Sie sich etwas zu essen geholt haben!"

„Es lag am Weg." Er hielt ihr ein Rostbeef-Sandwich hin. „Hier, mögen Sie nicht? Es schmeckt wirklich lecker. Kaffee gibts auch."

„Einen Kaffee nehme ich gern. Behalten Sie Ihr Sandwich."

„Bedienen Sie sich selbst." Er schob ihr eine Tasse hin und deutete auf die Thermoskanne, die vor ihm stand. „Haben Sie etwas dagegen, wenn ich ein Tonbandgerät mitlaufen lasse?"

„Ganz im Gegenteil."

Während er sich mit Appetit über sein Sandwich hermachte, öffnete er eine Schreibtischschublade und entnahm ihr einen Kassettenrekorder. „Sie müssen ja einen ganzen Schrank voll mit solchen Kostümen haben." Das, was sie heute trug, war von einem tiefen Himbeerrot. „Ziehen Sie manchmal auch was anderes an?"

„Wie bitte?"

„Nur ein bisschen Konversation, Miss Fletcher, nichts weiter."

„Ich bin nicht hier, um Konversation zu machen", entgegnete sie spitz. „Und hören Sie auf, mich ständig in diesem seltsamen Ton Miss Fletcher zu nennen."

„Kein Problem, Natalie. Sie können Ry zu mir sagen." Er drückte auf eine Taste des Rekorders und begann, Datum, Uhrzeit und Ort der Befragung auf Band zu sprechen. Dann griff er nach einem Schreibblock und einem Stift. „Betreff: Brand am 12. Februar dieses Jahres im Lagerhaus von Fletcher Industries, South Harbour Avenue 21. Interviewführer: Inspector Ryan Piasecki, Interviewpartnerin Natalie Fletcher."

Er nahm einen Schluck Kaffee. „Miss Fletcher, sind Sie die Besitzerin des zerstörten Gebäudes und allem, was sich darin befand?"

„Sowohl das Gebäude als auch die Innenausstattung und der Warenbestand sind – waren – Eigentum von Fletcher Industries."

„Zu welchem Zeitpunkt hat die Firma das Gebäude käuflich erworben?"

„Vor acht Jahren. Früher wurde es für unser Schifffahrtsgeschäft genutzt."

Die Heizung hinter ihm begann zu singen und zu gluckern. Ry stieß einmal kurz mit dem Fuß dagegen. Sofort kehrte wieder Ruhe ein.

„Und jetzt?"

„Die Büros der Schifffahrtsgesellschaft sind inzwischen woanders angesiedelt." Langsam entspannte sie sich etwas. Die Atmosphäre hatte sich normalisiert, der Ton war sachlich und nüchtern. „Das Lagerhaus wurde fast zwei Jahre lang umgebaut. Dann brachten wir dort einen Teil der Produktion und den Versand unserer Dessous unter."

„Von wann bis wann ging die Arbeitszeit?"

„Normalerweise von acht bis sechs, Montag bis Freitag. In den letzten Monaten hatten wir mit dem Versand und der Eröffnung des Geschäfts in der Innenstadt so viel zu tun, dass am Samstagvormittag auch noch gearbeitet werden musste."

Noch immer an seinem Sandwich kauend, stellte er weitere Fragen über die Geschäftspraktiken der Gesellschaft, das Sicherheitskonzept und ob es in der Vergangenheit vielleicht bereits Fälle von Vandalismus gegeben hätte.

Ihre Antworten kamen knapp, klar und präzise.

„Sie haben einen Großteil Ihrer Freizeit in den Aufbau dieser Firma gesteckt und, wie Sie sagen, auch einen Teil Ihres eigenen Geldes."

„Das ist richtig."

„Was passiert, wenn das Geschäft nicht so läuft, wie Sie erwarten?"

„Es wird laufen."

Er hatte jetzt sein Mittagessen beendet, schenkte sich eine Tasse Kaffee ein und lehnte sich im Stuhl zurück. „Und wenn nicht?"

„Dann hab ich Zeit verloren und Geld."

„Wann waren Sie vor dem Feuer das letzte Mal in dem Gebäude?"

Die plötzliche Wendung des Gesprächs überraschte sie zwar, störte sie jedoch nicht. „Ich war drei Tage vor dem Brand dort. Routinemäßig. Nur um zu sehen, ob alles läuft. Das müsste der neunte Februar gewesen sein."

Er schrieb es auf seinen Block. „Haben Sie bemerkt, dass irgendetwas anders war als sonst?"

„Nein. Wenn das der Fall gewesen wäre, hätte ich umgehend etwas unternommen. Doch alles war wie immer."

Seine Augen ruhten unverwandt auf ihr. „Sind Sie durch das ganze Gebäude gegangen, haben alles genau kontrolliert?"

„Soweit es nötig war." Sie begann sich unter seinem durchdringenden Blick unwohl zu fühlen. „Natürlich hab ich nicht jedes Negligee in die Hand genommen und überprüft. Wozu auch. Das wäre wohl kaum besonders produktiv, dafür hab ich meine Leute."

„Das Gebäude wurde Anfang November inspiziert. Sie waren mit der Funktionsweise der Alarmanlage vertraut?"

„Aber sicher."

„Können Sie sich erklären, warum in der Nacht des Brandes sowohl die Alarmanlage als und auch die Sprinkleranlage ausgeschaltet waren?"

„Ausgeschaltet?" Sie zuckte zusammen. „Ich verstehe nicht, was Sie damit meinen."

„Irgendjemand hat sich daran zu schaffen gemacht, Miss Fletcher."

Sie sah ihn an. „Das kann ich mir nicht erklären. Sie vielleicht?"

Er nahm eine Zigarette aus dem Päckchen, das vor ihm auf dem Schreibtisch lag, und steckte sie sich zwischen die Lippen. Dann riss er ein Streichholz an und gab sich Feuer. „Haben Sie irgendwelche Feinde?"

Überrascht riss Natalie die Augen auf. „Feinde?"

„Ja. Irgendjemand, von dem Sie annehmen, er könnte Ihnen zum Beispiel Erfolg missgönnen."

„Ich ... Nein, das kann ich mir nicht vorstellen. Weder geschäftlich noch privat." Der Gedanke ließ sie erschaudern. Sie strich sich mit der Hand durchs Haar. „Natürlich haben wir Konkurrenten ..."

„Irgendjemand, mit dem es schon mal Ärger gegeben hat?"

„Nein."

„Unzufriedene Angestellte? Haben Sie vielleicht kürzlich mal jemanden gefeuert?"

„Nein. Aber ich kann natürlich nicht für den ganzen Konzern sprechen. Meine Abteilungsleiter handeln selbstständig. Doch bis zu meinem Schreibtisch ist nichts vorgedrungen."

Ry zog an seiner Zigarette und inhalierte nachdenklich. Dann griff er wieder zu seinem Stift und machte sich eine Notiz. Zeit, langsam zum Schluss zu kommen, beschloss er.

„Heute Morgen hab ich mit dem Sachverständigen Ihrer Versicherung gesprochen", teilte er ihr mit. Während sie schweigend dasaß, drückte er sorgfältig seine Zigarette im Aschenbecher aus. „Möchten Sie etwas Mineralwasser?"

„Nein." Sie holte tief Luft. „Haben Sie mich in Verdacht?" fragte sie dann direkt.

„In meinen Bericht geht nur das ein, was ich weiß, nicht das, was ich vermute."

„Ich will es aber wissen." Sie war aufgestanden. „Ich will wissen, was Sie denken."

Sie ist hier vollkommen fehl am Platz. Das war der Gedanke, der ihm durch den Kopf ging. Sie passte nicht hierher, in dieses enge, voll gestopfte, muffige Bürozimmer mit seinen vergilbten Tapeten und dem Mobiliar, von dem man vermuten konnte, es stamme vom Sperrmüll.

„Ich weiß nicht, Natalie, möglicherweise beeinträchtigt Ihr hübsches Gesicht mein Urteilsvermögen, aber ich denke, nein. Nein, ich glaube nicht, dass Sie die Brandstifterin waren. Fühlen Sie sich jetzt ein wenig besser?"

„Nicht viel, doch ich kann nichts machen. Mir bleibt nur zu hoffen, dass Sie bald herausfinden, wer der Täter war." Sie seufzte leise. „So schwer es mir auch fällt, das zu sagen, irgendwie habe ich das Gefühl, Sie sind der richtige Mann für diesen Job."

„Oh, ein Kompliment! Und das schon jetzt, wo unsere Beziehung doch noch in den Kinderschuhen steckt! Ich danke Ihnen!" Die Ironie tropfte ihm förmlich von den Lippen.

„Mit ein bisschen Glück, Inspector, wird es das erste sein und auch das letzte", konterte sie spitz und bückte sich nach ihrer Aktenmappe, die neben dem Stuhl auf dem Boden stand. Er war ebenfalls aufgestanden und trat rasch neben sie. Gleichzeitig griffen beide nach ihrer Tasche, und seine Hand kam wie zufällig auf ihrer zu liegen.

„Gönnen Sie sich mal eine Pause."

Sie bewegte ihre Finger und spürte die Wärme, die von ihm ausging. „Wie bitte?"

„Sie laufen dauernd auf Hochtouren, Natalie, Sie

werden sich noch vollkommen verausgaben. Sie brauchen Entspannung."

Es war merkwürdig, doch sie genoss es in gewisser Weise, seine Hand auf ihrer zu spüren. „Alles, was ich brauche, ist, schnellstens wieder zurück zu meiner Arbeit zu kommen. Wars das dann, Inspector?" gab sie kühl zurück und zog ihre Hand unter seiner hervor.

„Ich dachte, wir wären schon beim Vornamen angelangt. Kommen Sie, ich will Ihnen noch was zeigen."

„Ich habe wirklich keine Zeit mehr …" versuchte sie zu widersprechen, doch er zog sie bereits am Arm hinter sich her aus dem Zimmer. „Ich habe jetzt einen Termin."

„Das scheinen Sie immer zu haben. Sind Sie schon zu spät dran?"

„Nein, noch nicht."

„Wirklich eine Traumfrau, das kann man nicht anders sagen. Schön, intelligent, gewitzt und absolut pünktlich. Wie groß sind Sie eigentlich ohne diese verwegenen Stelzen?"

Indigniert sah sie auf ihre eleganten italienischen Pumps hinunter. Dann hob sie die Augenbrauen. „Groß genug."

Er blieb auf der Treppe stehen und drehte sich zu ihr um. Er stand bereits eine Stufe tiefer als sie, sah ihr offen in die Augen und grinste frech. Ihre Gesichter waren ungefähr auf gleicher Höhe. „Tatsächlich, groß genug."

Er griff nach ihr, als sei sie ein störrischer Esel, und zog sie hinter sich her die Stufen nach unten.

Als sie die Tiefgarage betraten, inspizierten ein paar Männer soeben gründlich einen Feuerwehrwagen und begrüßten Ry. Nachdem sie Natalie einer ausführlichen Musterung unterzogen hatten, wandten sie sich mit einem vielsagenden Grinsen wieder ihrer Arbeit zu.

„Sie müssen schon entschuldigen", klärte Ry Natalie auf. „Doch solche Beine wie Ihre sehen meine Leute nicht jeden Tag. So, jetzt werde ich Sie ein bisschen in Schwung bringen."

„Was?"

„Ich werd Sie ein bisschen in Schwung bringen", wiederholte er und öffnete die Tür eines Wagens. „Nicht deswegen, damit sich die Jungs an Ihrem Anblick erfreuen können, wenn Sie hier raufklettern, sondern ..." Bevor sie sich wehren konnte, hatte er ihr den Arm um die Taille gelegt und sie auf den Sitz des Feuerwehrautos gehoben.

Sie dachte kurz darüber nach, ob sie jetzt empört sein sollte, da sprang er auch schon aufs Trittbrett. „Rutschen Sie rüber, sonst setze ich mich auf Ihren Schoß."

Sie machte ihm Platz. „Was soll das?"

„Jeder muss schließlich einmal in seinem Leben in einem Feuerwehrwagen gesessen haben." So, als sei er zu Hause, legte er lässig seinen Arm über die Sitzlehne. „Na, wie gefällt es Ihnen?"

Schweigend betrachtete sie die Messgeräte und Skalen am Armaturenbrett und die überdimensionale Gangschaltung. Sie wandte den Kopf und entdeckte an der Rückwand der Fahrerkabine ein vergilbtes Foto, das ein äußerst spärlich bekleidetes Mädchen zeigte. „Sehr interessant."

„Finden Sie?"

Sie überlegte, mit welchem Knopf man wohl die Sirene anschaltete und mit welchem das Licht. „Ja, ja. Es ist lustig." Sie lehnte sich nach vorn. „Ist das hier die …"

Er hielt ihre Hand fest, bevor sie an der Schnur, die über ihrem Kopf herunterbaumelte, ziehen konnte. „Sirene", beendete er ihren Satz. „Die Jungs sind den Sound ja gewöhnt, doch glauben Sie mir, wenn Sie sie jetzt hier in der Garage einschalten, werden Sie es bitter bereuen. Ihnen würden die Ohren abfallen." Er lachte.

„Wie schade." Sie strich sich das Haar hinter die Ohren und schaute ihn an. „Zeigen Sie mir Ihr Spielzeug, damit ich mich etwas entspannen kann, oder nur, um anzugeben?"

„Vielleicht deshalb, weil ich Sie doch nicht für eine so trübe Tasse halte, wie man auf den ersten Blick annehmen könnte."

„Sie sind ja so charmant! Ich muss wirklich aufpassen, dass ich mich nicht auf der Stelle in Sie verliebe." Sie lachte und bemerkte, dass sie sich tatsächlich etwas entspannt hatte. „Na ja, dagegen sind wir wohl beide bestens gefeit. Wie kommts, dass Sie Ihr halbes Leben in Feuerwehrautos verbracht haben?"

„Sie haben doch längst Ihre Ermittlungen über mich angestellt. Dann müssen Sie das auch wissen." Lässig hob er seine Hand und strich sanft mit einem Finger über ihr Haar. Weich, dachte er, und schimmernd wie Seide.

„Das mit den Ermittlungen stimmt." Sie lehnte sich zurück. „Doch das Warum will ich von Ihnen persönlich wissen."

„Okay, wir sind quitt. Also, ich bin Feuerschlucker in der dritten Generation. Es liegt meiner Familie anscheinend im Blut."

„Mmmmh…" Sie verstand. „Doch irgendwann haben Sie's aufgeben."

„Nein, ich hab nur einen anderen Gang eingelegt.

Das ist alles. Aber Sie wissen ja, wie das ist, seiner Leidenschaft entkommt man nicht."

Sie vermutete, dass dies nicht ganz die Wahrheit war. „Warum bewahren Sie dieses Andenken auf Ihrem Schreibtisch auf?" Natalie sah, wie er kurz die Lippen zusammenpresste und die Augen schloss. „Diesen Puppenkopf", ergänzte sie.

„Er stammt aus meinem letzten Feuer." Ry erinnerte sich daran, als wäre es gestern gewesen – die unerträgliche Hitze, die dichten Rauchschwaden, die Schreie. „Ich brachte das Mädchen raus. Die Tür zum Schlafzimmer war verschlossen gewesen. Ich vermutete, dass er seine Frau und das Kind eingesperrt hatte. Wenn du nicht mit mir leben kannst, kannst du erst recht nicht ohne mich leben, so auf die Tour, verstehen Sie. Er hatte ein Gewehr. Es war nicht geladen, doch die Frau wusste das nicht."

„Wie entsetzlich." Sie überlegte, ob sie, wenn sie an der Stelle der Frau gewesen wäre, es riskiert hätte, erschossen zu werden. Wahrscheinlich ja. Einen gezielten Schuss, schnell und endgültig, hätte sie einem qualvollen Tod in den Flammen mit Sicherheit vorgezogen. „Die eigene Familie."

„Manche Burschen stehen einer Scheidung nicht gerade freundlich gegenüber. Sie können den Gedanken daran nicht ertragen." Er zuckte die Schultern. Seine eigene war nicht besonders schmerzhaft für ihn gewesen, lediglich eine Umstellung. "Es war ein Holzhaus, schon ziemlich alt. Hat gebrannt wie Zunder. Beide zusammen, die Frau und das Kind, konnte ich nicht rausbringen. Die Mutter flehte mich an, ihre Tochter in Sicherheit zu bringen. Also rettete ich erst das kleine Mädchen."

Seine Augen verdunkelten sich und fixierten etwas, das nur er sehen konnte. "Die Mutter kam im Feuer um. Ich sah es kommen, doch ich hoffte, dass ich noch eine Chance hätte, auch sie rauszuholen. Aber die Zeit reichte nicht mehr."

"Sie haben das Kind gerettet", sagte Natalie leise.

"Die Mutter hat es gerettet. Sie hat mit ihrem Leben bezahlt."

Niemals würde er diese schreckliche Situation vergessen können. "Der Hundesohn, der das Feuer gelegt hat, sprang aus einem Fenster im ersten Stock. Ja, sicher, er hatte schwere Brandverletzungen, eine Rauchvergiftung und ein gebrochenes Bein. Doch er überlebte das Feuer."

Die Erinnerung schmerzt ihn noch immer, erkannte sie und war erstaunt darüber, dass er so viel Mitgefühl empfinden konnte. Das hatte sie ihm nicht zugetraut.

Es erschütterte das Bild, das sie sich bisher von ihm gemacht hatte. „Und nach dieser Erfahrung haben Sie sich entschieden, anstelle der Brände die Brandstifter zu bekämpfen?"

„Mehr oder weniger." Als die Alarmglocke schrillte, hob er den Kopf wie ein Wolf, der eine Beute wittert. Augenblicklich füllte sich die Halle mit Leben, Rufe wurden laut, Befehle gebrüllt, Autotüren zugeschlagen, Motoren angelassen. Ry passte seine Stimmlage dem Getöse, das um sie herum herrschte, an. „Lassen Sie uns verschwinden. Wir sind nur im Weg."

Rasch öffnete er die Wagentür, sprang hinaus und half Natalie herunter.

„Eine Chemiefabrik", hörte sie einen Mann, der sich gerade seine Schutzkleidung überstreifte, einem anderen zurufen.

Kurz darauf war der Spuk vorbei, und die Tiefgarage still und menschenleer. Nur aus der Ferne vernahm sie noch das schrille Geheul der Sirenen.

„Dass das so schnell geht", wunderte sich Natalie, und ihr Puls ging vor Erregung rascher als sonst.

„Ja."

„Es ist aufregend." Sie presste die Hand auf ihr Herz, das hart klopfte. „Das habe ich mir nie so vorgestellt. Vermissen Sie es nicht?" Sie sah ihn an und ließ die Hand sinken. Sie war über sich selbst erstaunt. Der ungehobelte Inspector interessierte sie plötzlich.

Er hielt sie noch immer am Arm und sah ihr jetzt ins Gesicht. „Hin und wieder."

„Es ist … Ich sollte jetzt gehen."

„Ja. Sie sollten gehen." Doch er strafte seine Worte Lügen, indem er sie zu sich herumdrehte und die Arme um sie legte. Möglicherweise war es eine Kurzschlussreaktion wegen des plötzlichen Feueralarms, vielleicht auch der verführerische Duft, den sie ausströmte, was auch immer, jedenfalls begann sein Herz schneller zu schlagen.

„Das ist Wahnsinn", stieß sie erschrocken hervor. Sie ahnte, was er zu tun beabsichtigte. Und sie wünschte, dass er es tat. „Es wäre ein Fehler."

Ein winziges Lächeln saß in seinen Mundwinkeln. „Worum gehts?" Dann küsste er sie.

Sie stieß ihn nicht zurück. Einen Herzschlag lang machte sie gar nichts. Sie fühlte sich wie erstarrt. Doch dann erfasste sie eine heftige Welle verwirrender Gefühle, ihr Puls begann zu rasen, all ihre Sinne erwachten zu einem fast eigenständigen Leben, und Lustschauer jagten ihren Rücken hinab.

Sein Kuss war nicht zärtlich, sondern hart, und Ry presste sie fest an sich, so dass sie seinen muskulösen, durchtrainierten Körper auch durch ihren Wintermantel hindurch noch spüren konnte. Ein Taumel von Sinneslust überfiel sie, sie war nicht mehr länger die kühl kalkulierende Geschäftsfrau, jetzt stieg ein nie gekanntes Verlangen in ihr empor, und sie bemühte sich gar nicht darum, es niederzukämpfen. Nein, sie wollte es auskosten.

Er dachte nicht länger „nur einmal", wie es ihm in den vergangenen Tagen manchmal unvermutet in den Sinn gekommen war. Nach der ersten Berührung hatte er das Gefühl, dass er hoffnungslos verloren war. Er wusste, dass er um mehr bitten würde, dass er ihren Kuss, der sanft und sinnlich zugleich war, niemals mehr würde auslöschen können aus seiner Erinnerung.

Hitze brodelte in ihren Körpern, während der Wind durch die offen stehende Tür der Halle pfiff. Straßenlärm drang herein, Autos hupten, Reifen quietschten, doch Ry und Natalie hörten nichts. Ineinander versunken, gaben sie sich dem Gefühl hin, die Welt bestünde nur aus ihnen beiden, und sonst gäbe es nichts.

Nach einiger Zeit löste er seine Lippen von ihren und schaute ihr in die grünen, lustverhangenen Augen. Und küsste sie gleich darauf von neuem.

Nein, nicht nur einmal. Einmal reichte längst nicht aus.

Er erstickte sie fast mit seinem leidenschaftlichen Kuss. Sie fühlte sich wie berauscht. Jetzt näherte sich sein Mund ihrem Ohr, und er flüsterte ihr heiser Worte zu, die sie nicht verstand. Zum ersten Mal in ihrem Leben konnte sie nichts anderes tun als fühlen. Ihr Verstand, der sie begleitet hatte, so lange sie denken konnte, war ausgeschaltet und ließ ihren Gefühlen freien Raum.

Plötzlich machte er sich frei. Welcher Teufel hatte ihn denn bloß eben geritten? Noch ganz außer Atem und mit weichen Knien nahm er die Hände von ihren Schultern und schob sie in die Hosentaschen. „Entschuldigen Sie bitte", sagte er förmlich. „Es tut mir Leid."

Wie vom Donner gerührt stand sie da und starrte ihn an. In ihren Augen lag eine Mischung aus Schock und Begierde. „Es tut Ihnen Leid?" wiederholte sie und holte tief Luft. Warum bloß gelang es ihr nicht, wieder einen klaren Kopf zu bekommen? „Es tut Ihnen Leid?"

„Richtig." Er wusste nicht, wen er mehr verfluchen sollte, sich selbst oder sie. Verdammt noch mal, seine Knie fühlten sich ja an, als hätte er Pudding in den Knochen! „Es war gegen die Spielregeln."

„Gegen die Spielregeln."

Sie strich sich das Haar aus der Stirn und registrierte wütend, wie erhitzt sie war. Er hatte die Mauern der Festung, die sie um sich herum erbaut hatte, rücksichtslos niedergerissen, und nun hatte er auch noch die Unverschämtheit, das zu bedauern! Sie hob das Kinn und straffte ihre Schultern.

„Sie sind doch sicherlich in der Lage, mir einen kleinen Hinweis zu geben, Inspector. Pflegen Sie Ihre Verdächtigen immer zu befummeln?"

In seinen Augen glimmte ein Feuer. „Das ‚Befummeln', wie Sie es zu nennen belieben, beruhte ja wohl durchaus auf Gegenseitigkeit. Ansonsten kann ich Ihnen auf Ihre Frage ein eindeutiges Nein zur Antwort geben. Sie waren die Erste."

„Schön für mich." Erstaunt und entsetzt darüber, dass sie sich den Tränen nahe fühlte, hob Natalie ihre Aktenmappe vom Boden auf. „Ich denke, damit ist unser Treffen beendet."

„Moment." Ry verfluchte sie im Stillen beide zu gleichen Teilen, während sie, ohne ihn weiter zu beachten, zur Tür ging. „Ich habe gesagt, Moment!" Er rannte hinter ihr her und erwischte sie beim Hinausgehen gerade noch am Ärmel.

Sie versuchte, wieder ins Gleichgewicht zu kommen. Sie durfte sich ihre Enttäuschung nicht anmerken lassen. Verärgert holte sie tief Luft. „Ich hätte wirklich nicht übel Lust, Ihnen eine zu scheuern. Leider bin ich dazu zu gut erzogen."

„Ich habe mich entschuldigt."

„Reden Sie keinen Stuss!"

Bleib sachlich, ermahnte er sich. Entweder das, oder er würde sie noch einmal küssen. „Sehen Sie, Miss Fletcher, Sie kommen doch sowieso nicht gegen mich an, warum versuchen Sie es denn erst?"

„Irrtum. Ich versichere Ihnen, dass ich es zu einem solchen Zwischenfall nicht noch einmal kommen lasse." Er wollte wieder nach ihrem Arm greifen, doch sie bemerkte es rechtzeitig und trat durch das geöffnete Garagentor hinaus auf den Bürgersteig.

Ry kam ihr nach. „Ich habe nicht das geringste Interesse an Ihnen", konterte er im Brustton der Überzeugung.

Außer sich vor Wut blitzte sie ihn an, ging auf ihn zu und bohrte ihm ihren Zeigefinger zwischen die Rippen. „Ach, wirklich? Dann sind Sie doch bitte so freundlich und erklären mir dieses tollpatschige Manöver von eben!"

„Daran war nichts tollpatschig. Ich habe Sie kaum berührt, da sind Sie auch schon wie eine Rakete hochgegangen und haben vor Lust gestöhnt. Es ist doch nicht meine Schuld, wenn Sie so scharf sind."

„Scharf? Scharf? Was … was erlauben Sie sich eigentlich, Sie … Sie anmaßender, arroganter, selbstverliebter Idiot, Sie!"

„Entschuldigen Sie, das war eine unglückliche Wortwahl", erwiderte Ry mit gespielter Demut, und es juckte ihn in den Fingern, noch mehr Öl ins Feuer zu schütten. „Ich wollte sagen ‚verklemmt'."

„Jetzt fangen Sie sich aber doch noch eine!"

„Und", fuhr er ohne Zögern fort, „ich hätte besser sagen sollen, ich habe kein Interesse daran, an Ihnen Interesse zu haben."

Ruhig, ganz ruhig. Natalie konzentrierte sich für einen Moment nur auf ihren Atem. Sie musste Haltung bewahren. Natürlich würde sie sich niemals in der Öffentlichkeit mit einem Mann prügeln. „Dies, Inspector, dürfte das erste und das letzte Mal sein, dass wir in einer Sache gleicher Meinung sind. Seien Sie versichert, dass auch ich keinerlei Interesse habe."

„Haben Sie kein Interesse daran, dass ich an Ihnen Interesse habe, oder haben Sie kein Interesse an mir?"

„Sowohl als auch."

Sie schätzten sich ab wie zwei Boxer im Ring. „Nun, wir werden das heute Abend diskutieren."

„Warum sollten wir?"

Er schwor sich, langmütig zu bleiben, und wenn

es ihn umbrachte. Oder sie. „Natalie, müssen Sie die Dinge denn wirklich unnötig komplizieren?"

„Ich beabsichtige nicht, irgendetwas zu komplizieren, Ry. Ich will lediglich eine bestimmte Sache unmöglich machen."

„Warum?"

Sie bedachte ihn mit einem Blick, als wollte sie ihn gleich aufspießen. „Ich denke, das dürfte doch auf der Hand liegen. Selbst für Sie."

Er wippte auf den Absätzen vor und zurück. „Ich versteh wirklich nicht, warum Sie derartig pampig sind. Aber vielleicht möchten Sie's ja lieber ganz traditionell. Ich versuchs mal, vielleicht gelingts mir. Also: Möchten Sie heute Abend mit mir essen gehen, Miss Fletcher?"

Sie schloss die Augen und flehte zum Himmel, er möge ihr Geduld geben. „Nein, Mr. Piasecki, ich möchte weder heute Abend noch sonst irgendwann mit Ihnen essen gehen, haben Sie verstanden? Was vorhin da drin passiert ist, war …"

„… der helle Wahnsinn."

„Eine Verirrung", stieß sie zwischen den Zähnen hervor.

„Es wäre mir ein Vergnügen, Ihnen das Gegenteil zu beweisen. Doch wenn wir hier draußen wieder anfangen würden, säßen wir mit Sicherheit in wenigen Minuten wegen Erregung öffentlichen Ärgernisses hinter Gittern." Ryan begann, das Spiel zu genießen, und stürzte sich kopfüber in die Herausforderung. Jetzt wollte er gewinnen. „Na ja, ich seh schon, was los ist. Ich habe Ihnen einen Schrecken eingejagt, und jetzt haben Sie Angst, mit mir allein zu sein und vielleicht noch mal Ihre Selbstkontrolle zu verlieren."

Hitze stieg ihr in die Wangen. „Das klingt wenig überzeugend."

Er zuckte die Schultern.

Natalie musterte ihn. Mit einem Mal wirkte er fast so, als wäre er enttäuscht. War das echt, oder spielte er nur? Sie wurde aus diesem Mann einfach nicht schlau. „Na gut", gab sie dann nach. „Um acht. Wir treffen uns bei Chez Robert in der Third Avenue."

„Gut."

„Bis dann." Sie wandte sich um. „Ach, übrigens, Piasecki", rief sie ihm im Weggehen über die Schulter zu, „sie wundern sich dort, wenn man mit den Fingern isst."

„Ich werd dran denken."

Natalie war überzeugt davon, dass sie gleich ihren Verstand verlieren würde. Um Viertel nach sieben stürzte sie abgehetzt in ihr Apartment. Statistiken, Zahlen, Grafiken, alles purzelte in ihrem Kopf wild durcheinander. Und jetzt läutete auch noch das Telefon.

Sie griff nach dem Apparat und hob, während sie ins Schlafzimmer ging, ab. „Ja? Was ist?"

„Ich glaube nicht, dass Mom dir beigebracht hat, dich so unhöflich am Telefon zu melden."

„Boyd." Als sie die Stimme ihres Bruders hörte, fiel die Spannung des Tages von ihr ab. „Tut mir Leid. Ich bin grade erst zur Tür reingekommen. Total ausgepowert."

„Hör auf, Mitleid zu heischen. Du hast dich ganz freiwillig entschieden, die Familientradition weiterzuführen." Er lachte.

„Du hast vollkommen Recht." Sie schlüpfte aus ihren Pumps. „Und, was macht der Kampf gegen Verbrechen und Korruption in Denver, Captain?"

„Wir bleiben dran. Von Cilla und den Kids soll ich dir liebe Grüße bestellen."

„Grüß sie zurück. Wollen sie mit mir sprechen?"

„Ich ruf vom Büro aus an. Ich mache mir Sorgen wegen diesem verdammten Kerl, der bei euch Feuer gelegt hat."

Sie öffnete ihren Schrank und überflog mit einem raschen Blick ihre Garderobe. „Was, du weißt schon, dass es Brandstiftung war? Ich habs ja selbst gerade erst erfahren."

„Oh, wir haben unsere Mittel und Wege. Ich habe eben mit dem ermittelnden Beamten telefoniert."

„Mit Piasecki?" Natalie nahm ein schwarzes Cocktailkleid vom Bügel und warf es aufs Bett. „Du hast mit ihm gesprochen?"

„Ja. Vor zehn Minuten. Klingt so, als wärst du in guten Händen, Natalie."

„Das sehe ich nicht unbedingt so", murmelte sie.

„Was?"

„Er scheint zwar was von seinem Job zu verstehen", präzisierte sie. „Aber seine Methoden lassen doch sehr zu wünschen übrig."

„Brandstiftung ist ein dreckiges Geschäft. Und gefährlich obendrein. Ich mach mir Sorgen um dich, Schwesterherz."

„Das brauchst du nicht. Du bekämpfst Kriminelle, dein Leben ist gefahrvoll, nicht meins, vergiss das nicht." Sie zog ihre Kostümjacke aus. „Ich bin nur der Generaldirektor im Elfenbeinturm."

„Ja? Dort hab ich dich noch niemals angetroffen. Hältst du mich über den Stand der Ermittlungen auf dem Laufenden?"

„Na klar." Sie öffnete den Reißverschluss ihres Rockes, ließ ihn zu Boden gleiten und stieg heraus. „Und sag Mom und Dad, dass wir hier alles unter Kontrolle haben. Ich möchte nicht, dass sie sich Sorgen machen. Was soll ich noch sagen? Ich will dich ja jetzt nicht langweilen mit irgendwelchen Geschäftsdaten …"

„Das weiß ich sehr zu schätzen."

Sie grinste. Boyd hatte keinerlei Sinn fürs Geschäft. Es hatte ihn noch nie interessiert. „Ich sag dir nur so viel, dass ich hart dranbleibe, eine weitere prachtvolle Feder an den Hut von Fletcher Industries zu stecken."

„Bestehend aus Unterwäsche."

„Dessous, Brüderchen. Dessous." Sie öffnete eine Schublade und griff – nach einem winzigen Moment des Zögerns – nach einem spitzenbesetzten trägerlosen BH. „Unterwäsche kannst du in jedem Kaufhaus kaufen."

„Das stimmt. Ach, jetzt kann ich dir noch was ganz Persönliches erzählen. Cilla und ich haben uns riesig über die Kostproben gefreut, die du geschickt hast. Das winzige Teil mit den roten Herzen drauf find ich am erotischsten."

„Dacht ich mir's doch." Sie zog sich das Kleid über den Kopf, schloss den Reißverschluss und strich es über den Hüften glatt. „Zum Valentinstag kannst du Cilla dann das dazu passende Negligee schenken."

„Kannst du dir gleich notieren. Pass auf dich auf, Natalie."

„Aber ja. Und wenn alles gut geht, sehen wir uns nächsten Monat. Ich habe vor, nach Denver zu kommen, um dort einen Standort für *Lady's Choice* auszukundschaften."

„Unser Gästezimmer steht dir jederzeit zur Verfügung. Und wir ebenso. Bis dann, Natalie. Machs gut."

„Machs besser. Und tausend Grüße an alle."

Sie legte auf und stellte den schnurlosen Telefonapparat auf den Nachttisch. Dann zerrte sie ihr Kleid ein Stück weiter nach unten. Dieses Teil ist ja nicht gerade ein Schlafmittel, sinnierte sie und trat vor den Spiegel. Nicht mit diesem gewagten Ausschnitt, der den Ansatz ihrer Brüste im besten Licht erscheinen ließ.

Verklemmt? Sie strich sich eine Haarsträhne hinters Ohr. Das würde sie ihm schon zeigen.

Das Telefon läutete wieder. Sie ignorierte das erste Klingelzeichen und fuhr sich mit der Bürste übers Haar. Beim dritten jedoch gab sie sich geschlagen und nahm ab.

„Hallo?"

Sie vernahm ein rasches Atmen am anderen Ende der Leitung und kurz darauf ein leises Kichern.

„Hallo? Ist da jemand?"

„Mitternacht."

„Was?" Zerstreut ging sie mit dem Telefon zur Kommode, zog eine Schublade auf und hielt Ausschau nach dem geeigneten Schmuck für heute Abend. „Entschuldigung, ich hab Sie nicht verstanden."

„Mitternacht. Geisterstunde. Pass gut auf, was alles passiert."

Ein Klicken in der Leitung zeigte ihr an, dass der Anrufer aufgelegt hatte. Aufgeschreckt ließ sie sich aufs Bett sinken. Ein Verrückter.

Lass ab sofort alle Anrufe über den Anrufbeantworter laufen, Natalie, befahl sie sich selbst. Das ist das Einzige, was du tun kannst.

Ein Blick auf ihre Uhr sagte ihr, dass es höchste Zeit war, dass sie aus dem Haus kam. Sie hasste es, zu spät zu kommen.

4. KAPITEL

Pünktlich um acht traf Natalie bei Chez Robert ein. Das französische Viersternerestaurant war seit Jahren ihr Stammlokal. Selbst nur ein Glas Wein dort zu trinken und dabei ein bisschen mit jemandem zu plaudern bereitete ihr Vergnügen. Sie hatte noch nicht mal ihren Mantel an der Garderobe abgegeben, da erschien auch schon der Geschäftsführer.

Er küsste ihr charmant die Hand. „Ah, Mademoiselle Fletcher, welch ein Vergnügen, Sie zu sehen. Ich wusste gar nicht, dass Sie heute Abend bei uns speisen wollen."

„Ich treffe mich hier mit einem Bekannten, André. Mit einem Mr. Piasecki."

„Pi…" André zog die Augenbrauen zusammen, während er das Reservierungsbuch absuchte nach einem Namen, der irgendwie Ähnlichkeit hatte mit dem, den sie eben genannt hatte. Ah, hier. Ja. Pizzeki, zwei Personen um acht Uhr."

„Zweiertisch", murmelte Natalie vor sich hin. „Eng genug."

„Ihr Bekannter ist noch nicht eingetroffen, Mademoiselle. Ich bringe Sie an Ihren Tisch." Rasch und ohne eine Sekunde zu zögern strich er in dem Buch die Tischnummer, die hinter dem Namen eines anderen Gastes stand, durch und ersetzte sie durch die, die hinter Ryans Namen stand. Mademoiselle Fletcher, eine seiner Lieblingsgäste, sollte wie immer einen der besten Tische in seinem Lokal bekommen. Dann geleitete er sie zu einem ruhigen Séparée.

„Sehr freundlich von Ihnen, André." Sie fühlte sich fast wie zu Hause, als sie sich mit einem leisen Seufzer an den Tisch setzte und es sich bequem machte, indem sie halb aus ihren Pumps schlüpfte.

„Mit dem größten Vergnügen, Mademoiselle. Was wünschen Sie zu trinken, während Sie warten?"

„Ein Glas Champagner, bitte. Wie üblich."

„Natürlich. Ist schon unterwegs. Und, Mademoiselle, auch wenn es vermessen klingt, aber der Hummer Robert schmeckt heute …" Er küsste verzückt seine Fingerspitzen.

„Ich werde daran denken."

Natalie holte ihren Terminkalender aus ihrer Handtasche und machte sich, während sie wartete, Notizen für den nächsten Tag. Erst als sie ihr Glas Champagner schon fast geleert hatte, erschien Ry Piasecki auf der Bildfläche.

Sie ließ sich nicht stören. „Wie gut, dass ich kein

Feuer bin", bemerkte sie wie nebenbei und studierte ihre Aufzeichnungen.

„Zu einem Feuer bin ich noch nie zu spät gekommen." Nachdem er sich gesetzt hatte, maßen sie sich einen Moment schweigend mit Blicken.

Aha, er trug doch tatsächlich einen Anzug. Steht ihm gut, stellte sie fest. Dunkles Sakko, ein frisches weißes Hemd, elegante graue Krawatte. Sogar sein Haar schien er ausnahmsweise einmal gekämmt zu haben.

„Mein Outfit, wenn ich zu einer Beerdigung muss", erklärte er trocken den für ihn ungewöhnlichen Aufzug.

Sie hob ganz leicht eine Augenbraue. „Damit wäre wohl die Tonlage für den Rest des heutigen Abends festgelegt."

„Das war Ihre Vorgabe", erinnerte er sie und sah sich um. Stinkvornehmer Laden. Nicht übel. Genau, was er erwartet hatte. „Und, wie ist die Küche hier?"

„Exzellent."

„Mademoiselle Fletcher." Robert, der Chef höchstpersönlich, schlank, zierlich und im Smoking, blieb an ihrem Tisch stehen und begrüßte Natalie mit einem Handkuss. „Bienvenue …"

Ry lehnte sich zurück und zündete sich eine Zigarette an, während er zuhörte, wie Natalie munter in fließendem Französisch mit Robert plauderte. Sie spricht es vollkommen akzentfrei, dachte er. Er hatte allerdings auch nichts anderes erwartet.

„Du champagne pour mademoiselle", teilte Robert dem vorbeieilenden Kellner mit. „Et pour vous, monsieur?"

„Bier", antwortete Ry. „Amerikanisches, wenn Sie haben."

„Bien sûr." Maître Robert ging weiter in Richtung Küche.

„Ausgezeichnet, jetzt haben Sie doch tatsächlich Punkte gemacht", grinste Ry.

„Wie bitte?"

„Wie oft hat schon ein bescheidener Beamter wie ich die Gelegenheit, in einem derart vornehmen Schuppen zu speisen, wo der Besitzer der Dame die Hand küsst und sich nach dem Befinden der werten Familie erkundigt?" spottete er.

„Ich weiß gar nicht, wovon Sie …" Natalie runzelte die Stirn und hob ihr Glas. „Woher wissen Sie, dass er nach meiner Familie gefragt hat?"

„Ich habe eine französisch-kanadische Großmutter und spreche die Sprache wahrscheinlich ebenso flüssig wie Sie, nur nicht so akzentfrei." Er nahm einen Zug an seiner Zigarette und lächelte sie an. „Aber nur Mut, Natalie, ich steck Sie schon nicht in die Schublade mit der Aufschrift ‚Snob'!"

„Mit Sicherheit bin ich kein Snob."

Verschnupft stellte sie ihr Glas ab und straffte die Schultern. Doch als sein Lächeln sich noch vertiefte, verspürte sie ein Schuldgefühl. „Nun ja, möglicherweise wollte ich, dass Sie sich ein bisschen unbehaglich fühlen." Sie seufzte kurz, dann gab sie auf. „Verdammt unbehaglich sogar. Weil Sie mich sehr verärgert haben."

„Vorsichtig ausgedrückt." Er studierte ihr Gesicht lange und aufmerksam. Was er sah, ließ sein Herz höher schlagen. Seidenweiche, cremefarbene Haut, ein paar Sommersprossen hier und da, große grüne Augen, volle rote Lippen, und das alles eingerahmt von schimmerndem, blondem Haar.

Er hatte eine Frau vor sich, der die Männer mit Sicherheit scharenweise zu Füßen lagen. Davon war er überzeugt.

Sie fühlte sich unwohl unter seinen prüfenden Blicken. „Stimmt irgendetwas nicht?"

„Nein. Ganz im Gegenteil. Sagen Sie, dieses Kleid, das Sie da tragen, haben Sie das auch deswegen angezogen, damit ich mich unbehaglich fühle?"

„Ja."

Er schlug die Speisekarte auf. „Es funktioniert. Wie ist das Steak hier?"

Entspann dich, befahl sie sich selbst. Ganz offensichtlich versuchte er, sie zu verwirren. „Um ein Steak zu essen, sollten Sie vielleicht besser in ein ganz ordinäres Steakhouse gehen. Ich esse hier gewöhnlich Fisch. Er schmeckt immer ganz hervorragend."

Mit den Gedanken nicht ganz bei der Sache, begann sie nun ebenfalls die Speisekarte zu studieren. Der Abend verlief nicht so, wie sie es geplant hatte. Ry hatte sie nicht nur durchschaut, sondern er hatte es sogar geschafft, den Spieß umzudrehen. Sie kam sich ja fast vor wie ein Idiot. Probiers noch mal, und versuch das Beste aus dieser verfahrenen Situation herauszuholen, redete sie sich selbst gut zu.

Nachdem sie ihre Bestellung aufgegeben hatten, holte Natalie tief Atem. „Ich würde vorschlagen, dass wir für die Zeit unseres Hierseins einen Waffenstillstand vereinbaren."

„Haben wir denn gekämpft?"

„Wir könnten doch einfach versuchen, uns einen netten Abend zu machen." Sie hob ihr Champagnerglas, nahm einen Schluck und besann sich währenddessen auf ihre diplomatischen Fähigkeiten. „Erzählen Sie mir doch ein bisschen was von sich. Sie haben einen irischen Vornamen und einen osteuropäischen Nachnamen. Wie kommts?"

„Irische Mutter, polnischer Vater."

„Und eine französisch-kanadische Großmutter."

„Mütterlicherseits. Meine andere Großmutter ist Schottin."

„Das macht Sie zu …"

„… einem typischen Amerikaner. Sie haben wunderschöne Hände." Er fuhr mit den Fingerspitzen langsam über ihren Handrücken. „Sie passen zu Ihrem Namen. Vornehm und exklusiv."

„Schon gut." Sie nahm ihre Hand weg und räusperte sich. „Sie sagten, Sie wären Feuerwehrmann bereits in der dritten Generation."

„Macht es Sie nervös, wenn ich Ihnen über die Hand streichle?"

„Ja."

„Warum?"

Da ihr nicht gleich eine passende Erwiderung einfiel, war sie erleichtert, dass der Kellner kam und die Vorspeise servierte. „Wahrscheinlich haben Sie sich schon seit Ihrer Kindheit gewünscht, Feuerwehrmann zu werden."

Also gut, dann würde er eben eine gemächlichere

Gangart einlegen. „Aber sicher. Ich bin praktisch im neunzehnten Zug der Feuerwehr, in dem mein Vater arbeitete, aufgewachsen."

„Ich könnte mir vorstellen, dass Sie sich da aber auch ganz schön unter Druck gesetzt gefühlt haben können."

„Nein, überhaupt nicht. Und was ist mit Ihnen?"

„Mit mir?"

„Mit Ihrer Familientradition. Mit Fletcher Industries. Ein großes Unternehmen." Er hob fragend die Augenbrauen. „Wird da in irgendeiner Hinsicht Druck auf Sie ausgeübt?"

„Gewisserweise schon", erwiderte sie und lächelte. „Die Stellung, die ich innehabe, verlangt einiges von mir. Entschlossenheit, Ungebundenheit, Härte." Ihre Augen funkelten belustigt. „Alle haben angenommen, dass mein Bruder Boyd die Zügel der Firma in die Hand nehmen würde. Doch er zog es vor, zur Polizei zu gehen. Also bestürmte ich meine Eltern, dass sie mich zum Thronfolger machten."

„Und – hatten sie etwas dagegen?"

„Nein, nicht wirklich. Ich brauchte nicht lange dazu, sie davon zu überzeugen, dass es mir ernst ist. Und dass ich die notwendigen Fähigkeiten besitze." Sie nahm einen letzten Bissen von ihrer Vorspeise und bot

Ry den Rest an. „Ich bin mit Leib und Seele Unternehmerin. Ich liebe die Herausforderungen, die diese Art von Leben an mich stellt, Hektik und Stress, Sitzungen bis in die Nacht hinein und vieles andere mehr. Im Moment hängt mein Herz vor allem an diesem neuen Zweig des Konzerns. Den kann ich mir ganz allein auf meine Fahnen schreiben."

„Ihr Katalog hat übrigens eingeschlagen bei meinen Kollegen."

„Oh, wirklich?" fragte sie amüsiert und begann, sich langsam zu entspannen.

„Die meisten der Männer sind verheiratet oder haben Freundinnen. Ich könnte Ihnen einige Bestellungen zuschanzen."

„Sehr großzügig von Ihnen." Sie schaute ihn über den Rand ihres Glases hinweg an. „Und was ist mit Ihnen? Brauchen Sie nicht auch etwas?"

„Ich hab weder eine Frau noch eine Freundin." Sein Blick schweifte über ihr Gesicht hinweg. „Im Moment jedenfalls."

„Aber Sie waren verheiratet."

„Nur kurz."

„Entschuldigen Sie meine Neugier."

„Keine Ursache." Er zuckte die Schultern und leerte sein Glas. „Ist längst Gras darüber gewachsen. Fast zehn Jahre sind eine lange Zeit. Meine Frau war anfangs sehr angetan von meiner Uniform, doch dann begann sie die Stunden zu hassen, die ich in ihr verbrachte."

„Haben Sie Kinder?"

„Nein." Er bedauerte das, da er sich immer welche gewünscht hatte. „Wir waren nur ein paar Jahre zusammen. Dann ist sie mit einem anderen abgehauen und in die Vorstadt gezogen." Ry streckte die Hand aus und strich ihr mit den Fingerspitzen am Hals entlang bis hinunter zu den Schultern. „Langsam glaube ich, dass ich Ihre Schultern genauso gern mag wie Ihre Beine", gestand er ihr. „Vielleicht ists ja das ganze Päckchen, das mich reizt."

„Welch ein faszinierendes Kompliment." Plötzlich fühlte sich ihr Mund trocken an, und sie nahm einen Schluck Mineralwasser. „Sind Sie nicht der Meinung, dass die aktuellen Umstände eine Trennung Ihrer beruflichen und privaten Interessen zwingend von Ihnen verlangen?"

„Keineswegs. Wenn ich noch immer der Ansicht wäre, dass Sie mit dem Brand etwas zu tun hätten, sähe die Sache anders aus. Doch so, wie's im Moment steht, kann ich durchaus meinen Job gewissenhaft machen und mir dennoch ausmalen, wie schön es wäre, mit

Ihnen zu schlafen. Da habe ich nicht die geringsten Schwierigkeiten, seien Sie unbesorgt."

Ihr Puls begann zu jagen. „Ich würde es sehr begrüßen, wenn Sie sich auf Ersteres beschränkten. Vielleicht könnten Sie mich ja mal mit dem neuesten Stand Ihrer Ermittlungen vertraut machen."

„Was? Jetzt wollen Sie fachsimpeln? Mir scheint das eine ziemliche Zeitverschwendung zu sein. Aber wenn Sie unbedingt möchten." Er zuckte die Schultern. „Bitte sehr. Also, ich gehe davon aus, dass Brandstiftung vorliegt. Als Motive kommen Rache, Geld oder Vandalismus in Betracht. Möglicherweise war es auch ein psychisch Kranker, der sich beim Anblick von Feuer seinen Kick holt."

„Ein Pyromane." Diese Möglichkeit war ihr die liebste, da sie sie persönlich am wenigsten treffen würde. „Wie wollen Sie das rausfinden?"

„Das Wichtigste ist, unvoreingenommen an die Sache heranzugehen. Immer, wenn es mal wieder eine Brandserie gibt, tippen die Medien sofort lautstark auf einen Pyromanen. Und obwohl es so scheint, als hingen die Brände miteinander zusammen, ist es dann oft doch nicht so. Man kann nie vorsichtig genug sein mit seinen Vermutungen."

„Aber oft genug ist es doch der Fall."

„Und genauso oft eben auch nicht."

„Also darf man niemals voreilige Schlüsse ziehen."

„Genau."

„Wenn es aber doch ein geistig Verwirrter war?"

„Psychiater und Psychotherapeuten fragen immer nach dem Warum. Darf ich mal kosten?"

„Hmmm? Oh, ja, natürlich." Sie schob ihm ihren Teller hin, so dass er sich ein Stückchen Hummer nehmen konnte. „Arbeiten Sie oft mit Psychotherapeuten zusammen?"

„In den meisten Fällen werden sie erst dann eingeschaltet, wenn der Feuerteufel bereits in Gewahrsam ist. Schmeckt verdammt gut, das Zeug", fügte er anerkennend hinzu und deutete auf ihren Teller. „Na ja, die Seelenklempner. Sie geben dann den Müttern die Schuld, weil sie ihren Kindern zu wenig Aufmerksamkeit gewidmet haben. Oder dem Vater, weil er seinem Sohn nicht genug Taschengeld gegeben hat. Sie kennen das ja."

Amüsiert lächelte sie, spießte ein Stück Hummer auf ihre Gabel und legte es ihm auf den Teller. „Sie halten wohl nicht besonders viel von Therapeuten?"

„Ach, so krass würde ich das nicht sagen. Ich denke nur, dass man nicht immer jemand anders für sein Leben verantwortlich machen kann. Jeder ist doch letzten Endes selbst verantwortlich. Nicht jedes Mal, wenn etwas schiefläuft, sind die Anderen schuld."

„Jetzt reden Sie genau wie mein Bruder."

„Wahrscheinlich ist er ein guter Polizist. Möchten Sie etwas von meinem Steak?"

„Nein, danke. Müssen Sie sich als Ermittler nicht auch in die Psychologie solcher Menschen hineinversetzen?"

Ry gab dem Kellner ein Handzeichen. Er brauchte dringend noch ein Bier. „Wollen Sie wirklich mehr darüber hören?"

„Ja. Ich finde es interessant. Besonders jetzt."

„Okay. Eine kurze Lektion. Pathologische Brandstifter lassen sich in vier Gruppen einteilen. Die Geisteskranken, die Psychotiker, die Neurotiker und die Sozialfälle. Oftmals sind die Grenzen zwischen den Kaegorien fließend. Der Pyromane wird zur Gruppe der Neurotiker gerechnet."

„Sind sie das denn nicht alle?"

„Nein. Wirkliche Pyromanen gibt es viel seltener, als man gemeinhin annimmt. Pyromanie ist ein unkontrollierbarer Trieb. Der Täter muss Feuer legen. Weil es diesen Leuten vollkommen egal ist, ob sie entdeckt werden, sind sie in den meisten Fällen leicht zu fassen."

Natalie hob die Hand, um sich eine Haarsträhne

hinters Ohr zu streichen, doch Ry kam ihr zuvor.

„Ich mag es, Sie zu berühren, wenn ich mit Ihnen rede." Er legte seine Hand auf ihre und sah ihr tief in die Augen.

Sie schwiegen.

„Sie reden gar nicht mit mir", stellte Natalie schließlich fest.

„Im Moment möchte ich Sie nur anschauen. Wie wärs, wenn Sie ein bisschen näher rückten?"

Hilflos erkannte sie, welch eine Anziehungskraft er auf sie ausübte, und rutschte ein Stück von ihm weg. „Nein. Sie sind ein gefährlicher Mann, Inspector."

„Oh, vielen Dank. Warum kommen Sie nicht mit mir nach Hause, Natalie?"

„Sie sind sehr direkt."

„Eine Frau wie Sie kann von ihren Verehrern jede Menge romantisches Zeugs geboten bekommen, wenn sie es nur darauf anlegt. Vielleicht haben Sie ja Lust, mal etwas Bodenständigeres auszuprobieren."

„Etwas Bodenständigeres ..." wiederholte sie. „Ich denke, ich könnte jetzt einen Kaffee brauchen."

Er gab dem Kellner ein Zeichen. „Sie haben meine Frage noch nicht beantwortet."

„Stimmt. Meine Antwort lautet Nein." Sie schwieg so lange, bis der Tisch abgeräumt war und Ry seine Bestellung aufgegeben hatte. „In gewisser Weise scheint es zwischen uns tatsächlich eine gewisse körperliche Anziehungskraft zu geben. Aber ich hielte es für ausgesprochen unklug, dem noch weiter nachzugeben. Wir sind viel zu gegensätzlich, sowohl was unseren persönlichen Stil als auch unseren Lebensstil anbetrifft. Außerdem kennen wir uns erst seit kurzem, und unsere bisherigen Begegnungen sind ja nicht gerade harmonisch verlaufen. Ich denke, es ist offensichtlich, dass wir nicht das Geringste gemeinsam haben. Wir wären, wenn ich es mal in meiner Wirtschaftssprache ausdrücken darf, ein Sicherheitsrisiko."

Er sagte einen Moment lang nichts, sondern schaute sie so an, als wollte er ihr zustimmen. „Was Sie sagen, macht Sinn."

Ihr Magen entkrampfte sich. Während sie sich Milch in den Kaffee goss, lächelte sie ihn erleichtert an. „Schön, dass Sie mir zustimmen ..."

„Ich habe Ihnen nicht zugestimmt", widersprach er sogleich. „Ich hab lediglich zugegeben, dass es Sinn macht."

Er zündete sich eine Zigarette an, und sie sah den Widerschein der Flamme in seinen Augen tanzen, als er sie anblickte. „Ich habe über Sie nachgedacht, Natalie. Und bin zu dem Ergebnis gekommen, dass ich gar nicht besonders begeistert bin über die Gefühle, die ich Ihnen entgegenbringe. Ich empfinde sie als ärgerlich und störend. Außerdem lenken sie mich von meiner Arbeit ab."

Sie hob das Kinn. „Ich bin froh darüber, dass wir jetzt alles abgeklärt haben", erklärte sie kühl.

„Himmel, Natalie, es geht mir durch und durch, wenn Sie in dieser Weise mit mir sprechen. Wie eine Herrin zu ihrem Sklaven." Er schüttelte den Kopf und stieß eine Rauchwolke aus. „Ich muss ja pervers sein. Alles in allem bin ich mir doch nicht so sicher, ob ich Sie wirklich mag." Er presste die Lippen zusammen, um zu verhindern, dass ihm ein markiger Kraftspruch, der ihm schon auf der Zunge lag, entschlüpfte. „Doch ich habe noch niemals zuvor in meinem Leben eine Frau so sehr begehrt wie Sie. Das ist das Problem."

„Ihr Problem", stellte sie richtig.

„Unser Problem."

Sie stellte die Tasse so sorgfältig zurück auf die Untertasse, als befürchtete sie, sie gleich fallen zu lassen. „Ich denke, ein einfaches Nein müsste eigentlich ausreichen, Ry."

Er zuckte die Schultern. „Glauben Sie. Ich krieg Sie nicht mehr raus aus meinem verdammten Kopf, seit ich Sie da frierend vor der lichterloh brennenden Lagerhalle das erste Mal gesehen habe. Es war ein schwerer Fehler, dass ich Sie heute Nachmittag geküsst habe. Ich habe geglaubt, mit einem Kuss hätte sich die Sache, und der Fall wäre abgeschlossen."

So überraschend schnell, dass sie es gar nicht richtig mitbekam, beugte er sich zu ihr und presste seine heißen Lippen hart auf ihren Mund. Wie benommen legte sie ihm eine Hand auf die Schulter, und ihre Finger gruben sich in den Stoff seines Sakkos, während eine heiße Welle der Erregung über sie hinwegschwappte.

Er ließ von ihr ab. „Ich habe mich geirrt", flüsterte er ganz nah vor ihrem Gesicht. „Der Fall ist nicht abgeschlossen. Und jetzt ist es unser Problem."

„Ja." Zitternd schöpfte sie tief Atem. Ihre unmittelbare und wilde Reaktion auf ihn ließ sie befürchten, dass ihr ihr gesunder Menschenverstand abhanden gekommen war. Er brauchte sie nur zu berühren, und schon begehrte sie ihn. So einfach war es und doch so erschreckend. Reiß dich zusammen, befahl sie sich selbst. „Es würde nicht funktionieren. Es ist vollkommen lächerlich zu denken, es könnte klappen. Ich bin seelisch überhaupt nicht darauf vorbereitet, mich in eine Affäre zu stürzen, deren Grundlage einzig nur das blanke Begehren ist."

„Siehst du, wir haben doch etwas gemeinsam." Ungeachtet der Tatsache, dass der Kuss ihn wieder von neuem in Aufruhr versetzt hatte, lächelte er sie jetzt an. „Wir begehren einander."

Lachend strich sie sich das Haar aus dem Gesicht. „Ich sollte vielleicht einmal kurz rausgehen und mir in Ruhe meine Optionen durch den Kopf gehen lassen."

„Dies hier ist keine Geschäftsverhandlung, Miss Fletcher."

Sie sah ihn an und wünschte sich sehnlichst, sie hätte etwas mehr Distanz, um klar denken zu können. „Ich treffe niemals eine Entscheidung, ohne vorher darüber nachzudenken, was dabei herauskommt."

„Gewinn und Verlust?"

„Sozusagen. Oder, anders ausgedrückt, Risiko und Erfolgsaussichten. Beziehungen zu Männern sind noch nie meine starke Seite gewesen. Und falls ich mich entscheide, eine mit dir anzufangen, wie kurz auch immer, werde ich auch entscheiden, wann ich sie wieder beende."

„Das steht dir frei. Möchten Sie, dass ich Ihnen eine sorgfältige Aufstellung über unsere Treffen anfertige, Miss Fletcher?"

„Sei nicht albern, Ry." Dann merkte sie, wie die Anspannung von ihr abfiel, und sie sah, dass sie ihn gekränkt hatte. Sie lächelte. „Aber ich werde die Angelegenheit sehr aufmerksam beobachten." Jetzt beschloss sie, richtig loszulegen, rückte näher zu ihm hin und musterte ihn anzüglich von oben bis unten. „Du bist wirklich ungemein anziehend, das muss ich ja zugeben", stellte sie vergnügt fest.

Er nahm einen tiefen Zug aus seiner Zigarette. „Oh, schon wieder ein Kompliment! Vielen Dank."

„Nein, wirklich", beteuerte sie. Gelang es ihr, ihn verlegen zu machen? „Dieses Grübchen am Kinn, diese herrlichen Wangenknochen, wie gemeißelt, das ebenmäßige Gesicht und diese tiefgründigen rauchgrauen Augen. Es gefällt mir ungemein, was ich da sehe." Ihr Lächeln vertiefte sich, und als sie sah, wie er die Lippen zusammenpresste, drehte sie noch etwas mehr auf. „Und das tolle Haar! Nur ein bisschen unordentlich vielleicht. Na, und dann dieser gestählte Körper!"

Unwirsch drückte er seine Zigarette aus. „Was ziehst du denn jetzt für eine Show ab, Natalie?"

„Oh, ich zahl dir nur ein bisschen was zurück. Ja, du bist ein ungemein reizvolles Päckchen. Waren das nicht auch deine Worte?"

Getroffen zuckte er zusammen. „Genug, genug. Ich habs ja kapiert."

Ihr Lachen klang tief und warm. „Na, komm,

reichts dir schon? Wer hätte gedacht, dass es so einfach sein würde, dich auszupunkten?"

Diese Runde mochte sie gewonnen haben, doch das Spiel war noch nicht zu Ende. Er fasste ihr ans Kinn und drehte ihren Kopf so, dass sie gezwungen war, ihm in die Augen zu blicken. „Du scheinst den Wunsch zu verspüren, mich wie ein Objekt zu behandeln. Nun, ich schätze, damit kann ich umgehen. Versprich mir nur, mich jeweils am Morgen danach ein bisschen ehrfurchtsvoll zu behandeln."

„Ich denke ja gar nicht dran."

„Sie sind eine knallharte Frau, Miss Fletcher. Okay, lassen wir die Ehrfurcht. Wie wärs mit Respekt?"

„Ich will es überdenken. Wenn es sich einrichten lässt, möglicherweise. Wir sollten jetzt bezahlen. Es ist schon spät."

Kurz darauf erschien der Kellner und brachte, diskret unter einer Serviette verborgen, die Rechnung. Natalie griff danach, doch Ry stieß ihre Hand entschlossen beiseite.

„Ry, ich hab ja gar nicht beabsichtigt, für dich mit zu bezahlen. Aber wenigstens meinen Anteil." Nervös beobachtete sie ihn, wie er seine Kreditkarte hervorholte. Sie wusste sehr gut, was ein Essen bei Chez Robert kostete, und gleichzeitig konnte sie sich ziemlich genau vorstellen, was ein städtischer Angestellter verdiente. „Wirklich. Es war doch mein Vorschlag, hierher zu gehen."

„Hör auf, Natalie." Er rechnete das Trinkgeld aus und unterschrieb den Abschnitt.

„Jetzt fühle ich mich in deiner Schuld. Verdammt noch mal, wir wissen doch inzwischen beide, dass ich diesen Ort hier nur ausgesucht habe, um dich kleinzukriegen. Also, lass uns die Rechnung doch wenigstens teilen."

„Nein." Er steckte seine Brieftasche ein und stand auf. „Keine Panik", fuhr er dann fort, „ich kann meine Miete nächsten Monat trotzdem noch bezahlen. Höchstwahrscheinlich."

„So was von stur", murrte sie.

„Wo hast du den Zettel für die Garderobe?"

Das empfindliche männliche Ego, dachte sie und seufzte leise. „Hier." Dann verabschiedete sie sich von André und Robert, bevor Ry ihr in den Mantel half.

„Wie kommst du nach Hause?" wollte er wissen.

„Ich bin mit dem Auto da."

„Hervorragend. Ich hab meins nämlich nicht dabei. Du kannst mich heimfahren."

Im Hinausgehen warf sie ihm über die Schulter einen misstrauischen Blick zu. „Wenn das wieder einer deiner faulen Tricks ist, kann ich dir jetzt schon versichern, dass ich nicht darauf reinfallen werde."

„Beeindruckend. Ich kann ja auch ein Taxi nehmen." Er schaute die Straße hinunter. „Wenn eins kommt", fügte er hinzu. „Bei dieser Saukälte sind sie wahrscheinlich alle unterwegs. Es riecht nach Schnee."

„Mein Wagen steht auf dem Parkplatz um die Ecke. Wohin soll ich dich bringen?"

„Zweiundzwanzigste Straße, zwischen siebter und achter."

„Toll." Weiter ab von ihrer eigentlichen Wegstrecke hätte sein Zuhause gar nicht liegen können. „Ich muss vorher noch mal kurz bei meinem Laden vorbei."

„Bei was für einem Laden?" Er ging neben ihr her und legte seinen Arm um ihre Taille, weniger um sie vor der Kälte zu schützen, als um ihr nahe zu sein.

„Meine Boutique. Heute ist der Teppichboden verlegt worden, und ich hatte vor dem Essen keine Zeit mehr nachzusehen, ob alles okay ist. Außerdem bin ich gespannt, wie es geworden ist. Es ist kein großer Umweg."

„Ich glaube kaum, dass Generaldirektoren üblicherweise um Mitternacht irgendwelche neuen Teppichböden abchecken."

„Dieser hier schon." Sie lächelte süß. „Doch wenn es dir zu umständlich ist, lass ich dich gern an einer Bushaltestelle raus."

„Oh, vielen Dank." Er wartete, dass sie die Wagentür aufschloss. „Hast du schon Warenbestände in dem neuen Geschäft?"

„Ungefähr zwanzig Prozent dessen, was wir bis zur Eröffnung noch brauchen. Wenn du dich ein bisschen umsehen willst, bist du herzlich eingeladen."

Er stieg ein. „Ich hab gehofft, dass du das sagen würdest. Schon lang keine hübschen Dessous mehr gesehen."

Sie fuhr zügig und sicher. Gewiss keine Überraschung für Ry, denn wie er Natalie Fletcher bis jetzt kennen gelernt hatte, war sie eine Frau, die allen Dingen, die sie in Angriff nahm, dieselbe Umsicht widmete. Andererseits jedoch hatte er sie auch schon emotional aufgerüttelt erlebt, und die Tatsache, dass ein bestimmtes Wort, ein bestimmter Blick von ihm ihr das Blut in die Wangen treiben konnte, machte sie menschlich. Und maßlos reizvoll.

„Hast du immer in Urbana gelebt?" Sie stellte das Radio leiser.

„Ja, mir gefällt es hier."

„Mir auch." Sie mochte das geschäftige Treiben in

der Innenstadt, die hin und her eilenden Menschen. „Wir haben zwar in Urbana seit vielen Jahren verschiedene Niederlassungen, doch ich habe hier bisher noch nicht gelebt."

„Wo denn?"

„Die meiste Zeit in Colorado Springs. Von dort kommt meine Familie. Aber ich liebe den Osten. Ich mag die Städte hier und die Art und Weise, wie die Leute leben. Alles ist immer hektisch und in Bewegung, das gefällt mir."

„Nicht die üblichen Klagen wegen total überfüllter Städte und zu viel Kriminalität?"

Sie zuckte die Schultern. „Wir haben eine gut funktionierende Polizei."

Als sie an einer roten Ampel stoppte, runzelte er die Stirn. Die Straßen waren jetzt fast menschenleer. „Bist du oft nachts allein unterwegs?"

„Wenn es nicht anders geht, ja."

„Warum hast du keinen Fahrer?"

„Weil ich gern selbst fahre." Sie warf ihm von der Seite einen warnenden Blick zu, dann sprang die Ampel auf Grün. „Komm mir jetzt bloß nicht mit demselben Blech, das fast alle Männer von sich geben. Von wegen, welche Gefahren auf eine Frau hinter jeder Ecke lauern, die nachts allein unterwegs ist. Ich kanns schon nicht mehr hören ... Vergewaltiger ... Psychopathen ... dieses ganze aufgeregte Geschwätz."

„Es gibt aber auch recht finstere Ecken in der Stadt, nicht nur Straßen mit Museen und französischen Feinschmeckerlokalen."

„Ry, ich bin schon ein großes Mädchen. Ich war allein in Paris, in Bangkok, in London, in Berlin und vielen anderen Städten. Glaub mir, ich komm auch in Urbana zurecht."

„Die Polizei kann aber nicht überall sein", stieß er hervor.

„Ich hab einen Selbstverteidigungskurs gemacht und kenne einige Tricks, einen Mann in die Knie zu zwingen."

„Oje, da werden die Straßenräuber aber zittern."

Sie überhörte seinen Sarkasmus, fuhr an den Bordstein und drosselte den Motor. „So, hier wären wir."

Stolz erfüllte sie in dem Moment, als sie aus dem Wagen stieg und an dem Gebäude emporblickte. „Na, was hältst du davon?"

Nobel und exklusiv wie seine Besitzerin, stellte er fest. Überall Marmor und Glas, und über die breite Schaufensterfront zog sich in goldenen Lettern das Logo von *Lady's Choice*.

„Erhebender Anblick."

„Ich wollte, dass es besonders imposant ist, weil es ja unser Vorzeigeobjekt werden soll. Eindrucksvoll, klassisch und ..." sie fuhr mit den Fingerspitzen über die Marmorumrandung an der Eingangstür, „auf raffinierte Weise erotisch."

Sie steckte eine Codekarte in einen Schlitz und schloss dann mit drei verschiedenen Schlüsseln auf. Gute Sicherheitsvorkehrungen, registrierte Ry anerkennend. Computergestützt.

Von innen verschloss sie die Tür wieder und drehte das Licht an.

„Perfekt." Zufrieden wanderte ihr Blick über den malvenfarbenen Teppichboden. Die Wände waren frisch gestrichen, und es roch noch nach Farbe. In einer Ecke luden eine geschwungene breite Couch, Sessel und ein kleiner Teetisch die Kunden ein, sich zu entspannen und in Ruhe ihre Kaufentscheidungen zu überdenken.

Natalie musterte die Regale und sah sie schon vor sich, wenn sie erst prall gefüllt waren mit Seiden- und Spitzendessous in allen Schattierungen des Regenbogens, angefangen von zarten Pastelltönen, über verschiedene jungfräuliche Weißnuancen bis hin zu kühnen, verwegenen, lebendigen Farben.

„Die meisten der Waren sind bereits unterwegs.

Nächste Woche werden wir sie bekommen. Dann beginnen wir mit der Schaufensterdekoration. Ich möchte unsere Negligees aus französischer Seide in den Mittelpunkt stellen. Sie sind irrsinnig elegant, und ich hab noch nirgends etwas auch nur annähernd Ähnliches gesehen."

Ry befingerte den breiten Spitzenbesatz am Seidenbody einer Schaufensterpuppe. Dieselbe Farbe wie Natalies Augen, dachte er. „Was verlangst du für diesen hier?"

„Hmmm …" Sie schätzte das Teil ab, Seide, Spitzen, eine Perlenstickerei am Oberteil. „Ich würde sagen, etwa einhundertfünfzig."

„Einhundertfünfzig? Dollar?" In tiefster Missbilligung schüttelte er den Kopf. „Einmal gut zugelangt, und das Ding ist nur noch ein Fetzen."

„Unsere Ware ist erstklassige Qualität", widersprach sie empört. „Sie hält mit Sicherheit genauso viel aus wie normale Wäsche."

„Schätzchen, so ein hauchdünnes Teil ist doch nicht für normalerweise gedacht." Er hob eine Augenbraue.

„Du hast keine Ahnung, Piasecki." Sie warf ihren Mantel über die Lehne der Couch. „Das Entscheidende an guten Dessous ist die Qualität des Materials und der Stil. Es ist einfach ein gutes Gefühl, sich in Luxus zu hüllen. Jede Frau fühlt sich dadurch gleich noch einmal so attraktiv. Und das möchten wir erreichen. Dass Frauen sich großartig fühlen."

„Ich denke eher, dahinter steckt die Idee, einen Mann verrückt machen zu wollen."

„Daneben getroffen", schoss sie zurück. „Schau dich um, wenn du magst. Ich geh mal kurz nach oben. In fünf Minuten bin ich wieder zurück."

„Ich komme mit. Sind oben die Büros?" fragte er und ging hinter ihr eine breite weiße Treppe hinauf.

„Zwei Büros und ein Aufenthalts..."

„Still." Er unterbrach sie und griff nach ihrem Arm.

„Was ...?"

„Ruhig", wies er sie flüsternd an. Er hatte nichts gehört, noch nicht. Aber er konnte es riechen. Ganz deutlich. Ein Geruch, den er besser kannte als alles andere, lag in der Luft, nur wahrnehmbar für eine erfahrene Nase wie seine. „Wo ist der Feuerlöscher?"

„Einer im Verkaufsraum und einer oben, im Büro." Natalie suchte seine Hand. „Was ist los? Machst du mit mir eine Feuerwehrübung, oder was?"

Sie standen noch immer auf der Treppe. „Los, sofort runter."

Er rannte, sie an der Hand hinter sich herziehend, die Treppe nach unten. „Zeig mir den Feuerlöscher!"

„Dort hinten." Bevor sie ihm mit dem Finger die Richtung zeigen konnte, hatte er ihn bereits entdeckt. Er war gut sichtbar und frei zugänglich angebracht.

Natalie ist wirklich bestens organisiert, schoss es ihm durch den Kopf. „Geh raus, schnell!" rief er ihr zu und riss das Gerät aus der Halterung. Sie war jedoch hinter ihm hergekommen und schaute ihm verständnislos zu. „Was hast du vor?"

„Mach, dass du hier rauskommst, es brennt!"

„Es …" Er war die Treppe schon halb nach oben gerannt, bevor sie sich aus ihrer Erstarrung löste und hinter ihm herlief. „Das ist unmöglich. Woher willst du das wissen? Ich kann nichts …"

„Benzin", stieß er hervor. „Rauch. Ich kann es riechen."

„Das bildest du dir nur ein." Doch bevor sie ihre Gedanken zu Sätzen formen konnte, roch sie es auch. „Ry …"

Oben am Fuß der Treppe war eine breite Spur aus Papier und Stoff gelegt, benzindurchtränkt, die zu einer Tür führte. Sie war geschlossen, und dicke graue Rauchschwaden quollen darunter hervor.

Er griff nach der Türklinke und drehte sich zu Natalie um, das Gesicht ruhig und beherrscht. „Geh auf der Stelle nach unten, ruf die Feuerwehr an, und verlass das Haus", wiederholte er.

Dann stieß er die Tür auf. Sie stieß einen rauen Schrei aus bei dem Anblick, der sich ihr bot. Ohne zu zögern, betrat Ry den Raum.

5. KAPITEL

Es war wie ein Albtraum. Dazustehen, wie zur Salzsäule erstarrt, während die Flammen gierig am Türrahmen leckten, und Ry mitten in das Inferno hineinlaufen zu sehen. In dem Moment, in dem er hinter einem dichten Rauchvorhang verschwand, glaubte sie, ihr Herz würde stehen bleiben. Es würde ganz einfach aufhören zu schlagen. Doch sie hatte sich geirrt, es begann zu rasen. Panik überfiel sie, und in ihrem Kopf hallten ihre Pulsschläge dröhnend in hundertfachem Echo wider. Der Rauch brannte ihr in den Augen, und sie bekam kaum noch Luft.

Das Feuer hatte sich bereits über einen Teil des Fußbodens ausgebreitet und züngelte hungrig über die Wände. Ry versuchte, es im Keim zu ersticken, nahm den Kampf gegen die alles zerstörenden Flammen mit dem Feuerlöscher auf. Er würde der Herausforderung trotzen, er würde standhalten, das Feuer würde ausgehen.

Jetzt sah sie eine glühende brandrote Zunge seinen Arm hinauflaufen und eine zweite an seinem Rücken emporkriechen.

Natalie begann zu schreien, machte einen Satz auf ihn zu und schlug voller Panik mit bloßen Händen auf die Flammen, um sie zu ersticken. Er wirbelte herum, und als er sie sah, sprühten seine Augen vor Zorn. „Du sollst raus hier! Sofort!" schrie er sie an.

Doch sie schlug immer noch auf ihn ein. „Du brennst", stieß sie hervor. „Um Himmels willen, Ry, lass es sein, komm! Komm!" Mittlerweile war es ihr Gott sei Dank gelungen, die Flammen an seiner Kleidung zu ersticken.

„Lass mich vorbei." Er hechtete zum Schreibtisch hinüber.

An dessen Fuß hatte sich ein neuer Brandherd entwickelt. Die hohen Papierstapel, die überall herumstanden, würden dem Feuer in kürzester Zeit neue Nahrung geben. In Sekundenschnelle schaffte er es, die Gefahrenzone mit weißem Schaum zu bedecken.

„Nimm!" Er riss einen zweiten Feuerlöscher aus der Halterung und drückte ihn ihr in die Hand. Es war ihm gelungen, alle Flammen zu ersticken, es gab nur noch ein paar kleine Brandherde, die vor sich hinschwelten. Gleich hatte er es geschafft. In Natalies Augen stand noch immer die nackte Panik, ihr war nicht klar, dass er die Bestie fast besiegt hatte. Da entdeckte er den brennenden Vorhang. „Komm", schrie er und rannte zum Fenster. „Zieh an dem Hebel", wies er sie an, deutete auf den Feuerlöscher und riss mit Schwung die Gardine samt der Vorhangstange herunter. Der brennende Stoff krachte neben ihnen zu Boden.

Nachdem sie es geschafft hatten, den Vorhang und anschließend die vor sich hinkokelnden kleineren Brandstellen zu löschen, stellte er seinen Feuerlöscher beiseite und nahm ihr den anderen aus den zitternden Händen.

„Jetzt kann nichts mehr passieren." Seine Stimme klang wieder ruhig und beherrscht. Er sah an sich hinunter. Sein Jackett war hinüber. Er zog es aus und warf es auf den Boden. „Es ist vorbei."

Ry überprüfte noch einmal alles im Zimmer, trat zur Sicherheit noch einmal auf dem verkohlten Vorhang herum und suchte nach einem Funken, den er eventuell übersehen haben könnte.

„Es ist vorbei", wiederholte er, nachdem er sich ein weiteres Mal davon überzeugt hatte, dass alles in Ordnung war, und schob sie zur Tür. „Komm, lass uns runtergehen."

Sie stolperte und wäre fast gestürzt. Ein Hustenanfall schüttelte sie so heftig, dass sie, nachdem er vorüber war, keuchend nach Atem rang. Ihr Magen krampfte sich zusammen, und ein Schwindelanfall packte sie. Zitternd lehnte sie sich gegen die Wand und schloss die tränenden Augen.

„Verdammt, Natalie." Er legte seine Arme um sie, hob sie mit Leichtigkeit hoch und trug sie dann die elegante Treppe nach unten. „Ich hab dir doch gesagt, du sollst rausgehen. Warum kannst du denn nicht auf mich hören?"

Sie versuchte etwas zu erwidern, doch sie begann nur wieder zu husten. Auch nachdem er sie auf die Couch gebettet hatte, ließ der Schwindelanfall nicht nach.

Ry fluchte lautstark und anhaltend über ihre Dickköpfigkeit, während er ihr ein Kissen unter den Kopf schob. Wenn ich doch nur richtig durchatmen könnte, wünschte sie sich, nur ein einziges Mal. Ihre Lungen und die Kehle brannten wie Feuer.

Als er bemerkte, wie Natalie plötzlich die Augen verdrehte, riss er sie mit einem Ruck hoch und drückte sie vornüber, so dass ihr Kopf zwischen ihren Knien zu liegen kam.

„Fall mir jetzt bloß nicht auch noch in Ohnmacht", knurrte er kurz angebunden und legte seine Hand auf ihren Hinterkopf. „Bleib so, und atme ganz ruhig und gleichmäßig. Hörst du mich?"

Sie nickte leicht. Er ließ sie los. Dann hörte sie ihn durch den Raum gehen und die Tür öffnen. Als die kalte Nachtluft hereinströmte, überlief sie ein Kälteschauer. Ry kam zurück und begann, ihren Rücken und ihren Nacken zu massieren, um die Blutzirkulation anzuregen.

„Weißt du, was das war? Dumm und gefährlich", beschimpfte er sie. „Du kannst von Glück sagen, dass du hier nur mit Schwindel und einer kleinen Rauchvergiftung rauskommst. Ich hab dir gesagt, du sollst aus dem Zimmer verschwinden!"

„Du warst doch auch drin." Der Schmerz ließ sie zusammenzucken, als die Worte sich ihrer ausgedörrten Kehle entrangen. „Du bist doch direkt mitten ins Feuer gegangen."

„Ich bin ja auch dazu ausgebildet und du eben nicht. Das ist der Unterschied." Jetzt nahm er sie bei den Schultern und zog sie in eine sitzende Position hoch.

Er studierte ihr Gesicht, das unter den schwarzen Rußspuren bleich war wie der Tod, doch ihre Augen begannen langsam klarer zu werden. „Ist dir übel?" wollte er in knappem Ton wissen.

„Nein." Sie presste ihre Handflächen gegen ihre brennenden Augen. „Nicht mehr."

„Schwindlig?"

„Nein ... ja." Ihre Stimme klang rau wie ein Stück Schmirgelpapier.

„Gibts hier denn irgendwo Wasser? Du musst etwas trinken."

„Mir gehts schon wieder gut." Sie nahm die Hände von den Augen und lehnte sich in die Kissen zurück. Furcht stieg wieder in ihr hoch. „O Gott, dieses Feuer … schrecklich … Meinst du wirklich, es ist aus?"

„Na hör mal, das ist schließlich mein Job." Stirnrunzelnd sah er sie an. „Ich glaube, es ist besser, ich bring dich ins Krankenhaus, du solltest dich durchchecken lassen."

„Nein, das kommt überhaupt nicht in Frage", widersprach sie heftig. „Ich brauch kein verdammtes Krankenhaus", bekräftigte sie noch einmal und schob ihn von sich. Da fiel ihr Blick auf seine Hände, und ihr stockte der Atem. „Ry, deine Hände!" Sie packte ihn an den Handgelenken. „Sie sind ja ganz verbrannt!"

Er hatte einige Brandblasen davongetragen. „Halb so schlimm", wehrte er ab.

„Du hast gebrannt, ich hab gesehen, wie dein Sakko Feuer fing", erzählte sie erschauernd.

„Es war sowieso reif für die Altkleidersammlung. Stop!" befahl er, nachdem er bemerkt hatte, wie sich ihre Augen mit Tränen füllten. Jetzt kam anscheinend der Schock. „Fang jetzt bloß nicht auch noch an zu heulen." Wenn er etwas mehr hasste als Feuer, waren es die Tränen einer Frau. Er fluchte und presste ihr seine Lippen auf den Mund in der stillen Hoffnung, die Tränenflut auf diese Weise eindämmen zu können.

Natalie schlang die Arme um seinen Nacken, und er war vollkommen überrumpelt von der Heftigkeit ihrer Reaktion. Doch ihre Lippen zitterten noch immer. Hilfe suchend drängte sie sich an ihn.

„Besser?" murmelte er und streichelte über ihren Kopf.

„Mir gehts gut", bekräftigte sie mit übertrieben fester Stimme, als müsste sie nicht nur ihn, sondern auch sich selbst davon überzeugen. „Im Lagerraum ist ein Verbandskasten. Deine Hände müssen unbedingt versorgt werden."

„Ach, das ist doch keine große Sache", setzte er an, da hatte sie ihn schon von sich gestoßen und sprang auf.

„Dann hol ich ihn eben selbst, verdammt noch mal."

Verblüfft stand Ry ebenfalls auf und schloss die Tür. Er sollte nach oben ins Büro gehen und das Fenster öffnen, doch er wollte sie nicht dabeihaben, wenn er seine abschließende Inspektion durchführte. Er nahm seine Krawatte ab und öffnete die obersten zwei Hemdknöpfe.

„Hier ist Brandsalbe." Natalie kam mit einem Verbandskasten zurück.

„Bestens." Da er ihr etwas Gutes tun wollte, setzte er sich und ließ sie die Krankenschwester spielen. Die kühlende Salbe empfand er als angenehm auf seiner Haut und den sanften Druck ihrer schlanken Finger nicht minder.

„Du kannst von Glück sagen, dass die Verletzungen nicht schlimmer ausgefallen sind, mein Lieber. Es war wirklich ziemlich verrückt, da mitten ins Feuer zu gehen", rügte sie, während sie ihn mit echter Hingabe verarztete.

Er hob die Augenbrauen. „Es scheint dir Spaß zu machen, Unsinn zu reden."

Forschend schaute sie zu ihm hoch. Sein Gesicht war, ebenso wie ihres, rußgeschwärzt, und seine Augen waren rot vom Rauch. „Ich bin dir dankbar", flüsterte sie dann leise. „Wirklich sehr dankbar." Dann wich sie seinem Blick aus und beschäftigte sich angelegentlich damit, die Tube mit der Salbe wieder zu verschließen. „Schätze, ich muss dir einen neuen Anzug kaufen."

„Ich hasse Anzüge." Sie seufzte wieder, kurz und ein bisschen zittrig. Als er es hörte, rutschte er unruhig auf seinem Sessel herum. „Bitte fang nicht an zu weinen. Wenn du mir wirklich danken willst, dann weine nicht."

„Ja, ich werd mich bemühen." Sie schniefte und fuhr sich mit der Hand übers Gesicht. „Ich hatte solche Angst."

„Es ist vorbei." Er gab ihr einen freundschaftlichen Stups. „Kann ich dich für einen Moment allein lassen? Ich will nach oben gehen und das Fenster öffnen. Der Rauch muss raus."

„Ich komme …"

„Nein, wirst du nicht. Setz dich." Er stand auf und drückte sie mit den Händen aufs Sofa. „Bitte, bleib hier sitzen."

Er ging nach oben. Natalie nutzte die Zeit seiner Abwesenheit, um sich wieder einigermaßen in die Gewalt zu bekommen. Und nachzudenken. Als er zurückkam, saß sie noch immer genau da, wo er sie zurückgelassen hatte.

„Es war dasselbe wie im Lagerhaus, stimmts?" rief sie ihm entgegen, als er die Treppe herunterkam. „Ich meine die Art, wie das Feuer gelegt wurde. Das kann doch alles kein Zufall mehr sein."

„Ja. Es war dasselbe. Und nein, es ist kein Zufall. Wir sprechen später darüber. Ich werde dich jetzt nach Hause fahren."

„Ich bin ..."

Die Worte blieben ihr im Hals stecken, als er sie unsanft von der Couch hochzerrte. „Wenn du jetzt noch ein einziges Mal sagst, dass es dir gut geht, verpass ich dir einen Kinnhaken", informierte er sie wütend. „Du hast einen leichten Schock und viel zu viel Rauch eingeatmet. Es wird Zeit, dass wir was dagegen tun. Also fahr ich dich jetzt nach Hause. Von deinem Autotelefon aus benachrichtigen wir die Polizei. Zu Hause wirst du dich augenblicklich ins Bett legen, und morgen früh gehst du als Erstes zum Arzt."

„Hör auf, mich so anzuschreien."

„Wenn du auf mich hören würdest, brauchte ich nicht zu schreien." Er griff nach ihrem Mantel und hielt ihn ihr hin. „Los, zieh ihn an."

„Dies hier ist mein Haus, und ich habe ein Recht darauf, so lange hier zu sein, wie es mir gefällt."

„Gut, dann muss ich dich wohl raustragen." Er machte einen Schritt auf sie zu. „Wenn's dir nicht passt, kannst du ja deinen Rechtsanwalt anrufen und mich verklagen."

„Es gibt überhaupt keinen Grund dafür, dass du dich so aufplusterst."

Er hatte schon wieder einen Fluch auf den Lippen, doch dann schluckte er ihn hinunter und holte tief Luft.

„Natalie, ich bin hundemüde", ließ er sie leise wissen. „Und ich muss hier noch meine Arbeit machen, was ich aber nicht kann, wenn du hier herumstehst. Also sei ein bisschen kooperativ. Nur dieses eine Mal. Bitte."

Er hatte Recht, sie wusste, er hatte Recht. Sie drehte sich um und hängte sich ihre Handtasche über die Schulter. „Du kannst meinen Wagen diese Nacht behalten. Morgen früh komm ich schon irgendwie dahin, wo ich hinmuss."

„Ich weiß dein Angebot zu schätzen."

Sie händigte ihm die Autoschlüssel aus, die Schlüssel für das Geschäft und erklärte ihm die Alarmanlage.

Er fuhr ihr mit der Hand durchs Haar und grinste. „Hey, versuch dich nicht aufzuregen. Du kannst beruhigt schlafen. Ich bin der Beste."

Sie lächelte leise. „Das hat man mir zumindest schon mal erzählt."

Am nächsten Morgen gegen acht schloss Natalie die Eingangstür von *Lady's Choice* auf. Sie war mit dem Taxi erst noch bei ihrem Büro vorbeigefahren, um sich einen Schlüssel zu holen. Ohne besondere Verwunderung nahm sie nun zur Kenntnis, dass ihr Wagen bereits wieder auf dem Parkplatz stand.

Als sie das Geschäft betrat, stellte sie fest, dass sich der

Rauchgeruch, zumindest im Erdgeschoss, bereits verzogen hatte. Gott sei Dank, welch eine Erleichterung. Sie hatte einen großen Teil der Nacht damit zugebracht, sich den möglichen Verlust, den ihr dieser zweite Brand eingebracht haben könnte, im Geiste durchzurechnen.

Alles machte einen ebenso eleganten und makellosen Eindruck wie zuvor. Sobald Ry nun sein Einverständnis geben würde, würde sie ihren Geschäftsführer anrufen, damit die Vorbereitungen für die Eröffnung weitergehen konnten.

In Gedanken versunken, legte sie Mantel und Handschuhe ab und ging nach oben.

Für Ry war es eine lange, arbeitsreiche Nacht gewesen. Nachdem er Natalie zu Hause abgeliefert hatte, war er bei der Feuerwache vorbeigefahren, um sich umzuziehen und sein Werkzeug zu holen. Er hatte die ganze Nacht durchgearbeitet. Allein – auf die Art und Weise, die ihm am besten lag. Als sie zur Tür hereinkam, war er eben dabei, ein Beweisstück zu sichern.

„Guten Morgen, Legs." Er lag inmitten des ganzen Chaos auf dem Boden und musterte unverschämt und genüsslich ihre Beine.

Natalie überflog mit Blicken den Raum und seufzte. Der Vorhang, halb verkohlt, war reif für den Müll.

Die Wände waren rußgeschwärzt, Regale hatten Feuer gefangen und sahen dementsprechend aus, und den wertvollen Queen-Anne-Schreibtisch hatte das Feuer ebenfalls ziemlich in Mitleidenschaft gezogen.

Obwohl die Fenster sperrangelweit offen standen, hing noch immer abgestandener Rauchgestank in der Luft.

„Warum sieht das bloß immer am nächsten Tag alles noch viel schlimmer aus?"

„Ist doch halb so wild. Ein bisschen Farbe an die Wände, ein paar neue Regale, und den Schreibtisch kriegst du bestimmt auch wieder hin."

Sie fuhr mit den Fingerspitzen über die Tapete. Sündhaft teuer war sie gewesen, und das Muster hatte sie selbst ausgesucht. Jetzt war alles ruiniert.

„Leicht gesagt."

„Ja", gab er zu und legte ein weiteres Beweisstück in einen Behälter. „Ich weiß."

Er schaute zu ihr auf. Heute trug sie ihr Haar hochgesteckt. So, wie sie es getragen hatte, als er sie das erste Mal gesehen hatte. Er fand, es stand ihr ausgezeichnet, da es den ausgeprägten Schwung ihrer Wangenknochen vorteilhaft hervorhob. Elegant wirkte es, sehr elegant. Ihr Kostüm war von einem majestätischen Purpurrot und streng geschnitten. Sieht aus, dachte er und musste grinsen, als wäre die Lady zum Kampf bereit.

„Wie hast du geschlafen?"

„Oh, alles in allem eigentlich überraschend gut." Bis auf den Albtraum, an den sie sich lieber nicht mehr erinnern wollte. „Und du?"

Da er nicht ins Bett gekommen war, zuckte er bloß die Schultern. „Hast du deine Versicherung schon benachrichtigt?"

„Nein, noch nicht. Die fangen doch erst um neun Uhr an. Ich werde gleich anrufen." Ihr Ton wurde merklich kühler. „Ist das jetzt wieder eines ihrer Verhöre, Inspector?"

Ärger flammte in seinen Augen auf. „Ich glaube nicht, dass das notwendig ist, du vielleicht?" Er begann, seine Werkzeuge in der Tasche zu verstauen. „Morgen kann ich dir Bericht erstatten."

„Tut mir Leid, Ry. Ich bin nicht böse mit dir. Ich bin einfach nur wütend."

„Gut verständlich."

„Könntest du ..." Sie unterbrach sich, da sie jemand die Treppe heraufkommen hörte. „Gage." Als er hereinkam, zwang sie sich zu einem Lächeln und streckte ihm die Hand zur Begrüßung hin.

„Ich habs gerade gehört." Mit einem raschen Blick

erfasste er das Ausmaß des Schadens. „Ich hab gedacht, ich komm einfach mal vorbei, um zu sehen, ob ich dir irgendwie behilflich sein kann."

„Danke." Sie gab ihm einen flüchtigen Kuss auf die Wange, bevor sie sich wieder Ry zuwandte, der noch immer am Boden kauerte. Wie ein Tier auf dem Sprung, dachte sie. „Gage Guthrie – Inspector Ryan Piasecki."

„Ich hab schon von Ihnen gehört. Und nur das Beste."

Ry zögerte eine Sekunde, stand dann auf und drückte Gage die Hand. „Sie sind mir auch kein Unbekannter." Ry musterte den Mann, von oben bis unten, dann sah er Natalie fragend an. „Seid ihr miteinander befreundet?"

„Das und noch ein bisschen mehr." Mit Interesse beobachtete Natalie, wie sich Rys Augen verdüsterten. Sie wartete einen Moment, entschloss sich dann jedoch, ihn nicht länger auf die Folter zu spannen. „Also, wenn du der Verbindung folgen kannst: Gage ist mit der Schwester der Frau meines Bruders verheiratet."

Ry entspannte sich. „Weitläufige Familie."

„Im wahrsten Sinne des Wortes." Nachdem Gage die Situation schnell und präzise eingeschätzt hatte, beschloss er, den Inspector ein wenig näher unter die Lupe zu nehmen. „Ziehen Sie für beide Brände ein und denselben Täter in Betracht?"

„Wir sind mit unseren Untersuchungen noch nicht so weit."

„Er macht jetzt ganz auf offiziell", mischte sich Natalie trocken ein. „Inoffiziell", fuhr sie fort, ohne den finsteren Blick zu beachten, den Ry ihr zuwarf, „sieht es ganz danach aus. Als wir in der vergangenen Nacht ..."

„Du warst hier?" unterbrach Gage sie überrascht und ergriff ihren Arm. „Du?"

„Ja, ich wollte noch ein paar Sachen erledigen. Glücklicherweise." Sie atmete hörbar aus und ließ ihre Blicke durch den Raum schweifen. „Es hätte weitaus schlimmer kommen können. Gott sei Dank hatte ich einen erfahrenen Feuerwehrmann dabei."

Gage entspannte sich etwas. „Nichts kann so wichtig sein, als dass du es allein mitten in der Nacht erledigen müsstest, Natalie. Es ist einfach zu gefährlich."

„Ganz meine Meinung." Ry klemmte sich eine Zigarette zwischen die Lippen. „Versuchen Sie mal, ihr das beizubringen."

Natalie hob die Brauen. „Gehst du denn niemals nachts allein auf die Straße, Gage?"

„Das ist was vollkommen anderes. Und erteil mir

jetzt bloß nicht wieder eine Lektion in Sachen Gleichberechtigung", schnitt er ihr das Wort ab, bevor sie überhaupt angefangen hatte. „Ich bin ja absolut dafür, und das weißt du auch. Zu Hause, am Arbeitsplatz. Doch auf der Straße ist das etwas anderes, da sind Frauen eben gefährdeter als Männer."

„Mhm, hmm ... verstehe ... Und – teilt Deborah deine Meinung?"

Er verzog den Mund. „Nein, sie ist genauso starrköpfig wie du." Frustriert darüber, dass er am anderen Ende der Stadt gewesen war, als Natalie ihn gebraucht hätte, rammte Gage seine Hände in die Hosentaschen. „Wenn ich schon sonst nichts weiter für dich tun kann, so kann ich dich wenigstens über einige der Dienstleistungen im Sicherheitsbereich, die Guthrie International bereithält, informieren."

„Ich werde mich an dich wenden, wenn es nötig ist." Sie warf ihm einen kurzen, hoffnungsvollen Blick zu. „Ich nehme natürlich nicht an, dass du deinen Einfluss geltend machen konntest, um deine Frau davon abzuhalten, dass sie sofort Cilla und meinen Bruder anruft?"

Er tätschelte ihre Wange. „Keine Chance."

Natalie massierte sich die Schläfen und ergab sich in ihr Schicksal. „Ich bin umstellt", murmelte sie nur resigniert. In kürzester Zeit würden alle Verwandten sie mit Ratschlägen und Mitgefühl überhäufen.

„Ja, ja, das ist ein Problem, dass es so viele Leute gibt, die auf dich aufpassen", grinste Gage und gab ihr zum Abschied einen Kuss auf die Wange. „Nett, Sie kennen gelernt zu haben, Inspector."

„Ganz meinerseits. Wiedersehen."

„Gib Deborah und Addy einen Kuss von mir", trug Natalie ihm auf. „Und hör auf, dir um mich Sorgen zu machen."

„Das Erste mach' ich gern, das Zweite werde ich nicht tun."

„Wer ist Addy?" fragte Ry, nachdem die Tür hinter Gage ins Schloss gefallen war.

„Hmmm? Oh, ihr Baby." Sie betrachtete den ruinierten Teppichboden. „Die Angelegenheit muss wirklich so schnell wie möglich aufgeklärt werden, Ry. Zu viele Leute verbringen deswegen schlaflose Nächte."

„Du scheinst eine Menge enger Beziehungen zu haben, Natalie." Er trat ans offene Fenster und warf seine Zigarettenkippe nach draußen. „Ich kann aber meine Arbeit nicht nur deshalb schneller beenden, um sie zufrieden zu stellen. Du solltest den Rat deines Schwagers beherzigen und nachts nicht allein auf die Straße gehen. Ebenso wenig wie in leer stehende Bürogebäude. Auch wenn ich mittlerweile gemerkt habe, wie sehr du an deinem Geschäft hängst."

„Ich brauche keine guten Ratschläge, sondern Antworten. Irgendjemand ist hier letzte Nacht eingebrochen und hat ein Feuer gelegt. Wie und warum?"

„Okay, Miss Fletcher. Ich kann Ihnen sagen, warum." Ry lehnte sich gegen den Schreibtisch. „In der Nacht vom sechsundzwanzigsten zum siebenundzwanzigsten Februar wurde von Inspector Piasecki und Natalie Fletcher, der Besitzerin des Gebäudes, ein Feuer entdeckt."

„Ry ..."

Er hob die Hand, um sie zum Schweigen zu bringen. „Du wolltest einen Bericht, jetzt bekommst du einen."

„Du bist böse mit mir."

„Ja, ich bin böse mit dir. Du drängst mich, Natalie. Und dich selbst. Du willst, dass alles möglichst rasch aufgeklärt wird, weil sich irgendwelche Leute Sorgen um dich machen. Und weil du nur danach trachtest, möglichst schnell deine Spitzenhöschen verkaufen zu können."

„Nein, ganz falsch. Ich bemühe mich nur darum, Ruhe zu bewahren. Da ich zwei und zwei zusammenzählen kann, komme ich an der Tatsache nicht vorbei, dass es irgendjemanden gibt, der anscheinend nicht gut auf mich zu sprechen ist. Zwei meiner Gebäude innerhalb von zwei Wochen. Ich bin ja nicht blöd, Ry."

„Gewiss nicht. Also, du hast einen Feind. Wer ist es?"

„Ich weiß es nicht. Warum sollte ich es dir nicht sagen, wenn ich es wüsste? Das Schloss war nicht aufgebrochen, was besagt, dass es jemand gewesen sein muss, der für mich arbeitet. Weil er offensichtlich einen Schlüssel hatte."

„Der Täter war ein Profi, daran gibt es für mich nach Lage der Dinge keinerlei Zweifel. Kein besonders guter, aber immerhin. Das bedeutet, dass möglicherweise einer deiner Angestellten einen Profi angeheuert hat, um die Brände zu legen. Hier hat er sein Werk nicht beenden können, weil wir ihn gestört haben. Deshalb wird er es wahrscheinlich ein weiteres Mal versuchen."

„Tröstlich. Wirklich sehr tröstlich."

„Ich will dich im Moment gar nicht trösten. Alles, was ich will, ist, dass du auf der Hut bist. Ich brauche eine Namensliste deiner Angestellten."

„Kannst du haben."

„Ich muss die Leute überprüfen und werde den

Computer checken lassen, ob jemand dabei ist, der schon mal in dieser Richtung auffällig geworden ist. Das ist zumindest ein Anfang."

„Du hältst mich auf dem Laufenden? Ich bin heute die meiste Zeit im Büro. Ansonsten weiß meine Assistentin immer, wo ich zu erreichen bin."

Er ging zu ihr hinüber und fuhr ihr übers Haar. „Warum nimmst du nicht mal einen Tag frei? Geh einkaufen, oder sieh dir einen Film an."

„Machst du Witze?"

Er schob seine Hände in die Hosentaschen. „Hör zu, Natalie, du hast jetzt noch einen Menschen mehr, der sich um dich Sorgen macht. Okay?"

„Ja, ich denke, es ist okay", erwiderte sie zögernd. „Ich will versuchen, dir zur Verfügung zu stehen, aber ich hab eine Menge zu tun." Sie lächelte ihn an in dem Versuch, ihrer beider Stimmung etwas zu heben. „Als Erstes muss ich eine Reinigungsfirma besorgen und einen Maler, um hier alles wieder auf Vordermann bringen zu lassen." Bei diesen Worten sah sie sich unglücklich in dem Chaos um.

„Nicht, bevor ich mein Einverständnis gebe. Ich bin mit meinen Untersuchungen noch nicht fertig."

„Hab ich mir gedacht, dass du das sagen würdest." Resigniert betrachtete sie ihren Schreibtisch. „Du hast aber doch nichts dagegen, dass ich mir ein paar Akten mitnehme? Ich hatte sie kürzlich aus dem Zentralbüro mit rübergebracht, um hier zu arbeiten."

„Ja, nimm sie ruhig mit. Aber pass auf, wo du hintrittst."

Ry beobachtete, wie sie auf ihren hohen Absätzen zum Wandschrank hinüberging und ihm die Unterlagen entnahm. Er schüttelte den Kopf. Nicht zu fassen, mit welch einer katzengleichen Gewandtheit sie sich auf diesen Schwindel erregenden Absätzen bewegte!

„Was machen deine Hände?" fragte sie, während sie die Akten durchblätterte.

„Was?"

„Wie's deinen Händen geht." Sie wandte den Kopf, sah, wie er sie mit Blicken verschlang, und lachte. „Himmel, Piasecki, du bist ja besessen."

„Ach, denen gehts ganz gut. Wann hast du deinen Arzttermin?"

„Ich brauche keinen Arzt. Ich kann Ärzte sowieso nicht leiden."

„Angsthase."

„Vielleicht. Meine Kehle ist noch etwas rau, das ist alles. Das werd ich auch ohne Arzt wieder hinkriegen. Und jetzt will ich keinen Ton mehr darüber hören."

„Ich hab doch gar nichts gesagt. Bist du so weit

fertig? Ich will jetzt meine Beweisstücke ins Labor bringen."

„Ja. Gott sei Dank haben diese Akten das Feuer überstanden. Das erspart mir einiges an Zeit und viele Probleme. Hier sind nämlich auch die Geschäftsdaten für eine Zweigstelle in Denver drin."

„Denver?" Er fühlte einen kleinen Stich unter dem Herzen. „Willst du nach Colorado zurück?"

„Hmmm ..." Zufrieden verstaute sie einen Teil der Unterlagen in ihrer Aktentasche, den Rest klemmte sie sich unter den Arm. „Das kommt drauf an. Im Moment denke ich noch nicht so weit voraus. Erst muss hier alles richtig laufen, und das geht ja nicht über Nacht."

„Ich will dich so bald wie möglich sehen." Diesen Satz auszusprechen kostete ihn mehr Überwindung, als er für möglich gehalten hätte. „Ich will dich sehen, Natalie, fernab von dem allen hier." Er unterstrich seine Worte mit einer weit ausholenden Geste, die den ganzen Raum umfasste.

Sie fingerte, plötzlich nervös geworden, am Schloss ihrer Aktentasche herum. „Ich weiß nicht, Ry. Wir stehen beide im Moment ziemlich unter Druck. Vielleicht wäre es sinnvoller, wenn wir uns jetzt erst mal auf das, was getan werden muss, konzentrieren. Und im privaten Bereich etwas Abstand halten. Lass uns die Dinge nicht überstürzen."

„Es wäre sinnvoller."

„Also dann." Sie ging einen Schritt auf die Tür zu, doch er stellte sich ihr in den Weg.

„Ich will dich sehen", wiederholte er hartnäckig. „Und berühren. Und ich will mit dir schlafen."

Hitze stieg ihr in die Wangen. Seine Wortwahl erschien ihr grob und ungehobelt. Hätte er seinen Wunsch nicht ein klein wenig romantischer formulieren können?

„Ich weiß, was du willst. Aber ich will mir sicher sein, was ich will, verstehst du? Ob ich in der Lage bin, mit der Situation umzugehen. Ich bin immer ein sehr verstandesbetonter Mensch gewesen, und du hast mir das jetzt ein bisschen vermasselt."

„Heute Abend."

„Ich muss bis spätnachts arbeiten." Sie fühlte, wie sie schwach wurde und Verlangen nach ihm in ihr hochstieg. „Ich hab ein Arbeitsessen."

„Ich werde auf dich warten."

„Ich weiß aber nicht, wann wir fertig sein werden. Möglicherweise nicht vor Mitternacht."

Er stand dicht vor ihr und drückte sie jetzt gegen die Wand. „Nun ja, dann eben um Mitternacht."

Warum sträube ich mich eigentlich so, fragte sie sich. Sein Gesicht befand sich jetzt dicht über ihrem, und sie sehnte sich danach, seine Lippen auf ihren zu spüren.

Doch plötzlich zuckte sie heftig zusammen und trat rasch einen Schritt beiseite. „Oh, mein Gott. Mitternacht."

Natürlich! Während sie die Erinnerung überfiel, fuhr sie sich aufgeregt mit den Fingern durchs Haar. Ry schaute sie verblüfft an. „Was ist los?"

„Mitternacht", wiederholte sie nur und legte eine Hand über ihre Augen, um sich besser erinnern zu können. „Als wir letzte Nacht hier ankamen, war es doch kurz nach zwölf, oder?"

Er nickte. „Und?"

„Gestern Abend, während ich mich fürs Abendessen umzog, läutete das Telefon, und es war irgendwie seltsam, ein leises Kichern erst, dann sagte der Anrufer auf meine Frage, wer da sei, Mitternacht."

„Mitternacht? Kam dir die Stimme bekannt vor?"

„Nein, nicht dass ich wüsste. Aber alles ging ja so schnell. Dann sagte er noch – lass mich überlegen." Sie schob ihn beiseite und ging im Zimmer hin und her. „Mitternacht. Er sagte Mitternacht, Geisterstunde. Ja, genau – das wars. Geisterstunde. Und dann noch, pass auf, was passiert, oder so ähnlich. Ich kann mich nicht genau erinnern, es ging alles so schnell."

„Warum zum Teufel kommst du erst jetzt damit an?"

„Weil es mir eben wieder eingefallen ist. Ich hatte es vollkommen vergessen." Sie wirbelte herum. „Ich habs einfach nicht ernst genommen, verstehst du? Ein Verrückter, hab ich mir gedacht und mich entschlossen, den Anruf einfach zu ignorieren. Woher sollte ich denn wissen, dass es eine Warnung war? Oder eine Drohung?"

Ohne zu antworten, zückte er sein Notizbuch und notierte sich die Worte, die sie erinnert hatte. „Weißt du noch, wie spät es war, als der Anruf kam?"

„Es muss ungefähr zwanzig vor acht gewesen sein. Ich war schon fertig angezogen und suchte mir gerade noch ein Paar Ohrringe heraus. Ich war schon zu spät dran und deshalb ziemlich in Eile."

„Hast du irgendwelche Hintergrundgeräusche gehört?"

Natalie dachte nach. Darauf hatte sie natürlich nicht geachtet. Sie hatte auf gar nichts geachtet. Ihre Gedanken waren ausschließlich bei Ry gewesen. „Mir ist nichts aufgefallen. Es war aber eine männliche Stimme, dessen bin ich mir sicher. Männlich, und doch klang sie irgendwie kindlich, oder besser gesagt, mädchenhaft." Sie überlegte. „Ja. Weil er so komisch kicherte", fügte sie dann hinzu.

„Aber er war selbst am Apparat? Oder könnte es sein, dass es ein Tonband war?"

„Nein, so klang es nicht."

„Stehst du im Telefonbuch?"

„Nein." Erst nachdem sie geantwortet hatte, ging ihr die Bedeutung seiner Frage auf. „Nein", wiederholte sie nachdenklich.

„Ich brauche eine vollständige Liste der Personen, die deine private Telefonnummer besitzen."

Natalie straffte die Schultern und zwang sich, ruhig zu bleiben. „Vollständig, soweit das möglich ist. Ich weiß natürlich nicht, wer wem meine Nummer ohne mein Wissen weitergegeben hat." Sie räusperte sich und spürte, dass sich das Brennen in ihrer Kehle wieder verstärkt hatte. „Ry, ist das üblich, dass Profis ihre Opfer vor der Tat anrufen?"

Er steckte sein Notizbuch wieder ein und sah sie an. „Auch unter den Profis gibt es Verrückte. Ich fahre dich jetzt ins Büro."

„Das ist nicht nötig. Ich kann selbst fahren."

Nur Geduld. Er gemahnte sich daran, dass er heute Nacht so viele Überstunden gemacht hatte, dass es jetzt auch nicht mehr darauf ankam, wenn alles ein bisschen länger dauerte. Also konnte er sich auch noch die Zeit nehmen, ihr gut zuzureden. Doch dann dachte er, zur Hölle mit ihrer Sturheit! „Hör mir gut zu", begann er gefährlich leise und krallte seine Finger in das Revers ihrer Kostümjacke. „Ich werde dich jetzt in dein Büro fahren, kapiert?"

„Ich sehe keinen Grund ..."

„Kapiert?" Er schüttelte sie.

So leicht wollte sie es ihm nicht machen. „Wunderbar. Ich brauche mein Auto aber heute noch. Also musst du dich dann schon selbst darum kümmern, wie du, nachdem du mich abgeliefert hast, dahin kommst, wo du hinwillst."

„Ich bin noch nicht zu Ende, Natalie", fuhr er in demselben zwingenden Tonfall fort. „Bevor ich wieder zurück bin, wirst du dich keinen Schritt außer Haus begeben."

„Das ist ja vollkommen lächerlich. Ich hab tausend Sachen zu erledigen."

„Aber nicht allein", bekräftigte er entschlossen seine Worte. „Anderenfalls sehe ich mich gezwungen, einige meiner Schatten vom Urbana Police Department auf dich anzusetzen."

„Das klingt wie eine Drohung", versetzte sie spitz.

„Du bist eine wirklich scharfzüngig Lady. Halt dich etwas zurück, Natalie, oder ich lass hier an deiner wunderschönen Eingangstür ein Betreten-verboten-Schild anbringen. Das bleibt dann aber für die nächsten paar Wochen dran, da kannst du Gift drauf nehmen."

Dass er dazu imstande wäre, daran zweifelte sie keinen Moment, als sie seinen entschlossenen Gesichtsausdruck sah. Aus Erfahrung wusste sie, dass es Momente im Leben gab, in denen es klüger war einzulenken.

„Also gut. Ich werde mir für alle Meetings, die ich außerhalb des Büros habe, einen Fahrer kommen lassen. Aber ich möchte doch darauf hinweisen, dass dieser Typ daran interessiert ist, meinen Besitz zugrunde zu richten und nicht mich persönlich."

„Er hat dich persönlich angerufen. Das reicht."

Sie war wütend darüber, dass er es doch tatsächlich geschafft hatte, sie zu beunruhigen. Dennoch ging Natalie ihren Geschäften wie üblich effizient und mit kühlem Kopf nach. Gleich, nachdem sie im Büro angekommen war, beauftragte sie ihre Assistentin, sich um Handwerker und eine Reinigungsfirma zu kümmern. Sobald Ry seine Einwilligung erteilt hatte, sollten die Leute anfangen. Dann telefonierte sie mit den Niederlassungen in Atlanta und Chicago. Als Nächstes stand ein Anruf in Colorado auf ihrer Checkliste. Sie musste dieses neue Problem ihrer Familie gegenüber so weit wie möglich herunterspielen.

Ungeduldig betätigte sie die Gegensprechanlage auf ihrem Schreibtisch. „Maureen, ich warte schon seit einer halben Stunde auf die Liste, was ist los?"

„Ja, ich weiß, Miss Fletcher. Die Leute vom Einkauf arbeiten noch daran."

„Sagen Sie ihnen", Natalie schluckte die scharfen Worte, die ihr auf der Zunge lagen, hinunter und bemühte sich, ruhig zu bleiben. „Sagen Sie ihnen, die Liste hat oberste Priorität. Danke, Maureen."

Daraufhin lehnte sie sich in ihrem Stuhl zurück und schloss für einen Moment die Augen. Ruhe bewahren, sagte sie sich. Wer nervös ist, macht Fehler. Wenn sie die vielen Meetings, die heute noch anstanden, auch nur einigermaßen gelassen hinter sich bringen wollte, musste sie sich zusammennehmen. Sie massierte sich ihren verspannten Nacken.

Es klopfte. Sie straffte die Schultern und setzte sich aufrecht hin. „Ja, bitte?" Melvin steckte den Kopf durch die Tür.

„Hast du einen Moment Zeit?"

„Ja. Komm rein."

„Ich hab dir was mitgebracht." Er stellte ein Tablett

auf den Tisch. Ein Lächeln zeichnete sich auf ihrem Gesicht ab, als sie sah, was sich darauf befand.

„Wenn das Kaffee ist, hast du dir einen dicken Kuss verdient."

Er strahlte übers ganze Gesicht und kicherte verlegen. „Nicht nur Kaffee, sondern auch Geflügelsalat. Du musst etwas essen, Natalie."

„Mmmh, lass mal sehen." Sie setzte sich neben ihn auf die Couch „Ich bin total ausgehungert. Ach, du bist wirklich ein Schatz, Melvin."

„Ich hab mir gedacht, eine Pause würde dir gut tun." Er fingerte an seiner roten Fliege herum und rückte seine Brille gerade. „Würde uns gut tun."

Natalie seufzte leise und atmete den Duft des frischen Kaffees ein, während sie erst Melvin und dann sich eine Tasse einschenkte.

„Hast du ein bisschen Zeit, um mir über die neueste Katastrophe zu berichten?"

„Es hätte schlimmer ausgehen können." Sie unterdrückte den Wunsch, aus den Schuhen zu schlüpfen und die Beine hochzulegen, während sie aß. „Soweit ich es auf den ersten Blick beurteilen kann, werden die Probleme schnell behoben sein. Diesmal hats nur das Büro erwischt, und von unserem Warenbestand ist alles heil geblieben."

„Gott sei Dank", erwiderte er erleichtert. „Ich möchte nämlich wirklich bezweifeln, dass ich ein zweites Mal so viel Charme hätte aufbieten können, um die Kollegen zu überreden, etwas von ihren Sachen herauszurücken."

„Unnötig", brachte sie zwischen zwei Bissen hervor. „Diesmal haben wir Schwein gehabt, Melvin, aber …"

„Aber?"

„Hinter diesen Anschlägen steckt System, Melvin. Sie sind eindeutig gegen mich gerichtet. Irgendjemand will verhindern, dass *Lady's Choice* ein Renner wird."

Stirnrunzelnd legte er ihr das Stück Entenbrust, das er auf der Platte zerteilt hatte, auf den Teller. „*Unforgettable Woman* ist unser schärfster Konkurrent."

„Ich habe auch schon daran gedacht. Doch irgendwie passt das überhaupt nicht zusammen. Die Firma ist seriös und besteht seit fünfzig Jahren. Und sie steht auf festen Füßen. Es ist einfach nicht vorstellbar, dass sie derart miese Tricks anwenden würden." Sie seufzte. So unlieb es ihr auch war, sie musste Melvin über das, was ihr im Kopf herumspukte, ins Bild setzen. „Ich tippe eher darauf, dass es ein Insiderjob ist. Eine scheußliche Angelegenheit, aber eine andere Erklärung habe ich eigentlich nicht. Wenn ich nur daran denke, wird mir ganz elend."

„Du meinst, einer von unseren Leuten ..." Ihm war der Appetit vergangen.

„Es ist eine Möglichkeit, die wir auf jede Fall in Betracht ziehen müssen. Wir können sie nicht einfach übersehen." Sie hatte ihren Teller leer gegessen und schenkte sich jetzt gedankenversunken noch eine Tasse Kaffee ein. „Ich überlege, ob ich nicht ein Vorstandsmeeting einberufen soll." Ja, das würde sie tun.

„Die meisten deiner Spitzenleute arbeiten seit Jahren für Fletcher Industries, Natalie. Es ist schwer vorstellbar, dass da einer ..."

„Ich bin mir dessen bewusst, Melvin." Unruhig stand sie auf und lief, die Kaffeetasse in der Hand, im Zimmer hin und her. „Ich kann mir auch überhaupt keinen Grund vorstellen, aus dem irgendjemand innerhalb des Konzerns Interesse daran haben sollte, die Eröffnung zu verzögern oder gar zu verhindern. Doch ich muss nach einem Grund suchen."

„Das bringt uns alle in Verdacht."

Sie kam zurück an den Tisch und sah ihn an. „Tut mir Leid, Melvin", bestätigte sie mit ruhiger Entschlossenheit, „aber da kann ich dir nicht widersprechen."

„Es braucht dir nicht Leid zu tun. Es geht um die

Firma." Er erhob sich und bemühte sich um ein Lächeln. „Was wirst du als Nächstes tun?"

„Ich will mich gleich mit dem Schadensachverständigen treffen." Sie warf einen Blick auf ihre Armbanduhr. „O Gott, ich muss ja los."

„Lass mich das machen, Natalie. Du hast schon genug am Hals. Ich werde hinfahren und dir dann sofort anschließend Bericht erstatten."

„Na gut. Es würde mir einiges an Zeit ersparen."

„Für heute Nachmittag ist eine große Warenlieferung aus Atlanta avisiert. Möchtest du, dass ich sie fürs Erste zurückhalte?"

„Nein. Lass sie wie vorgesehen ins Geschäft liefern. Wir machen weiter wie üblich. Ich habe einen Wachdienst bestellt, der das Gebäude Tag und Nacht unter Kontrolle behält. Da kommt keiner rein, da kannst du sicher sein."

„Okay, machen wir weiter nach Plan", stimmte er ihr fest entschlossen zu.

„Und wenn die Welt untergeht."

6. KAPITEL

Obwohl Ry im Allgemeinen dem menschlichen logischen Denken einer Computeranalyse gegenüber den Vorzug gab, wusste er dennoch die Annehmlichkeiten eines elektronischen Gehirns zu schätzen. Das System, mit dem sie in der Brandermittlungsabteilung arbeiteten, war das ausgefeilteste, was zur Zeit auf dem Markt erhältlich war.

Der Computer bestätigte ihm, was er bereits vermutet hatte. Natalies Niederlassung war von großer wirtschaftlicher Bedeutung für die Region. Und eine Bedrohung für die Konkurrenz. Doch so richtig glaubte Ry an die Möglichkeit, dass es Sabotage gewesen sein könnte, nicht. Fürs Erste hatte er dafür gesorgt, dass das Gebäude idiotensicher überwacht wurde. Das war das Mindeste, was er tun konnte, bevor er weitere Einzelheiten herausgefunden hatte.

Mehr Sorgen bereitete ihm Natalies persönliche Sicherheit. Der anonyme Anruf, den sie erhalten hatte, beunruhigte ihn. Er hatte allerdings auch eine ganz bestimmte Vermutung, die er seit ein paar Tagen hegte, bestärkt.

Seine linke Hand tastete nach der Kaffeetasse, während er auf den Bildschirm starrte und mit der rechten einige Daten eintippte. Sein Gehirn arbeitete auf Hochtouren. Das nationale Feuerdaten-System – eine Fülle von Informationen über die betroffenen Firmen, ihre geographische Lage, die jeweiligen Vorfälle, Daten, die den Brand selbst betrafen und vieles mehr. All dieses Wissen, was da im Computer gespeichert war, half nicht nur bei der Ermittlung neuer Brandstiftungsfälle, sondern klärte auch von vornherein willige Investoren auf über eventuelle Risiken, die sie an einem bestimmten Standort zu erwarten hätten. Den Daten kam also auch eine vorbeugende Wirkung zu.

Ry wechselte das Programm und wandte sich dem Personenkreis der Verdächtigen zu. Nun fütterte er den Computer mit allen Informationen zum Brandverlauf und der Methode, die er bisher zusammengetragen hatte. Er überlegte einen Moment und fügte anschließend noch den anonymen Anruf, Natalies Erinnerung an die Stimme des Anrufers und seine Worte hinzu.

Dann lehnte er sich zurück und wartete darauf, dass der Computer die eigenen Schlüsse, die er bereits gezogen hatte, bestätigen würde.

Clarence Robert Jacoby. Letzte bekannte Adresse South Street 23, Urbana. Männlich. Weiß. D. O. B. 6/25/52.

Es folgte eine Liste von mehr als einem halben Dutzend Brandstiftungsfälle, für die Jacoby bereits Haftstrafen abgesessen hatte. Eine Sache hatte ihn für fünf Jahre hinter Gitter gebracht, eine andere, vor zwei Jahren, war noch anhängig, er war damals auf Kaution freigekommen.

Jacoby war ein Halbprofi, der darauf versessen war, zu zündeln. Des Öfteren schon hatte er seine Opfer vorher angerufen. Die psychiatrische Erhebung stufte ihn als Neurotiker ein mit ins Pathologische gehenden Tendenzen.

„Du liebst Feuer, du kleiner Hurensohn, stimmts?" Ry tippte mit dem Finger auf der Tastatur herum. „Und dir würde es nicht mal was ausmachen, wenn du darin verbrennst. Das war es doch, was du mir irgendwann mal erzählt hast. Feuer ist für dich wie ein Kuss."

Ry ließ sich die Daten ausdrucken. Während der Drucker ratterte, rieb er sich todmüde mit dem Handballen die Augen. Vorhin hatte er sich zwei Stunden auf das Sofa nebenan hingehauen, um wenigstens eine Mütze voll Schlaf zu bekommen, nachdem er schon die letzte Nacht im Wachzustand verbracht hatte. Ein unbezwingbares Gefühl tiefer Erschöpfung bemächtigte sich seiner.

Doch er hatte eine erste Spur, dessen war er sich sicher.

Mehr aus Gewohnheit als aus einem Verlangen heraus zündete er sich eine Zigarette an und griff zum Telefon. „Piasecki. Ich schau auf dem Heimweg noch bei dem Fletcher-Objekt vorbei. Sie können mich anschließend unter der Nummer …" Er brach ab und schaute auf seine Armbanduhr. Mitternacht. Auf den Punkt genau. Vielleicht sollte er dies als Zeichen nehmen. Nachdem er dem Dienst tuenden Beamten Natalies Privatnummer durchgegeben hatte, legte er auf.

Dann schaltete er den Computer aus, griff sich den Ausdruck und sein Sakko, löschte das Licht und verließ sein Büro.

Natalie schlüpfte in ihren Lieblingsmorgenmantel und überlegte, ob sie erst noch ein heißes Bad nehmen oder lieber gleich ins Bett kriechen sollte. Sie entschied, ihre angespannten Nerven mit einem Glas Wein zu beruhigen, bevor sie dem einen oder dem anderen den Vorzug geben würden. Sie hatte heute Abend dreimal versucht, Ry zu erreichen, doch jedes Mal bekam sie die Antwort, dass er im Moment nicht verfügbar sei und sie es später noch einmal versuchen sollte.

Sie schien er anscheinend immer für verfügbar zu

halten. Zumindest kam und ging er wie und wann es ihm beliebte. Kein Wort den ganzen Tag über. Nun, morgen würde er sein blaues Wunder erleben, denn sie hatte sich vorgenommen, ihn als Erstes gleich in der Frühe in seinem Büro aufzusuchen und einen Bericht von ihm zu verlangen.

Als hätte sie nicht so schon genug zu tun. Abteilungsbesprechungen, Meetings mit der Produktion und, und, und. Die ersten Frühjahrsbestellungen waren bereits eingegangen, und alles sah recht vielversprechend aus.

Sie würde es nicht zulassen, dass sich ihr irgendetwas in den Weg stellte, weder ein Feuer noch ein Feuer-Inspector. Und wenn es irgendjemand von ihren Angestellten gewesen sein sollte – in welcher Position auch immer –, der für den Brand verantwortlich zu machen war, würde sie es herausfinden.

Innerhalb des nächsten Jahres würde sie *Lady's Choice* über die Anfangshürden gebracht haben. Und während der nächsten fünf würde sie die Anzahl ihrer Niederlassungen verdoppeln. Das hatte sie sich vorgenommen, und das würde sie durchziehen.

Fletcher Industries würden einen guten Erfolg zu verzeichnen haben. Einen, den sie sich ganz allein auf die Fahnen schreiben konnte. Ja, sie konnte stolz auf sich sein. Und zufrieden.

Doch warum fühlte sie sich mit einem Mal so verdammt einsam?

Seine Schuld, entschied sie und nippte an ihrem Wein. Es war ganz allein seine Schuld, dass sie sich plötzlich so ruhelos fühlte. Er hatte ihr Leben ausgerechnet im ungeeignetsten Moment durcheinander gebracht, in einem Moment, in dem für sie einzig Konzentration, Ausdauer und Zähigkeit den Schlüssel zum Erfolg bedeuteten.

Physische Anziehungskraft, auch wenn sie noch so stark war, war nicht genug, sollte nicht genug sein, um sie von ihren Zielen abzulenken. Durfte nicht genug sein! Sie hatte sich schon des Öfteren von einem Mann angezogen gefühlt, hatte diese und jene Affäre gehabt und schnell gelernt, dieses Spiel ohne allzu großes gefühlsmäßiges Risiko zu spielen. Sie war schließlich bereits zweiunddreißig. Geschickt hatte sie immer darauf geachtet, ohne größere Verwicklungen wieder zu entkommen. Kein Mann hatte es jemals geschafft, ihr so nahe zu kommen, dass für sie eine Gefahr bestand.

Warum machte sie das plötzlich so traurig?

Verärgert schob sie ihre Gedanken beiseite.

Sie verschwendete bloß ihre Zeit, wenn sie weiterhin untätig hier rumsaß und über Ryan Piasecki brütete. Und im Übrigen war er sowieso ganz und gar nicht ihr Typ. Er war ungehobelt und roh und unbestreitbar aggressiv. Sie bevorzugte einen weicheren Typ von Mann. Und vor allem den, den man besser handhaben konnte. Natalie lehnte es ab, sich die Zügel aus der Hand nehmen zu lassen.

Warum erschien ihr das plötzlich so oberflächlich?

Sie setzte ihr halb volles Weinglas ab und strich sich das Haar aus dem Gesicht. Was sie brauchte, war Schlaf, keine Selbstanalyse. Gerade als sie die Hand ausstreckte, um den Lichtschalter der Stehlampe auszuknipsen, läutete das Telefon.

„Oh, ich hasse dich", murrte sie den Apparat an und hob ab. „Hallo."

„Miss Fletcher, hier ist Mark, der Pförtner."

„Ja, Mark, was gibts?"

„Hier ist ein Inspector Piasecki für Sie."

„Ach, wirklich?" Sie schaute auf ihre Armbanduhr und spielte mit dem Gedanken, ihn wieder wegzuschicken. „Mark, fragen Sie ihn doch bitte, ob es ein offizieller Besuch ist."

„Ja, Ma'am. Ist es offiziell, Inspector?"

Sie hörte Ry etwas antworten, und als Mark daraufhin anfing zu stottern, kam Natalie ihm zu Hilfe. „Schicken Sie ihn rauf, Mark."

„Ja, Miss Fletcher. Danke."

Sie legte auf, ging zur Tür und wieder zurück. Mit Sicherheit würde sie jetzt nicht in den Spiegel schauen, das kam überhaupt nicht in Frage.

Aber natürlich tat sie es doch.

Sie bürstete sich das Haar und rieb sich anschließend noch einen Tropfen Parfüm hinters Ohr, da klopfte Ry auch schon an der Tür.

„Findest du nicht, dass es ausgesprochen unfair ist, Leute, die nur ihre Pflicht tun, in dieser Art und Weise zu behandeln?" verlangte sie von ihm zu wissen.

„Nicht, wenn es nötig ist." Gelassen betrachtete er sie ausführlich von Kopf bis Fuß. Der bodenlange seidene Morgenmantel war von schlichter, erlesener Eleganz, der weiche fließende Stoff betonte die Konturen ihres Körpers.

„Ist es nicht eine Verschwendung, ein solch kostbares Stück zu tragen, wenn du allein zu Hause bist?"

„Keineswegs."

„Wollen wir uns unten in der Halle unterhalten?"

„Kaum." Sie schloss die Wohnungstür hinter ihm. „Ich brauche dich ja wohl nicht darauf hinzuweisen, wie spät es ist, oder?"

Er hüllte sich in Schweigen und ging in dem großen Wohnzimmer auf und ab. Gedämpfte Farben, an den Wänden – wie auch in ihrem Büro – moderne, abstrakte Gemälde, für die sie offensichtlich eine Schwäche hatte. In einer hohen Bodenvase stand ein riesiger Strauß frischer bunter Blumen, und als er durch die breite Fensterfront nach draußen in die schwarze Nacht hinausblickte, sah er die Lichter der Stadt.

„Hübsch hast du es hier."

„Ja, ich liebe mein Zuhause."

„Du scheinst Höhen zu lieben." Er ging hinüber zum Fenster und schaute nach unten. Ihr Penthouse lag gut zwanzig Stockwerke über dem, was mit einer Feuerwehrleiter noch erreichbar war. „Ich sollte hier alles überprüfen, ob es sich feuertechnisch auf dem korrekten Sicherheitslevel befindet." Er sah sie an. „Hast du ein Bier?"

„Nein. Ich habe mir gerade ein Glas Wein eingeschenkt, möchtest du auch eins?"

Er zuckte die Schultern. Er war kein großer Weinkenner, doch noch eine weitere Tasse Kaffee würde sein Körper nicht verkraften.

Natalie fasste sein Schulterzucken als Zustimmung auf und ging in die Küche.

„Gibts auch irgendwas dazu?" Ry war ihr nachgekommen und stand im Türrahmen. „Vielleicht irgendeine Kleinigkeit?"

Sie war drauf und dran, ihn zu fragen, ob er ihr

Apartment mit einem Vierundzwanzigstundenimbiss verwechselte, da sah sie im hellen Küchenlicht den Ausdruck der Erschöpfung, der auf seinen Zügen lag.

„Ich hab nicht viel im Haus, aber zumindest etwas Käse, Cracker und Obst."

Leicht amüsiert fuhr er sich mit der Hand übers Gesicht. „Käse." Er lachte kurz auf. „Großartig. Fein."

„Geh schon rüber und setz dich." Sie drückte ihm das Weinglas in die Hand und schob ihn sanft über die Türschwelle. „Ich komm gleich nach."

„Danke."

Als sie ein paar Minuten später ins Wohnzimmer kam, fand sie ihn auf der Couch, die Beine bequem ausgestreckt, die Augen halb geschlossen. „Warum bist du nicht zu Hause im Bett?"

„Ich hatte noch zu tun." Er streckte eine Hand aus, um sich von dem Tablett, das sie auf den Tisch gestellt hatte, ein mit Käse belegtes Brötchen zu nehmen. Mit der anderen zog er sie neben sich aufs Sofa. „Alles halb so schlimm. Mir fehlt bloß mein Abendessen. Ich hab mir gedacht, du möchtest vielleicht ein paar Neuigkeiten hören."

„Unbedingt. Ich habe eigentlich angenommen, du würdest dich heute schon mal viel früher, im Lauf des Tages, melden."

Er kaute auf seinem Käsebrötchen herum und murmelte etwas Unverständliches.

„Was?"

„Gericht", brachte er hervor und schluckte einen Bissen hinunter. „Ich war den ganzen Nachmittag bei Gericht."

„Aha, verstehe."

„Aber man hat mir gesagt, dass du angerufen hast." Die kleine Zwischenmahlzeit tat ihm gut, und er grinste bereits wieder. „Hast du mich vermisst?"

„Nicht dich, den Bericht", stellte sie in kühlem Ton klar. „Das ist das Mindeste, was ich von dir verlangen kann, wo du mir jetzt auch noch die letzten Haare vom Kopf frisst."

Genüsslich steckte er sich eine Weintraube in den Mund. „Ich lasse dein Geschäft observieren."

„Na, da kann ich ja den Wachdienst, den ich angeheuert habe, wieder abbestellen. Glaubst du, es wird noch mal passieren?"

„Nicht ausgeschlossen. Ich habe heute eine Spur entdeckt. Noch nicht viel, aber man kann nie wissen ... Hast du irgendwann mal einen Mann bei euch rumschleichen sehen, weiße Hautfarbe, dünnes, sandfarbenes Haar, um die Vierzig, mit einem runden Vollmondgesicht, das irgendwie kindlich wirkt?" Er brach ab und spülte einen weiteren Bissen mit einem Schluck Wein hinunter. „Blass und mausgrau?"

„Nicht dass ich wüsste. Warum?"

„Ein Feuerteufel. Und irgendwie halb verrückt." Der Wein schmeckt gar nicht mal so übel, entdeckte Ry und nahm noch einen Schluck. „Wenn er vollkommen verrückt wäre, würde es die Dinge vereinfachen. Aber so ..."

„Und du glaubst, dass er derjenige ist? Kennst du ihn persönlich?"

„O ja, Clarence und ich haben uns persönlich kennen gelernt!" bestätigte er vielsagend. „Kürzlich erst hab ich ihn mal wieder getroffen, nach zehn Jahren."

„Was bringt dich auf die Idee, dass ausgerechnet er es ist?"

Ry erklärte ihr kurz, womit er sich heute die halbe Nacht beschäftigt hatte. „Es ist genau die Art, wie er arbeitet", schloss er. „Dazu kommt noch dieser anonyme Anruf. Er liebt solche Telefonanrufe. Und dann noch die Stimme, die du beschrieben hast – das ist Clarence, wie er leibt und lebt."

„Das hättest du mir auch gleich sagen können."

„Hätte ich." Er zuckte die Schultern. „Na und? Ich seh jetzt den Punkt nicht."

„Der Punkt", stieß sie zwischen zusammengebissenen Zähnen hervor, „ist, dass wir über mein Gebäude sprechen."

Er studierte ihr Gesicht. Keine schlechte Taktik, Angst mit Angriffslust zu überspielen, dachte er anerkennend. „Sagen Sie mir, Miss Fletcher, fassen Sie in Ihrer Position als Generaldirektor Ihre Berichte vor, während oder nachdem Sie recherchiert haben, ab?"

Irritiert schüttelte sie den Kopf. „Schon gut", lenkte sie dann ein. „Erzähl mir den Rest."

Ry stellte sein Glas ab. „Er ist von Stadt zu Stadt gezogen, doch ich möchte wetten, dass er jetzt wieder in Urbana ist. Ich schwörs dir, ich werde ihn finden. Gibts hier irgendwo einen Aschenbecher?"

Schweigend stand Natalie auf und holte einen handgeschliffenen Kristallaschenbecher. Sie war ziemlich unfair gewesen, was eigentlich sonst nicht ihre Art war. Offensichtlich war er todmüde, weil er Dutzende von Überstunden geschoben hatte – für sie.

„Du hast heute bis spät in die Nacht am Schreibtisch gesessen."

Er riss ein Streichholz an. „Ist mein Job."

„Ach ja?"

„Ja." Er sah ihr in die Augen. „Und du?"

Ihr Herz begann schneller zu schlagen. Sie konnte nichts dagegen tun. „Du machst es mir so schwer, Ry."

„Genau meine Absicht." Träge strich er mit dem Finger über den Aufschlag ihres Morgenmantels und berührte dabei wie versehentlich ihre nackte Haut. „Willst du, dass ich dich frage, wie dein heutiger Tag verlaufen ist?"

Sie lachte. „Nein." Und während sie den Kopf schüttelte, sagte sie ein zweites Mal: „Nein."

„Und ich vermute auch, dass du keine Lust hast, dich übers Wetter zu unterhalten oder über Sport?"

„Nicht unbedingt", erwiderte sie vorsichtig.

Er grinste in sich hinein und beugte sich vor, um seine Zigarette im Aschenbecher auszudrücken. „Ich sollte dich jetzt nicht länger von deinem Nachtschlaf abhalten." Mit diesen Worten erhob er sich.

Ihre Gefühle überschlugen sich. „Das wäre wahrscheinlich das Beste. Sehr rücksichtsvoll." Natalie war auch aufgestanden. Nein, es war bestimmt nicht das, was sie sich wünschte, doch es war mit Sicherheit das Vernünftigste.

„Aber ich werde es nicht tun." Sein Blick hielt sie fest. „Sags mir!" forderte er sie auf.

Ihr Herz machte einen Satz, und sie fühlte, wie sie ein Erregungsschauer erfasste. „Was soll ich sagen?"

Er lächelte und machte einen Schritt auf sie zu. Dicht vor ihr blieb er stehen. Was er zu hören wünschte, stand unverhüllt in ihren Augen. „Wo ist das Schlafzimmer, Natalie?"

Leicht benommen deutete sie vage hinter sich. „Dort. Da hinten."

Er legte die Arme um sie, streichelte über ihr Haar und zog sie in die angegebene Richtung. „Ich denke, es ist so weit."

„Ry, das ist ein Fehler." Doch sobald sie im Schlafzimmer standen, begann sie, ihn mit Küssen zu überschütten, auf sein Gesicht, seinen Hals. „Ich weiß, dass es ein Fehler ist."

„Hin und wieder macht eben jeder Mensch Fehler im Leben."

„Ich bin aber eigentlich zu intelligent dazu." Ihr Atem ging jetzt schnell, und ihre Finger tasteten suchend über sein Hemd. Endlich hatte sie den obersten Knopf gefunden. „Und ich habe im Grunde genommen viel zu viel Selbstbeherrschung für so etwas. Ich brauche sie, weil ..." Als sie über seine nackte Brust strich, entrang sich ihr ein Stöhnen. „O Ry, ich begehre deinen Körper."

„Ja?" Er geriet fast ins Schwanken, als sie ihm mit leidenschaftlicher Heftigkeit das Hemd aus der Jeans zerrte. „Er gehört jetzt ganz dir. Oh, ich hätte es wissen müssen", bemerkte er, als sein Blick auf ihr Bett fiel.

Sie streifte ihm das Hemd von den Schultern und traktierte ihn mit zärtlichen Bissen. „Mmmh, was?"

„Dass du ein First-class-Bett hast." Eng umschlungen fielen sie auf die mit Satin bezogenen Kissen.

Halb besinnungslos vor Lust, riss sie ihm das Hemd herunter. „Rasch, zieh dich aus", verlangte sie mit kehliger Stimme, „ich begehre dich, seitdem du mich das erste Mal berührt hast."

„Wird jetzt alles nachgeholt." Ebenso erregt wie sie, bedeckte er ihren Mund, Hals und Brustansatz mit leidenschaftlichen Küssen.

Schwer atmend und mit vor Verlangen bebenden Fingern, zog sie den Reißverschluss seiner Jeans nach unten. „Das ist vollkommen verrückt." Gierig trank sie von seinen Lippen, während sie eng umschlungen über das Bett rollten.

Sein Atem ging stoßweise, es gelang Ry nicht mehr, ihn unter Kontrolle zu halten. „Es fängt ja gerade erst an", murmelte er und zerrte ihr den Morgenrock von den Schultern. Ein tiefes Stöhnen entfuhr ihm, während er den Kopf über ihre mit cremefarbener Seide bedeckte Brust beugte.

Seide und Hitze und nackte, weiche Haut. Natalie erfüllte ihn mit ihrer ganzen Persönlichkeit. Sie hatte es in der Hand, ihn zu verhöhnen oder zu quälen. Frau war sie, ganz Frau. Wollte man ihre Schönheit, Anmut und Hingabe, so musste man dafür bezahlen mit Folterqualen, und sie genoss ihren Triumph. Er wusste es, und doch hatte all das, alles, was sie war, dazu beigetragen, dass er ihr vollkommen verfallen war.

Achtlos schleuderten sie die Satin-Bettdecke zu Boden, sie brauchten sie nicht; voller Begehren verlangte es sie danach, den Körper des anderen zu erkunden.

Er stand mitten im Feuer, die brandroten Flammen züngelten über ihn hinweg, ergriffen ihn, während ihre Hände und ihr Mund brennende Spuren auf seiner Haut hinterließen und so Hunderte neuer Brandherde entfachten. Er wich nicht zurück, diesmal war er nicht da, um das Feuer zu bekämpfen, sondern um sich hineinfallen zu lassen und sich zu ergeben. Mit einem tiefen Aufstöhnen vernahm er das Geräusch zerreißender Seide und grub dann seine Finger gierig in ihr weiches Fleisch.

Sein Griff war grob und hart. Und herrlich. Niemals zuvor hatte sie sich je so lebendig gefühlt. Niemals zuvor hatte sie ein derartiges Verlangen verspürt. Sie lebte mit jeder Faser ihres Körpers, und ihre Nervenenden vibrierten in einem taumelnden Freudentanz. Sie wusste, dass sie ihn vom ersten Moment an begehrt hatte, dass er der erste Mann in ihrem Leben war, den sie wirklich begehrte. Nie mehr wollte sie aus deisem Feuer auftauchen.

Jetzt hatte sie ihn, und sie fühlte, wie sich sein harter muskulöser Körper im Rausch der Gefühle gegen ihren drängte, wie er mehr wollte, genauso wie sie. Sie spürte sein Verlangen pulsierend unter ihren Händen, und in ihrem Kopf rauschte die Lust wie ein herabstürzender Wasserfall.

Es war elementar und urwüchsig. Alle Konventionen fielen von ihr ab, und sie fühlte sich nur noch angefüllt mit Lust, schamlos, und absolut frei. Tief gruben sich ihre Zähne in seine Schultern, als er sie mit geschickten Fingern das erste Mal ihrem Höhepunkt entgegentrieb. Einen Moment lang bekam sie Angst vor der schwindelnden Höhe, fürchtete, sich fallen zu lassen, doch er hetzte sie weiter und weiter, so lange, bis ihr nichts mehr blieb, als sich zu ergeben. Laut schrie sie seinen Namen, als die Wogen der Lust über ihr zusammenschlugen, doch kaum war sie wieder aufgetaucht, begann er von neuem ihre Begierde anzufachen. So viel Lust, nein, das hatte sie nicht für möglich gehalten, dass es so viel Lust gab.

Dann warf er sich über sie und drang mit einem kurzen harten Stoß in sie ein.

Blind und taub für alles um sie herum, empfand sie

einzig das herrliche Gefühl, ihn hart und heiß in sich zu spüren. Hungrig nach mehr hob sie sich ihm entgegen, sie wollte noch mehr, wollte ihn noch tiefer in sich aufnehmen, angetrieben von einer Lust, die schier unstillbar schien.

Ein Tanz auf dem Vulkan. Sie tanzten und tanzten, vor Erschöpfung keuchend und schweißüberströmt, so lange, bis sie endlich in taumelndem Liebesflug den Gipfelpunkt ihrer gemeinsamen Lust erreichten.

Das Licht brannte. Seltsam, dass er das nicht vorher bemerkt hatte, wo es ihm doch längst in Fleisch und Blut übergegangen war, überall, wo er sich aufhielt, auch das kleinste Detail wahrzunehmen.

Ryan lag, den Kopf auf ihre Brust gebettet, und wartete darauf, dass sich sein Pulsschlag wieder normalisierte. Auch ihr Herz pochte noch immer wie ein Schmiedehammer. Ihr Körper war glühend heiß und mit kleinen Schweißperlen bedeckt.

Er verspürte nicht das Triumphgefühl, von dem er angenommen hatte, dass er es hinterher verspüren würde. Er war ganz einfach nur verwundert.

Er hatte sich vorgenommen, sie zu erobern. Das konnte – wollte – er gar nicht bestreiten. Vom ersten Moment an, seit er sie kannte, hatte er sich in seiner

Fantasie in den blühendsten Farben ausgemalt, wie es wohl sein würde, ihren zuckenden und vor Lust erschauernden Körper unter seinem zu spüren.

Doch diesen Sturm von Leidenschaft, den er eben erlebt hatte, hatte er nicht erwartet. Ungezügelt waren sie übereinander hergefallen, ohne jegliche Scheu, ohne eine Spur von Scham.

Er wusste, dass er grob, mitunter fast schon ein wenig gewalttätig gewesen war. Doch da ihm ebenso bewusst war, dass es auch Momente tiefster Zärtlichkeit zwischen ihnen gegeben hatte, verursachte ihm dieses Wissen keinerlei Schuldgefühle. Es war ihm mit keiner anderen Frau jemals passiert, dass er so total die Kontrolle über sich verloren hatte wie eben. Und niemals war er hinterher so angefüllt gewesen mit Glück wie im Augenblick.

„Das sollte genügen", murmelte er.

„Hmmm?" Sie fühlte sich vollkommen erschöpft, ausgelaugt und angenehm müde.

„Damit sollte ich es wohl los sein. Dich los sein. Das war ja zumindest der Grund für dies alles hier."

„Oh." Sie zwang sich, die Augen zu öffnen. Langsam kehrte die Wirklichkeit zurück, und Natalie fühlte, wie ihr die Hitze in die Wangen stieg. Sie erinnerte sich, wie sie ihm die Kleider vom Leib gerissen und ihn aufs Bett gezerrt hatte, besessen nur von einem einzigen Gedanken: Sie wollte ihn haben.

Sie holte tief Luft. „Du hast Recht", entschied sie dann. „Es sollte genügen. Was stimmt bloß nicht mit uns?"

Mit einem Lachen hob er den Kopf, sah ihr erhitztes Gesicht, ihre zerzausten Haare. „Weiß der Teufel. Gehts dir gut?"

Nun lächelte sie. Zur Hölle mit der Logik. „Was gerade mit uns passiert ist, liegt etwas außerhalb meines üblichen Bereichs. Aber – ja, es geht mir gut."

„Gut so." Er legte sich wieder hin und fuhr zärtlich mit seiner Zunge über ihre Brustspitzen. „Ich will dich noch mal, Natalie."

Ein neuerlicher Lustschauer erschütterte ihren Körper. „Ja."

Sie war bereits mehr als drei Stunden verspätet, als sie aus der Dusche stieg. Nun ja, dann werde ich eben heute Abend länger arbeiten müssen, entschied Natalie, während sie sich ein Handtuch um den Kopf schlang und ihre Beine eincremte.

Gähnend trat sie vor den Badezimmerspiegel und musterte sich ausgiebig. Die Frau im Spiegel kam ihr fast ein bißchen fremd vor. Eigentlich hätte sie erwartet, nach dieser wilden Nacht, die sie mit Ry verbracht hatte, vollkommen erschöpft auszusehen.

Doch das Gegenteil war der Fall. Weder sah sie erschöpft aus, noch war sie es. Sie sah ... weich aus. Und zufrieden.

Ja, warum auch nicht? dachte sie und rubbelte ihr Haar trocken. Immerhin hatte sie zweiunddreißig Jahre gebraucht, um herauszufinden, wie ungeheuer belebend sich eine Runde heißer Sex auf Geist und Körper auswirkt. Lange genug.

Nichts, absolut nichts, was sie jemals mit einem Mann erlebt hatte, kam dem, was sie in der vergangenen Nacht empfunden hatte, auch nur annähernd nahe.

Und wenn ihr Tagesplan durcheinander geraten war, weil sie die ganze Nacht und die Morgenstunden eng umschlungen im Bett zugebracht hatte mit einem Mann, der es vermochte, ihr Blut zum Sieden zu bringen, dann war es in Ordnung. Es war mehr als in Ordnung, sie fühlte, welch eine ungeheure Kraft es ihr gab.

Gut gelaunt ging sie zurück ins Schlafzimmer und grinste angesichts der zerknüllten Laken. Sie bückte sich und hob die kläglichen Überreste ihres Unterkleides auf. Die Träger waren zerrissen, und der Spitzenbesatz an der Büste hatte auch arg gelitten, Offensichtlich war ihre Ware wohl doch nicht so strapazierfähig, wie sie Ry gegenüber behauptet hatte. Dem Ansturm eines heißblütigen Mannes hielt sie nicht stand.

Lachend warf sie den Unterrock beiseite und ging in die Küche.

„Mmmh, ich rieche Kaffee", sagte sie vergnügt und blieb in der offenen Tür stehen.

Ry zerschlug gerade Eier auf dem Rand einer Schüssel. Sein Haar war noch feucht vom Duschen, und er war barfuß.

Kaum fassbar, aber sie hatte schon wieder Lust auf ihn.

„Du hast ja wirklich so gut wie nichts zu essen im Haus."

„Ich esse meistens außerhalb." Entschlossen, ihre Gelüste unter Kontrolle zu halten, steuerte sie auf die Kaffeemaschine zu. „Was machst du denn da?"

„Omeletts. Du hast gerade mal vier Eier, ein kleines bisschen Cheddar und einen verwelkten Brokkoli."

„Na ja, ich hatte vor, ihn mir mal irgendwann zu machen, doch ich kam nicht dazu." Sie rührte ihren Kaffee um. „Du kannst also kochen", stellte sie fest.

„Jeder Feuerwehrmann mit Selbstachtung kann kochen." Geübt verquirlte er mit dem Schneebesen die Eier und grinste dann anerkennend zu ihr herüber. „Gut siehst du aus heute Morgen."

„Danke." Sie lächelte ihm über den Rand ihrer Tasse hinweg zu. Wenn er sie weiterhin mit diesem Blick anschaute, würde sie ihn auf der Stelle hier auf dem Küchenboden ... O Gott! Nein, sie sollte sich lieber praktischeren Dingen zuwenden. „Kann ich dir irgendetwas helfen?"

„Weißt du, wie man Toast röstet?"

„Kaum." Sie stellte ihre Tasse ab und öffnete den Schrank. Einen Moment lang herrschte Schweigen, während er mit den Eiern beschäftigt war und sie den Toaster aus dem Küchenschrank nahm. „Ich ..." Sie wusste nicht so recht, wie sie sich ausdrücken sollte. „Ich nehme an, du warst schon in sehr gefährlichen Situationen, stimmts?"

„Ja. Wie kommst du denn jetzt darauf?"

„Die Narben auf deiner Schulter, deinem Rücken." Sie waren ihr bei ihren Entdeckungsfahrten über seinen herrlichen Körper in der vergangenen Nacht aufgefallen.

Er schaute auf. Tatsächlich dachte er niemals an diese Narben, er hatte sie längst vergessen, so sehr waren sie zu einem Teil seiner selbst geworden. „Kleine Erinnerung an ein Feuer. Störst du dich daran?"

„Nein, überhaupt nicht."

Er rührte in der Pfanne herum. Vielleicht stören sie

sie ja doch, dachte er. Vielleicht aber auch nicht. Besser, er ging der Angelegenheit nicht weiter auf den Grund.

„Unser Freund Clarence. Als ich ihn aus einem Haus rausholte, das er angezündet hatte, krachte die Decke runter." Ry konnte sich an die Situation erinnern, als sei es gestern gewesen. An den Flammenregen, der plötzlich auf sie niederstürzte, an das unheimliche Fauchen und Prasseln des Feuers. Ein Albtraum. Todesangst hatte er verspürt, grässliche Todesangst. „Die Decke fiel auf uns runter. Es war entsetzlich. Clarence schrie und lachte zugleich. Er war völlig durchgeknallt. Ich hab ihn rausgebracht, an mehr kann ich mich nicht mehr erinnern, bis ich im Krankenhaus aufwachte."

„Wie schrecklich."

„Es hätte noch viel schrecklicher ausgehen können. Ich muss wirklich einen Schutzengel gehabt haben, anders kann ich mir das nicht erklären." Die Rühreier waren jetzt fertig, und er nahm sie vom Herd. „Mein Vater ist bei einer ganz ähnlichen Gelegenheit ums Leben gekommen."

Er zuckte bei seinen eigenen Worten zusammen. Warum zum Teufel hatte er das jetzt eigentlich erzählt? Es war nicht seine Art, private Dinge so einfach auszubreiten. Er hatte es nicht beabsichtigt, es war ihm einfach so herausgerutscht. Der Tod seines Vaters war ja nun wirklich nicht unbedingt die geeignete Am-Morgen-danach-Konversation.

„Du solltest deinen Toast mit Butter bestreichen, bevor er kalt wird."

Schweigend wandte sie sich zu ihm um, legte ihm die Arme um den Nacken und presste ihre Wange gegen seine. „Ich wusste nicht, dass du deinen Vater im Feuer verloren hast." Es gibt noch so viel, dachte sie, was ich nicht weiß von ihm.

„Vor zwölf Jahren. Ich war auf der High School."

„Ich möchte nicht in alten Wunden stochern, Ry."

„Ist schon okay. Pop war einer der größten ‚Feuerschlucker', die die Feuerwehr jemals gehabt hat."

Natalie stand einen Moment schweigend da und war verblüfft über die Gefühle, die sie überschwemmten. Dieses Bedürfnis, ihn zu trösten, alles mit ihm zu teilen. Ein Teil von ihm zu werden. Vorsichtig trat sie einen Schritt zurück. Es wäre unklug, warnte sie sich selbst. Es wäre unklug, nach mehr zu suchen, als in Wirklichkeit da ist.

Das Läuten der Türklingel riss sie aus ihren Überlegungen. „Wer ist das denn?"

„Warte. Ruft nicht der Pförtner an, wenn jemand zu dir will?"

„Nicht, wenn es ein Nachbar ist."

„Schau zuerst durch den Spion", wies er sie an, während er Teller auf den Tisch stellte.

„Ja, Daddy." Sie amüsierte sich über seine Fürsorglichkeit und ging zur Tür. „Boyd, um Himmels willen!" Sie fiel ihrem Bruder in die Arme. „Cilla!"

„Nicht nur wir beide, die ganze Crew ist da", warnte Cilla, als sie und Natalie sich herzlich umarmten. „Der Cop hat mir verboten, dich vorher anzurufen und dich auf die Invasion vorzubereiten."

„Ich freu mich so, euch zu sehen." Natalie beugte sich hinunter, um ihre Nichte und die Neffen zu umarmen. „Was tut ihr hier?"

„Nach dem Rechten sehen." Boyd stellte die Reisetasche ab.

„Du kennst doch den Captain, er muss überall seine Nase reinstecken", sagte Cilla. „Bryant, lass bloß deine Finger von den Sachen hier!" Sie warf einen wachsamen Blick auf ihren Ältesten. Er war acht, und sie wusste, so recht konnte man ihm noch nicht trauen. „Sofort nachdem Deborah uns angerufen hatte, um uns von dem zweiten Feuer zu erzählen, hat er beschlossen, dass wir alle zu dir fahren. Allison, hier ist kein Basketballfeld. Leg doch bitte den Ball hin."

Allison drückte den Basketball an ihre Brust. „Ich will ihn ja gar nicht werfen."

„Wir wohnen bei Deborah und Gage", fügte Cilla hinzu. „Also bloß keine Panik."

„Nein, das hab ..."

„Außerdem haben wir auch was zum Futtern mitgebracht." Boyd hielt ihr die geöffnete Tasche hin, die gefüllt war mit Hamburger-und Pommes-frites-Tüten. „Wie wärs mit Mittagessen?"

„Nun, ich ..." Sie räusperte sich und fühlte sich etwas verlegen. Wie zum Teufel sollte sie bloß Rys Anwesenheit erklären?

Keenan, mit der rastlosen Neugier eines Fünfjährigen, hatte ihn bereits entdeckt. Er stürmte in die Küche, stellte sich vor ihn und grinste zu ihm hoch. „Hi."

„Hi, du." Neugierig darauf, wie Natalie sich aus der Affäre ziehen würde, kam Ry aus der Küche.

„Willst du mal sehen, was ich kann?" krähte Keenan, bevor irgendein anderer das Wort ergreifen konnte.

„Äh ..." Natalie fuhr sich mit der Hand durch das noch immer feuchte Haar. Es war gar nicht nötig, dass sie zu Boyd hinüberschaute, um zu wissen, dass er wieder mal seinen spekulativen Großer-Bruder-Blick aufgesetzt hatte. „Boyd und Cilla Fletcher, Ry Piasecki." Sie räusperte sich. „Und das sind Allison und Bryant. Keenan hat sich dir ja schon vorgestellt."

„Piasecki", wiederholte Boyd. „Brandermittlung?"

Genau der Mann, den er aufsuchen wollte. Er hatte allerdings nicht damit gerechnet, ihn barfuß in der Küche seiner Schwester anzutreffen.

„Richtig." Ry bemerkte, wie Bruder und Schwester einen langen Blick austauschten. „Und Sie sind der Cop aus Denver."

„Er ist ein Polizei-Captain", stellte Bryant richtig. „Und trägt bei der Arbeit eine Pistole. Kann ich was zu trinken haben, Tante Natalie?"

„Aber ja. Ich ..." Bevor Natalie ihren Satz beenden konnte, war Bryant schon wie der Blitz in die Küche geschossen. „Nun, das ist alles ..." Ziemlich peinlich, ergänzte sie in Gedanken. „Vielleicht sollte ich jetzt mal ein paar Teller auf den Tisch stellen, bevor das Essen kalt wird."

„Gute Idee. Aber alles, was sie im Haus hat, sind Eier." Ry warf einen Blick in Boyds offene Tasche. „Vielleicht können wir sie ja gegen ein paar Pommes frites eintauschen."

„Sie ermitteln wegen der Brände bei Natalie, stimmts?" wollte Boyd wissen.

„Keine Fragen auf leeren Magen", protestierte Cilla. „Du kannst ihn nach dem Essen immer noch auseinander nehmen. Wir sind seit Stunden unterwegs."

7. KAPITEL

Das Letzte, was Natalie sich jemals hätte vorstellen können, war, dass sie ihren Samstagabend bei einem Basketballturnier zubringen würde. Nie hätte sie es sich träumen lassen, dass sie jemals Polizisten und Feuerwehrmännern dabei zusehen würde, wie sie sich abmühten, einen Ball in ein Netz zu werfen.

Ry hatte ihre Nichte, die ein Basketballfan war, eingeladen, und sie, Natalie, hatte dann beschlossen, sich Cilla und Allison anzuschließen, denn heute fand der große Wettkampf zwischen Polizei und Feuerwehr statt, den man nur einmal im Jahr zu sehen bekam. Immerhin ein großes Ereignis, und genau das Richtige für Allison.

Ihre Nichte saß jetzt neben ihr und befand sich augenscheinlich im siebten Basketballhimmel. Lautstark feuerte sie die Red Jerseys mit dem Enthusiasmus eines begeisterten Fans an.

„Nicht unbedingt die schlechteste Möglichkeit, den Samstagnachmittag rumzubringen", kommentierte Cilla und hatte Mühe, mit ihrer Stimme das Johlen, Schreien und Pfeifen zu übertönen. „Einige der Jungs sind ja ziemlich hübsch." In ihren Augen tanzten kleine Fünkchen, als sie Natalie ansah. „Nebenbei gesagt, der, den du dir da an Land gezogen hast, ist wirklich vom Feinsten."

„Ich hab mir niemanden an Land gezogen. Wir sind bloß ..."

„Ja, ja, schon verstanden." Kichernd legte Cilla Natalie den Arm um die Schultern. „Komm, sei doch nicht so ernst, Natalie, war doch bloß Spaß."

Natalie lächelte sie an und schaute dann wieder aufs Spielfeld. Nicht, dass es sie etwa interessiert hätte. Doch sie registrierte sehr wohl, dass die Spieler der Polizei Ry jeweils zu zweit abwehren mussten. Keine schlechte Strategie, damit hatte er immerhin im ersten Viertel schon sieben Punkte gemacht.

Nicht etwa, dass sie mitzählen würde.

„Er hat das Spiel mir gegenüber gar nicht erwähnt", murmelte sie.

„Nein?" Cilla musste ein Grinsen unterdrücken. „Wahrscheinlich hatte er zu viele andere Dinge im Kopf. Hey!" Sie sprang auf die Füße, ebenso wie die Menge um sie herum, als ein Spieler aus der Mannschaft der Blue Jerseys Ry seinen Ellbogen zwischen die Rippen rammte. „Foul", schrie Cilla, die ihre Hände zu einem Trichter geformt vor den Mund gelegt hatte.

„Der steckt das weg", murmelte Natalie vor sich

hin und versuchte, nicht darauf zu achten, wie Ry sich der Foul-Linie näherte. „Der hat einen irischen Dickschädel." Sie schwankte zwischen Stolz und Verärgerung, als sie sah, wie er präzise seinen Ball ins Netz schlug.

„Ry ist der Beste", stellte Allison ehrfürchtig und aufgeregt fest. Sie hatte ihren Helden gefunden. „Hast du gesehen, wie er sich bewegt? Wahnsinn!"

Nun ja, er sieht tatsächlich gut aus, stimmte ihr Natalie im Stillen zu. Geschmeidig wie ein Panther. Und dazu dieser entschlossene Gesichtsausdruck, wachsam und unbesiegbar.

Vielleicht wünschte sie es sich ja doch, dass er seiner Mannschaft zum Sieg verhalf. Da es gerade wieder spannend wurde, sprang sie auf und fiel in das Schreien und Johlen der Menschenmenge ein.

„Hast du das gesehen?" rief sie und stupste Cilla mit dem Ellbogen in die Seite.

„Ja, großartig!" stimmte ihre Schwägerin begeistert zu.

Die Sporthalle leerte sich langsam, die Fans schwärmten aus, müde und glücklich – oder unglücklich, je nachdem –, um ihren Sieg zu feiern oder sich über die Niederlage hinwegzutrösten. Die Red Jerseys hatten einen überwältigenden Triumph davongetragen, und die ausgepumpten Spieler beeilten sich nun, unter die Duschen zu kommen. Zufrieden saß Natalie da und genoss die langsam einkehrende Ruhe. Es war ihr erster freier Tag seit sechs Monaten, und sie hatte ihn nicht auf die schlechteste Art und Weise verbracht.

Und dass Ry sie nicht gebeten hatte mitzukommen, war auch nicht weiter schlimm. Er hatte keinerlei Verpflichtungen ihr gegenüber. Keiner von ihnen war dem anderen gegenüber zu irgendetwas verpflichtet. Sie achteten ja beide sehr genau darauf, sich ihre volle Bewegungsfreiheit zu erhalten, beide waren sie beruflich stark engagiert, und keiner hatte Interesse daran, sich in eine Romanze zu verstricken. Das, was zwischen ihnen lief, war lediglich eine sexuelle Affäre, die im Moment zwar heftig loderte, aber doch rasch abkühlen würde.

Glücklicherweise hatten sie das beide von Anfang an richtig gesehen. Natürlich gab es eine starke Anziehungskraft zwischen ihnen. Und auch Respekt. Doch es war mit Sicherheit keine Beziehung, im wahrsten Sinne des Wortes. Und keiner von ihnen wünschte sich eine. Wenn es aus war, war es eben aus. Weder Ry noch sie würden dem anderen dann noch eine Träne hinterherweinen.

Plötzlich kam er aufs Spielfeld, sein Haar war vom Duschen dunkel und feucht.

Junge, Junge, dachte sie, während sie ihn betrachtete, langsam fängst du an, mir Probleme zu machen.

„Tolles Spiel." Sie trat auf ihn zu und bemühte sich, die Unbefangene zu spielen.

„Ja, es hatte seine guten Momente." Er legte den Kopf schief und grinste sie an. „Das erste Mal, dass ich dich in was anderem sehe als in einem exklusiven Schneiderkostüm oder Designerklamotten."

Um die Erregung, die seine Nähe schon wieder in ihr ausgelöst hatte, zu verbergen, bückte sie sich und hob einen Ball auf. „Jeans und Sweatshirt sind eben nicht unbedingt meine offizielle Arbeitskleidung."

„Steht dir aber trotzdem gut, Legs."

„Danke." Sie drehte den Ball in ihrer Hand hin und her. „Für Allison war heute der Tag ihres Lebens. Es war wirklich lieb von dir, sie einzuladen."

„Sie ist ein süßes Mädchen. Alle drei sind sie lieb. Allison ist nicht auf den Mund gefallen, sie weiß genau, was sie will. Außerdem werden ihr in ein paar Jahren die Männer zu Füßen liegen."

„Im Moment ist sie jedenfalls weitaus mehr daran interessiert, auf dem Spielfeld Punkte zu sammeln als bei Jungs." Langsam entspannte sich Natalie und konnte es nun wagen, ein bisschen mit ihm zu scherzen. „Sie haben heute auch viele Punkte gesammelt, Inspector."

„Dreiunddreißig", erwiderte er. „Hat jemand mitgezählt?"

„Allison natürlich." Und sie auch. Sie wanderte ein bisschen auf dem Spielfeld auf und ab. „Ich nehme an, das war heute der Höhepunkt der Spielsaison?"

„Ja. Den Erlös stiften wir immer irgendwelchen wohltätigen Zwecken. Das Wichtigste an der Sache ist für uns, dass wir uns so richtig austoben können und mal wieder die Gelegenheit haben, wie die Teufel zu kämpfen."

„Du hast gar nichts davon erwähnt. Ich meine, bevor Allison aufgetaucht ist."

„Nein." Neugierig geworden, studierte er ihren Gesichtsausdruck. Lag in ihrem Tonfall eine Spur von Verärgerung, oder bildete er sich das nur ein? „Soweit ich mich erinnern kann, nicht."

„Und warum nicht?"

Es wurmt sie tatsächlich, entschied er und strich sich übers Kinn. „Ich konnte mir nicht vorstellen, dass dich das interessiert."

„Ach, wirklich?"

„Hey, das ist hier ja schließlich nicht die Oper oder

das Ballett." Er zuckte die Schultern und hakte seine Daumen in seine Hosentaschen. „Und schon gar kein verdammtes französisches Feinschmeckerlokal."

Sie holte tief Luft. „Fängst du jetzt schon wieder an, mich einen Snob zu nennen?"

Vorsicht, Piasecki, warnte er sich selbst. Hier ist irgendwo eine Falltür. „Nein, nicht direkt. Sagen wir's mal so: Es fällt mir schwer, mir jemanden wie dich als Zuschauerin bei einem Basketballspiel vorzustellen."

„Jemanden wie mich", wiederholte sie. Sie hob den Ball auf, fixierte das Netz, stemmte ihre Füße fest in den Boden, holte weit aus und schoss ihn dann direkt ins Ziel. Als sie Ry von der Seite ansah, registrierte sie mit tiefer Befriedigung, dass ihm vor Überraschung der Mund offen stand. „Jemanden wie mich", sagte sie noch einmal und ging hinüber, um den Ball aufzuheben. „Was soll das denn heißen, Piasecki?"

Er nahm die Hände aus den Hosentaschen. „Mach das noch mal."

„Gerne doch." Sie trat hinter die Linie, zielte bedächtig, holte aus, und ein zweites Mal fiel der Ball durch das Netz zu Boden.

„Ich bin beeindruckt, Legs. Wirklich tief beeindruckt. Wie wärs mit einem Spielchen?"

„Okay." Dann wollen wir mal sehn, was du am

Ball kannst, Inspector. Sie umkreiste ihn, während er den Ball dribbelte.

„Du weißt, ich kann nicht …"

Schnell und geräuschlos wie eine Schlange glitt sie auf ihn zu, entriss ihm den Ball, zielte und schoss direkt ins Netz. „Scheint so, als wäre das ein Punkt für mich."

„Du bist wirklich gut."

„Oh, ich bin besser als gut." Sie warf ihr Haar zurück, stellte sich ihm in den Weg und blickte ihn herausfordernd an. „Im College war ich immer Mannschaftskapitän, Kumpel. Was glaubst du denn, woher Allison das hat, hm?"

„Ist ja gut, Tante Natalie. Lass uns weiterspielen."

Er kreiselte blitzschnell einmal um sich selbst, doch sie ging mit, klebte ihm an den Fersen wie Leim. Sie bewegt sich gut, konstatierte er. Geschmeidig und kämpferisch. Aber natürlich konnte sie niemals gegen ihn gewinnen. Er sollte sich besser ein wenig zurückhalten. Er dachte ja gar nicht daran, eine Frau auf dem Spielfeld niederzumachen, egal wie viel von seinem männlichen Selbstbewusstsein dabei auf dem Spiel stand.

Sie allerdings bewies ihm gegenüber nicht dasselbe Einfühlungsvermögen und rammte ihm ihre Schulter zwischen die Rippen, dass ihm die Luft wegblieb.

Stirnrunzelnd rieb er sich die schmerzende Stelle unter dem Herzen. Ihre Augen glitzerten kampfeslustig.

„Das war ein Foul."

Da hatte sie ihm schon den Ball entrissen und machte bereits mit einem eindrucksvollen Wurf den nächsten Punkt. „Zeig doch mal, was du kannst."

Sie war im Vorteil, und sie wussten es beide. Nicht nur, dass er bereits ein volles Spiel hinter sich hatte, sondern sie hatte währenddessen auch ausreichend Zeit gehabt, seine Technik und seine Taktik zu studieren.

Außerdem war sie tatsächlich besser, musste er sich bewundernd eingestehen, verdammt viel besser als die Hälfte der Cops, gegen die er heute Nachmittag angetreten war.

Das Schlimmste an der Angelegenheit war allerdings, dass sie das sehr genau wusste.

Zum Schluss sah es dann doch so aus, als würde er sie besiegen, aber nur unter größten Schwierigkeiten. Sie war tatsächlich ein As.

Doch sie gab nicht auf. Sie rangen um die Spitzenposition. Er fühlte sich vollkommen ausgepumpt, sein Atem ging stoßweise. Keuchend hob er den Ball auf und starrte zu ihr hinüber. Um ihre Lippen spielte ein süffisantes Lächeln, ihr Gesicht war erhitzt und ihr Haar völlig zerzaust. Sie sah einfach zum Anbeißen aus.

Mit dem Ball in der Hand machte er einen raschen Satz auf sie zu und schlang ihr den einen Arm fest um die Taille. Daraufhin stieß sie einen wütenden Schrei aus und schlug ihm hart auf die Schulter. Als er nun mit seiner freien Hand den Ball ins Netz schlug, lachte sie laut auf.

„Das war aber jetzt definitiv ein Foul!"

„Zeig, was du kannst." Lachend hob er sie hoch, bis sich ihre Gesichter auf gleicher Höhe befanden, und sie legte die Beine um seine Taille. Dann streckte er die Hand aus, griff von hinten in ihr Haar und zog ihren Kopf zu sich heran, bis sich ihre Lippen berührten.

Ihr stockte der Atem. Gleich darauf öffnete sie ihm ihren Mund und tauchte ein in seinen Kuss, der heiß und hart war vor Verlangen, und sie fühlte, wie eine Woge von Begehren leidenschaftlich und alles verzehrend in ihr hochstieg.

Er spürte sein Blut wie einen reißenden Strom durch seine Adern rauschen, sein Herz schlug ihm bis zum Hals. Ein plötzlicher, gieriger Hunger überfiel ihn, zärtlich biss er in ihren Hals und küsste ihre samtweiche Haut.

„Es gibt an der Rückseite einen Raum, den man abschließen kann."

Sie zerrte schon an seinem Hemd, ihr Atem ging

schnell. „Warum sind wir dann immer noch hier? Kannst du mir das sagen?"

„Gute Frage."

Er hatte sie noch immer auf den Armen, und während sie ihm lustvoll unerhörte Dinge ins Ohr flüsterte, stieß er mit einem Fuß die Drehtür auf und trug sie hindurch. Durch einen langen Flur gelangten sie schließlich zu dem Lagerraum. Ry tastete nach der Türklinke, drückte sie herunter und stieß die Tür auf. Sie standen in einem winzigen unordentlichen Raum, der bis oben voll gestopft war mit allen möglichen Sportgeräten.

Ungeduldig wühlten sich Natalies Hände in Rys Haar, sie drehte seinen Kopf so zu sich herum, dass sie seinen Mund finden und ihn küssen konnte. Fast wäre er bei diesem Manöver über einen Medizinball gestolpert. Also blieb er erst einmal stehen und erwiderte ihren leidenschaftlichen Kuss. Dann löste er sich von ihr und sah sich nach etwas Geeignetem um, das man als Bett umfunktionieren könnte.

Doch es fand sich in der Abstellkammer nichts außer einer gepolsterten Trainingsbank. Schwer atmend, mit Natalie auf seinem Schoß, ließ er sich darauf nieder.

„Ich komm mir vor wie ein Teenager", fluchte er, und seine Stimme klang kehlig vor Begierde, dann öffnete er den Knopf von Natalies Jeans und zog den Reißverschluss herunter. Als er ihr mit bebenden Händen die Hose über die Hüften nach unten schob, spürte er, dass ihre Haut heiß und feucht war vor Verlangen.

„Ich auch." Ihr Herz schlug wie ein Schmiedehammer. „O Ry, ich will dich. Mach schnell."

Gierig rissen sie sich gegenseitig die Kleider vom Leib, für irgendwelche Feinheiten oder Raffinessen blieb keine Zeit. Es gab nur die pure Begierde, die sich immer weiter hochschraubte, zur Explosion drängte, nach Erfüllung schrie.

Seine Hände glitten bebend über ihren Hals, berührten ihre Brüste, fuhren über die Hüften, den heißen Schoß, erregten sie, quälten sie, nichts und niemand sonst auf der Welt zählte, nur er und dieses wilde, ungezügelte Feuer, das er in ihr entfachen konnte.

Sie wollte mehr. Mehr. Mehr.

Plötzlich löste sie sich von ihm, gab einen leisen dunklen Laut von sich, der klang wie das Schnurren einer Katze, und setzte sich mit weit gespreizten Beinen auf ihn. Sein Herzschlag drohte in dem Moment auszusetzen, in dem sie ihn in sich aufnahm. Ihr Körper bog sich nach hinten, die Augen hielt sie geschlossen, und um ihren Mund lag ein Zug von Begehren und

Hingabe gleichermaßen. Langsam und geschmeidig begann sie, sich zu bewegen. Dann wurde sie schneller und schneller. Er fühlte sich hilflos und großartig zugleich, er musste ihr die Führung überlassen, sie wusste, was er brauchte, was er sich ersehnte, und sie nahm es diesmal in die Hand, sie zum gemeinsamen Höhepunkt der Lust zu führen.

„So was wie das eben hab ich in meinem ganzen Leben noch nicht gemacht." Noch immer zitternd und leicht taumelnd vor Erschöpfung kämpfte Natalie mit dem Verschluss ihrer Jeans. „Ich meine wirklich niemals."

„Nun, es war auch nicht exakt das, was ich geplant hatte." Noch immer verdutzt über die Heftigkeit ihrer Gefühle strich Ry ihr übers Haar.

„Total verrückt." Natalie zog ihr Sweatshirt glatt und seufzte lustvoll. „Es war herrlich."

Seine Lippen umspielte ein Lächeln. „Ja." Dann tat er ernst. „So bist du also."

Sie grinste und versuchte sich mit den Fingern ihr Haar durchzukämmen. „Wir sollten jetzt lieber nicht versuchen, unser Schicksal herauszufordern, und machen, dass wir hier rauskommen. Sonst erwischt uns am Ende noch jemand." Sie bemerkte, dass sie einen Ohrring verloren hatte, und entdeckte ihn gleich darauf auf dem Fußboden. „Ich muss nach Hause und mich umziehen, ich bin bei den Guthries zum Abendessen eingeladen."

Er sah ihr zu, wie sie sich den Ohrring ins Ohr steckte. „Ich fahre dich nach Hause."

„Oh, wie großzügig." Sie ging zur Tür und entriegelte sie. „Hast du nicht Lust mitzukommen? Du bist jedenfalls herzlich eingeladen. Und ich weiß, dass Boyd scharf drauf ist, sich mit dir zu unterhalten."

Er legte seine Hand über ihre, die noch auf der Türklinke lag. „Wie schmeckt dort das Essen?"

Lächelnd blickte sie ihn über ihre Schulter hinweg an. „Hervorragend."

Sie hatte Recht gehabt, das Essen war vorzüglich. Lammrücken, frischer Spargel, glasierte Süßkartoffeln, französischer Wein.

Es war ihm schon vorher bekannt gewesen, dass die Guthries sehr gut betucht waren. Dennoch war er nicht auf den Anblick dieser traumhaft schönen alten Villa vorbereitet gewesen mit ihren Türmchen und dicken Mauern und Terrassen. Fast wie eine Burg, dachte Ry, als er ankam.

Innen war es gemütlich, vornehm natürlich und alles nur vom Feinsten, aber warm. Deborah hatte ihm einen Teil der Villa gezeigt, bevor sie sich in dem riesigen Speisezimmer mit seinem hohen, gemauerten Kamin und den Kristalllüstern zu Tisch begaben.

Ist ja fast schon ein Museum, dachte Ry.

Mit Deborah hatte er sich auf Anhieb verstanden. Ihr ging der Ruf voraus, eine knallharte Staatsanwältin zu sein. Man sah es ihr nicht an, ihre Gesichtszüge waren um einiges sanfter und verletzlicher als die ihrer Schwester, doch das täuschte.

Dass ihr Ehemann sie anbetete, war unübersehbar. Ry nahm die kleinen Zeichen wahr – die kurzen, einmütigen Blicke, die sie oft miteinander wechselten, kleine zärtliche Berührungen.

Boyd und Cilla schienen ein ebenso glückliches Paar zu sein. Dem Alter der Kinder nach zu urteilen, waren sie wohl etwa seit einem Jahrzehnt verheiratet und erweckten noch immer den Anschein, als wären sie frisch verliebt.

Und die Kinder fand Ry einfach großartig. Er hatte immer einen Scherz für sie parat. Allisons mädchenhafte Schwärmerei für ihn rührte ihn, und er ging mit ihr noch einmal alle Höhepunkte des Spiels vom Nachmittag durch.

Das Abendessen verlief in ruhiger und entspannter Atmosphäre.

„Fährst du in einem Feuerwehrwagen?" wollte Keenan wissen.

„Früher. Jetzt nicht mehr."

„Warum jetzt nicht mehr?"

„Ich habs dir doch schon erzählt." Bryant rollte in komischer Verzweiflung über die Unwissenheit seines kleinen Bruders die Augen. „Er verfolgt jetzt Verbrecher, genau wie Dad. Aber nur solche, die irgendwas anzünden, stimmt doch, oder?"

„Ganz genau."

„Ich würde lieber in einem Feuerwehrauto fahren." Keenan rutschte von seinem Stuhl herunter und kletterte auf Rys Schoß.

„Keenan", mahnte Cilla. „Wie soll Ry denn essen?"

„Lassen Sie nur." Ry machte der Kleine Spaß, und er schob ihn nur ein bisschen beiseite, um an seinen Teller heranzukommen. „Bist du schon mal in einem gefahren?"

„Nö." Er grinste charmant und machte große Kulleraugen. „Darf ich?"

„Wenn deine Mom und dein Dad nichts dagegen haben, kannst du mich morgen auf der Wache mal besuchen kommen und dich bei uns mal ein bisschen umschauen."

„Cool. Können wir, Dad?" Bryant hatte anscheinend

umgehend beschlossen, dass die Einladung nicht nur an seinen Bruder, sondern auch an ihn gerichtet war.

„Ja, warum nicht?"

„Tante Natalie weiß ja, wo das ist", fügte Ry hinzu, als Keenan begeistert mit seiner kleinen Faust auf sein Knie trommelte. „Sagen wir gegen zehn. Dann werde ich mit euch eine kleine Führung veranstalten."

„Das ist ja wirklich toll." Cilla stand auf. „So, jetzt aber ab ins Bett mit euch dreien, es ist schon spät, war ein langer Tag heute." Natürlich kam von allen Seiten wilder Protest. Cilla schüttelte nur den Kopf und schaute Boyd an.

„Okay." Boyd wusste, dass er jetzt an der Reihe war, und stand auf. „Auf gehts", sagte er und schlug Bryant auf die Schulter. „Sagt Gute Nacht, und lasst uns dann nach oben gehen."

„Nette Familie", war Rys Kommentar, nachdem Boyd mit seinem Nachwuchs verschwunden war.

„Ja, stimmt." Deborah lächelte ihn an. „Und jetzt haben die Kinder etwas, auf das sie sich morgen freuen können."

„Keine große Sache. Und meine Kollegen werden sich freuen, den Kids ein bisschen was vorführen zu können. Das Essen war übrigens vorzüglich."

„Einen Koch wie Frank gibts nur einmal unter

Millionen", stimmte Deborah zu. „Ein ehemaliger Taschendieb." Sie legte ihre Hand auf die von Gage. „Warum gehen wir zum Kaffee nicht rüber in den kleinen Salon?"

Gage und Ry verließen zusammen das Esszimmer und gingen in den Salon. Im Kamin brannte ein gemütliches Feuer.

„Sie waren früher Polizist, stimmts?"

Gage lehnte sich bequem in seinem Sessel zurück. „Ja. Stimmt. Der letzte Fall, den ich mit meinem Partner zusammen bearbeitete, war eine Tragödie." Wenn er daran dachte, schmerzte es noch immer, obwohl die Wunden inzwischen verheilt waren. „Ihn hats erwischt, und ich sollte der Nächste sein. Nachdem es dann vorbei war und ich noch einmal Glück gehabt hatte, hab ich meine Dienstmarke zurückgegeben."

„Hart." Ry glaubte zu wissen, wovon Gage redete. Er hatte schon einiges über ihn gehört. Wenn er sich richtig erinnerte, hatte Gage damals nach seiner schweren Verletzung mehrere Monate im Koma gelegen. „Und dann haben Sie dieses private Sicherheitsunternehmen aufgezogen?"

„Sozusagen. Ich habe Nachforschungen über Sie angestellt. Natalie ist wichtig für Deborah und mich. Ich kann Ihnen schon im Voraus sagen, dass Boyd Sie nachher fragen wird, wie wichtig Ihnen Natalie ist." Er schaute auf, als Boyd zur Tür hereinkam. „Das ging aber schnell."

„Natalie und Cilla haben mich abgelöst." Er ließ sich in einen Sessel fallen und schlug die Beine übereinander. „Also, Piasecki, was läuft zwischen Ihnen und meiner Schwester?"

Ry entschied, dass er jetzt lange genug höflich gewesen war, und fischte ein Päckchen Zigaretten aus seiner Tasche. Er zündete sich eine davon an und warf das Streichholz in den Kristallaschenbecher, der vor ihm auf dem Tisch stand. „Ich hätte gedacht, dass jemand, der Captain bei der Polizei ist, fähig genug wäre, das selbst herauszufinden."

Gages Lachen verwandelte sich in ein Hüsteln, als er sah, wie Boyd die Augen zusammenkniff. „Natalie ist kein Wegwerfgegenstand." Boyd wählte seine Worte sorgfältig.

„Ich weiß, was sie ist. Wenn Sie schon jemanden in die Zange nehmen müssen wegen dem, was zwischen uns läuft, Captain, fangen Sie besser mit ihr an."

Boyd schien zu überlegen, ob er Rys Worte in Erwägung ziehen sollte, dann nickte er. „Warten wir's ab. Weihen Sie uns doch jetzt erst mal in Ihre bisherigen Ermittlungsergebnisse ein."

Das konnte und wollte Ry. Er erzählte alles der Reihe nach, die Fakten, seine eigenen Schritte und Schlussfolgerungen und beantwortete Boyds sachliche Fragen knapp und präzise.

„Ich tippe auf Clarence", beendete er seinen Bericht. „Ich weiß, nach welchem Muster er arbeitet und was in seinem verwirrten Kopf vor sich geht. Und ich werde ihn kriegen, verlassen Sie sich drauf."

„In der Zwischenzeit braucht Natalie aber Schutz." Boyd presste die Lippen fest zusammen, bis sie nur noch ein schmaler Strich waren. „Ich werde dafür sorgen."

Ry drückte seine Zigarette im Ascher aus. „Schon geschehen."

„Ich spreche von einem Schutz zu ihrer persönlichen Sicherheit, nicht für die Firma."

„Ich auch. Ich werde nicht zulassen, dass ihr auch nur ein einziges Haar gekrümmt wird. Das ist versprochen."

Boyd schnaubte verächtlich. „Bilden Sie sich wirklich ein, sie würde auf Sie hören?"

„Sicher. Es wird ihr nichts anderes übrig bleiben."

Boyd schwieg einen Moment, dann trat er den Rückzug an. „Vielleicht sind Sie mir ja doch ganz sympathisch, Inspector."

„So, Schluss jetzt, der Kaffee kommt." Deborah kam mit einem Tablett, auf dem eine silberne Kaffeekanne und wertvolles Meißner Porzellan stand, herein.

Gage erhob sich, nahm ihr das Tablett aus den Händen und gab ihr einen leichten Kuss auf die Wange.

„Jacoby, Clarence Robert. Klingelt da was bei dir, Deborah?" wollte Boyd wissen.

Nachdenklich zog sie die Brauen zusammen, während sie Kaffee einschenkte. „Jacoby. Auch bekannt unter dem Namen Jack Jacoby?" Sie gab Boyd eine Tasse und dann Ry. „Er wurde vor einiger Zeit wegen einer Brandstiftungssache verurteilt, dann jedoch gegen Kaution auf freien Fuß gesetzt."

„Tolle Frau", sagte Ry zu Gage. „Es gibt nichts Besseres als einen scharfen Verstand in einer erstklassigen Verpackung."

„Danke." Gage nahm sich eine Tasse. „Ich denke oft dasselbe."

„Jacoby", wiederholte Deborah und fixierte Ry. „Denken Sie, er hat was damit zu tun?"

„Ja."

„Ich weiß nicht mehr, wer den Fall damals bearbeitet hat, doch das kann ich am Montag rausfinden. Ich werde dafür sorgen, dass Sie alle Informationen, die wir haben, bekommen."

„Das würde mir die Dinge wesentlich erleichtern."

„Woher hatte er das Geld für die Kaution?" fragte Ry.

„Bevor ich die Akten eingesehen habe, kann ich dazu nicht mehr sagen", erwiderte Deborah.

„Ich kann Ihnen noch ein bisschen was erzählen." Ry trank einen Schluck Kaffee und lauschte mit einem Ohr auf Natalies Rückkehr. „Er bevorzugt stets leere Gebäude, Lagerhallen oder unbewohnte Apartments. Manchmal wird er von den Besitzern angeheuert und dafür bezahlt, und manchmal, ich nehme an, wenn er gerade keinen Auftrag hat, aber doch seinen Kick braucht, macht er's in Eigenregie. Er achtet jedoch immer darauf, dass sich niemand in den Gebäuden befindet. Clarence zündet Sachen an, nicht Menschen." Er hörte Natalie und Cilla im Flur lachen.

„Du bist sentimental, Natalie."

„Es ist meine Pflicht, aber auch mein Privileg, sie zu verwöhnen."

Die beiden Frauen traten ein. Cilla steuerte geradewegs auf Boyd zu und ließ sich auf seinen Schoß fallen.

„Sie haben uns den letzten Nerv geraubt", stöhnte sie.

„Haben sie nicht." Natalie goss sich Kaffee ein,

dann lachte sie wieder. „Nicht direkt zumindest." Lächelnd setzte sie sich neben Ry. „Nun", erkundigte sie sich, „habt ihr eure Diskussion über mein persönliches und berufliches Wohlergehen zu eurer Zufriedenheit abgeschlossen?"

„Ein scharfer Verstand in erstklassiger Verpackung", kommentierte Ry nur lakonisch.

Auf dem Nachhauseweg studierte Natalie Rys Gesicht. „Muss ich mich für Boyd entschuldigen?"

„Na ja, er schaffts halt einfach nicht, den Kampfanzug auszuziehen." Ry zuckte die Schultern. „Aber er ist schon okay. Ich hab auch ein paar Schwestern, deshalb weiß ich, wie das ist."

„Ach." Erstaunt sah sie ihn an. „Ich wusste gar nicht, dass du noch Geschwister hast."

„Ich hab polnisches und irisches Blut. Wie kannst du dann auf die Idee kommen, ich sei ein Einzelkind?" Er grinste sie an. „Zwei Schwestern sind älter als ich, eine lebt in Columbus, die andere in Baltimore. Und mein jüngerer Bruder wohnt in Phoenix."

„Vier von deiner Sorte", murmelte sie.

„Ohne die Nichten und Neffen. Das sind noch mal acht, zumindest bis jetzt. Bei der Frau meines Bruders ist schon wieder was unterwegs."

Das erklärte, warum er so gut mit Kindern umgehen konnte. „Und du bist der Einzige der Familie, der in Urbana lebt."

„Ja." Er fuhr langsam die stille Straße hinunter. „Kann ich heute Nacht bei dir bleiben?"

Sie sah ihn von der Seite an. Wie ist es bloß möglich, fragte sie sich, dass ich mich nach einem fast Fremden derart verzehre?

8. KAPITEL

Während die Kinder sich unten bei den Feuerwehrleuten, Cilla und Natalie vergnügten, saß Boyd an Rys Schreibtisch und runzelte die Stirn. „Warum bloß oben, im Büro?" fragte er Ry, der eben zur Tür hereingekommen war. „Warum hat er nicht im Ausstellungsraum angefangen zu zündeln? Dort war viel mehr brennbares Material gelagert, und es hätte die Angelegenheit um einiges beschleunigt."

„Ich nehme an, dass er seine Anweisungen hatte. Clarence ist äußerst gewissenhaft im Befolgen von Instruktionen."

„Wessen?"

„Tja, das ist die große Frage." Ry ließ sich auf einen Stuhl fallen und legte die Füße auf den Schreibtisch. „Wir haben es offensichtlich mit zwei miteinander in Verbindung stehenden Bränden zu tun. Das Ziel war in beiden Fällen dasselbe Unternehmen, und beide Feuer wurden, da bin ich mir ziemlich sicher, von ein und derselben Person gelegt."

„Also ist anzunehmen, dass er bei jemandem auf der Gehaltsliste steht." Boyd legte den Bericht beiseite. „Ein Konkurrent?"

„Wir sind gerade dabei, in dieser Richtung Nachforschungen anzustellen."

„Aber es ist doch äußerst unwahrscheinlich, dass es ein Konkurrent war, der Ihrem verwirrten Clarence freien Zugang zu den Gebäuden verschafft hat. Woher hätte er die Schlüssel und den Code für die Sicherheitsanlage haben sollen? Und man fand keinerlei Hinweise darauf, dass eingebrochen worden war."

„Das ist richtig." Ry zündete sich eine Zigarette an. „Genau dieser Tatbestand führt uns direkt zu Natalies Unternehmen."

Boyd erhob sich und lief im Zimmer auf und ab. „Ich kann nicht behaupten, dass ich ihre Angestellten kenne, und schon gar nicht die, die sie für dieses neue Projekt eingestellt hat. Ich wollte mit der Firma nie was zu tun haben, zumindest nicht, wenn es sich irgendwie vermeiden ließ." Jetzt bereute er das, weil er wusste, dass er Natalie eine wesentlich bessere Hilfe sein könnte, wenn er mit den Gegebenheiten besser vertraut wäre.

„Die Tatsache, dass es das letzte Mal nicht so geklappt hat wie beabsichtigt, legt den Schluss nahe, dass der Täter es bald wieder versuchen wird. Wenn Clarence seinem üblichen Muster folgt, wird er in den nächsten Tagen zuschlagen." Ry fegte schwungvoll einige Papiere beiseite. „Wir werden ihn erwarten. Er wird kein leichtes Spiel haben."

Boyd versuchte Ry einzuschätzen. Der Kerl war offensichtlich hartnäckig und gewieft. Doch er wusste aus eigener Erfahrung, dass ein Fall heikel werden konnte, sobald man persönlich darin verwickelt war.

„Sie beabsichtigen also, ihn auf frischer Tat zu ertappen. Und Natalie wollen Sie aus allem raushalten?"

„So ungefähr hab ich's mir vorgestellt."

„Und Sie sind sich sicher, dass Sie Ihre eigenen Interessen, was Natalie anbetrifft, und Berufliches voneinander trennen können?"

Ry hob die Augenbrauen. Darüber hatte er auch schon nachgedacht, bevor Boyd ihm diese Frage gestellt hatte. Es würde eine Herausforderung werden. Doch er war weder gewillt, die Frau aufzugeben, noch den Fall.

„Ich weiß genau, was ich zu tun habe, Captain."

Boyd lehnte sich vor und stützte die Hände an der Schreibtischkante auf. „Ich vertraue Ihnen meine Schwester an, Piasecki. Voll und ganz. Doch wenn ihr irgendetwas geschehen sollte, egal was, dann bekommen Sie's mit mir zu tun, da können Sie Gift drauf nehmen."

„Dafür habe ich vollstes Verständnis."

Eine Stunde später stand Natalie am Bordstein vor der Feuerwache und winkte Cilla, Boyd und den Kindern zum Abschied hinterher. „Sie waren ein Riesenknüller, Inspector." Lachend wandte sie sich zu Ry um und legte die Arme um seinen Nacken. „Danke." Sie küsste ihn zart.

„Wofür?"

„Dass du so nett zu meiner Familie warst."

„Das ist mir nicht schwer gefallen. Ich liebe Kinder über alles."

„Das sieht man sofort. Und ...", sie küsste ihn noch einmal, „... es hat erheblich zu Boyds Beruhigung beigetragen."

„Mit dieser Behauptung wäre ich erst mal vorsichtig. Nach wie vor achtet er wachsam wie ein Luchs darauf, dass ich seiner kleinen Schwester gegenüber keine falsche Bewegung mache."

„Nun, dann ...", sie versenkte ihren Blick in seine Augen, „... solltest du mir besser nicht zu nahe treten, weil mein großer Bruder sehr stark ist."

„Das musst du mir jetzt nicht sagen." Er schob sie durch die Drehtür. „Komm mit zu mir rauf. Ich hab noch ein paar Dinge zu erledigen."

„Gut." Gerade als sie die Treppen nach oben gehen wollte, schrillte die Alarmglocke. „O Gott." Natalie hielt sich die Ohren zu. „Schade, dass die Kids das nicht mehr miterlebt haben." Dann hielt sie inne und zuckte schuldbewusst zusammen. „Was für einen Unsinn rede ich da. Als wäre Feueralarm eine Art von Unterhaltung!"

„Ach, lass doch, das ist eine ganz normale Reaktion. Sirenen, Trillerpfeifen, Uniformen. Das ist doch auch eine ziemliche Show, oder?"

Sie waren in seinem Büro angelangt, und sie wartete, während er sich einige Unterlagen zusammensuchte. „Hast du jemals Katzen von Bäumen runtergeholt?"

„Na klar! Und kleine Kinder von Zaunpfählen abgepflückt. Einmal hab ich sogar einen Leguan, den sich jemand als Haustier hielt, aus einer Abwasserleitung gerettet."

„Du machst Witze."

„He, über Rettungsaktionen pflegen wir nicht zu scherzen."

Er schaute von seinen Papieren auf und grinste. Wie ordentlich sie aussieht in ihrem marineblauen Blazer, den Slacks und dem roten Kaschmirpullover, so rot wie einer der Löschzüge, die unten in der Tiefgarage standen. Das Haar fiel ihr schimmernd wie Gold über die Schultern. Wenn sie es hinters Ohr steckte mit dieser unbewussten eleganten Bewegung, die er so liebte, konnte er die blauen Steine ihrer Ohrringe blitzen sehen. Saphire, vermutete er. Natalie Fletcher trug mit Sicherheit nur echten Schmuck.

„Was ist?" Sie fühlte sich unter seinen Blicken leicht unwohl. „Hat Keenan irgendwelche Spuren von Essensresten auf meinem Gesicht hinterlassen?"

„Nein. Du siehst gut aus, Legs. Hast du Lust, noch irgendwo hinzugehen?"

„Wohin denn?" Die Vorstellung brachte sie aus dem Gleichgewicht. Abgesehen von der Herausforderung, die ihr erstes gemeinsames Essen an sie gestellt hatte, waren sie tatsächlich sonst noch niemals zusammen ausgegangen.

„Vielleicht ins Kino. Oder …", er nahm an, er würde es überstehen, „… ins Museum oder sonst was."

„Ich … Ja, sicher, das würde bestimmt Spaß machen." Es dürfte doch eigentlich nicht so schwierig sein, eine einfache Unternehmung zu planen mit jemandem, mit dem man sogar schon geschlafen hat, dachte sie.

„Wohin also?"

„Irgendwo."

„Okay." Er stopfte ein paar Unterlagen in eine abgeschabte Aktentasche. „Die Jungs unten haben bestimmt eine Zeitung. Wir werden uns was raussuchen."

„Toll." Als sie nach draußen gingen, schaute Natalie zunächst zur Treppe, doch dann fiel ihr Blick auf die messingfarbene Stange, die daneben in die Höhe ragte. Daran rutschten die Feuerwehrleute nach unten, wenn es Feueralarm gab und alles blitzschnell gehen musste. Ry hatte es vorhin den Kindern ausführlich erklärt, und natürlich hatten sie es dann auch gleich ausprobieren wollen. „Ry?"

„Was ist?"

„Kann ich an der Stange runterrutschen?"

Er blieb wie angewurzelt stehen und starrte sie verblüfft an. „Wie bitte? Du willst was?"

Amüsiert über sich selbst zuckte Natalie mit den Schultern. „Ja, du hast schon richtig gehört. Ich stelle mir vor, das ist ein irres Gefühl."

„Im Ernst?" Sein Grinsen verblasste, und er legte eine Hand auf ihre Schulter. „Okay, Tante Natalie. Aber ich geh erst runter, für den Fall, dass du die Nerven verlierst."

„Ich verliere nie die Nerven", erwiderte sie scharf. „Was glaubst du, wie oft ich schon auf sehr hohe Berge geklettert bin."

„Hier gehts aber nicht nur um die Höhe. Du musst wissen, wie man sich festhält." Er legte ihre Hand um de Stange. „So. Und dann schwingst du dich nach vorn. Am besten schlingst du deine Beine drum herum, wenn du runterrutschst."

Er umfasste jetzt selbst die Stange und glitt geschmeidig und schnell hinab. Voller Erstaunen blickte sie zu ihm hinunter. „Du hast deine Beine ja gar nicht rumgelegt."

„Das muss ich auch nicht", erwiderte er trocken. „Ich bin ein Profi, Natalie. Also los jetzt, und keine Angst – ich fang dich auf."

„Du brauchst mich aber nicht aufzufangen." Beleidigt schüttelte sie ihr Haar zurück, streckte die Hand aus, griff nach der Messingstange und schwang sich dann geschickt hinüber.

Es war nur eine Sache von Sekunden, als sie auch schon wieder den Boden berührte. Lachend schaute sie nach oben. „Siehst du? Ich brauche überhaupt keine …" Ihre Prahlerei endete mit einem kleinen Überraschungsschrei, als er sie hochhob. „Was?"

„Du bist ein Naturtalent." Er grinste, als er mit den Lippen sanft über ihre strich. Und eine ständige Überraschung, dachte er.

Sie legte den Kopf schräg und lächelte ihn an. „Ich könnts ja noch mal machen, was meinst du?"

„Wenn möglich, in roten Strapsen und superknappen Shorts, und wenn ich dann noch ein Foto machen würde, wären die Jungs hier bestimmt sehr dankbar. Und würden dich aus jeder Feuersbrunst retten."

„Inspector?" Ein Feuerwehrmann streckte seinen Kopf aus einer Tür. Als er die Frau, die Ry auf dem Arm trug, wahrnahm, grinste er. „Ein verdächtiges Feuer in der East Newberry. Sie werden gebraucht."

„Bin schon unterwegs." Er setzte Natalie ab. „Tut mir Leid."

„Ist schon in Ordnung. Ich weiß, wie das ist." Das Ausmaß ihrer Enttäuschung war der Angelegenheit vollkommen unangemessen. „Ich hab noch zu tun und sollte es mal anpacken. Ich werde ein Taxi nehmen."

„Ich bring dich nach Hause", bot Ry ihr an. „Es liegt am Weg." Er lotste sie zu der Bank, wo sie ihren Mantel abgelegt hatte. „Hast du vor, den ganzen Sonntag in deinem Apartment rumzuhängen?"

„Ja. Ich hab noch eine Menge Tabellenkalkulationen zu Hause liegen, die ich eigentlich schon längst hätte durchgehen müssen."

„Dann ruf ich dich an, wenn ich fertig bin."

„Gut."

Er half ihr in den Mantel und belohnte sich dann selbst mit einem langen, leidenschaftlichen Kuss. „Ach, was solls, ich komm lieber gleich vorbei, wenn ich fertig bin."

Natalie bemühte sich, ihren Atem unter Kontrolle zu behalten. „Besser", erwiderte sie etwas kurzatmig und versuchte, seinem Blick auszuweichen. „Das ist auf jeden Fall besser."

Natalie saß an ihrem Schreibtisch und starrte zum Fenster hinaus. Bereits Mitte der Woche war ihr aufgefallen, dass sie das erste Mal, solange sie sich erinnern konnte, ihren Zeitplan nicht einhielt. Nicht nur, dass sie sich das vergangene Wochenende mit völlig anderen Dingen als Arbeit um die Ohren geschlagen hatte. Auch die Abende während der Woche, an denen sie gewöhnlich nicht tatenlos herumsaß, verstrichen völlig ungenutzt.

Wie hätte es auch anders sein können, da doch sie und Ry jede freie Sekunde miteinander verbrachten? Jeden Abend machten sie es sich in Natalies Apartment gemütlich und ließen sich etwas zu essen kommen. Was jedoch meistens dazu führte, dass sie sich die Mahlzeit später aufwärmen mussten, weil ihr Appetit aufeinander größer gewesen war als ihr Hunger.

Völlig verfallen bin ich ihm, dachte Natalie.

Natürlich war es total verrückt. Das war ihr absolut klar. Doch im Moment war es herrlich, so herrlich, dass sie jeden Zweifel beiseite schob.

Und sie konnte dies alles auch vor sich selbst rechtfertigen, solange sie keine wichtigen Besprechungen versäumte oder gar irgendwelche Fristen nicht einhielt. Vor ein paar Tagen hatte Ry seine Untersuchungen in ihrem Geschäft endgültig beendet, und sie hatte unverzüglich die Säuberung und Renovierung des Büros angeordnet. Der Warenbestand war mittlerweile so gut wie aufgefüllt und die Schaufensterdekoration perfekt.

Die große Eröffnung stand kurz bevor, und weitere Zwischenfälle würde es wohl mit Sicherheit nicht mehr geben. Dieses Wort benutzte sie jetzt am liebsten, wenn sie an die Brände dachte. Zwischenfälle.

Eigentlich hatte sie beabsichtigt, in den nächsten zehn Tagen alle Zweigstellen zu besuchen, doch die Gedanke, jetzt irgendwohin fahren zu müssen, verursachte ihr Unbehagen. Sie fürchtete, dass sie sich traurig fühlen würde. Und allein.

Sie könnte Melvin oder Donald bitten, die Tour für sie zu übernehmen. Es wäre sicher nicht unüblich, so zu verfahren, doch es war nicht ihr Stil, etwas zu delegieren, von dem sie meinte, es selbst tun zu müssen.

Vielleicht konnte Ry sich für ein paar Tage freimachen, wenn sich die Lage etwas beruhigt hatte, und sie begleiten. Wie schön würde es sein, auf einer kurzen Geschäftsreise Gesellschaft zu haben – seine Gesellschaft!

Der Summer auf ihrem Schreibtisch ertönte. Sie wandte sich vom Fenster ab. „Ja, Maureen?"

„Miss Marks möchte zu Ihnen, Miss Fletcher."

„Danke, Schicken Sie sie rein." Mit Mühe verdrängte Natalie alle privaten Überlegungen. „Hallo, Deirdre, setz dich."

„Tut mir Leid, aber ich hab noch immer nicht alles zusammen." Deirdre blies sich hektisch die Ponyfransen aus den Augen und legte einen Stapel Unterlagen auf Natalies Schreibtisch. „Der Computer ist heute Morgen abgestürzt."

Natalie runzelte leicht die Stirn, während sie das oberste Blatt in die Hand nahm. „Hast du den Techniker bestellt?"

„Er sitzt praktisch auf meinem Schoß." Deirdre ließ sich auf einen Stuhl fallen. „Er hat es wieder hingekriegt, und wir wollten weitermachen, doch dann passierte genau wieder dasselbe. Langsam wird es zu einer echten Herausforderung."

„Wir haben ja noch etwas Zeit."

„Das war die schlechte Nachricht, aber ich hab auch noch eine gute für dich. Mir ist nämlich eingefallen, dass ich mir irgendwann einmal, warum, weiß ich auch nicht, die Katalog-Vorabverkäufe zur Sicherheit kopiert habe. Ich denke, du wirst mit den Ergebnissen zufrieden sein. Die Zahlen werden sicher helfen, deine Laune wieder etwas zu heben."

„Hmmm, hmmm." Natalie blätterte die Unterlagen durch. „Was für ein Glück, dass du das damals gemacht hast! Diese Zahlen hättest du doch wohl kaum rekonstruieren können, oder?"

„Ausgeschlossen." Deirdre rieb sich die Augen. „Ich würde jetzt Blut und Wasser schwitzen."

„Gut, dann entspann dich jetzt ein bisschen. Nun ist der Verlust der Disketten, die im Feuer geblieben sind, nicht mehr ganz so verheerend. Ich hoffe ja noch immer, dass wir die Buchprüfung im März hinter uns bringen." Sie bemerkte, dass Deirdre leicht zusammenzuckte. „Wenn das allerdings", setzte sie hinzu, während sie sich zurücklehnte, „mit den Computerabstürzen so weitergeht ..."

„Ich werde alles tun, was in meiner Macht steht." Feierlich hob Deirdre die Hand zum Schwur. „Und jetzt lass uns auf den Punkt kommen. Den festgesetzten Rahmen des Kostenaufwandes haben wir mittlerweile überschritten. Doch mit den Zahlungen von der Versicherung können wir das meiste wettmachen."

Natalie nickte, schaute in die vorbereiteten Unterlagen und begann, sich auf den Etat und Prozentsätze zu konzentrieren.

Clarence Jacoby saß in einem schäbigen Motel auf der Kante seines durchgelegenen Bettes und riss ein Streichholz nach dem anderen an. Er starrte in die Flamme und wartete auf den Moment, in dem die Hitze seine Fingerspitzen küsste. Erst dann blies er sie aus.

Der Aschenbecher neben ihm auf der schmuddeligen Bettdecke quoll über mit abgebrannten Streichhölzern. Clarence liebte es, sich über Stunden hinweg mit nichts anderem zu beschäftigen.

Nacht für Nacht malte er sich aus, wie es wäre, das Motel anzuzünden. Erregend würde es sein, das Feuer hier in seinem Zimmer zu entfachen, auf dem Bett zu sitzen und zu beobachten, wie die Flammen gierig leckend erst den Teppichboden, dann vielleicht den kleinen wackligen Tisch am Fenster, den abgeschabten Sessel und die Vorhänge ergriffen. Doch er war nicht allein in dem Hotel, und dieses Wissen hielt ihn ab.

Nicht, dass er übermäßig viele Gedanken an die Menschen verschwendet hätte, deren Leben er aufs Spiel setzen würde. Nein, ihm ging es einzig und allein darum, dass er allein war. Nur er und das Feuer, dann war seine Lust am größten.

Im Laufe der Zeit hatte er es gelernt, nicht allzu lange in nächster Nähe der Flammen zu verweilen. Die tiefen Brandnarben, die sich über seinen Rücken und seine Brust zogen, erinnerten ihn stets von neuem daran, dass der Feuer speiende Drache auch den nicht verschonte, der ihn liebte.

Vor sechs Monaten hatte Clarence eine stillgelegte Lagerhalle, die seinem Besitzer nicht länger profitabel erschien, in Brand gesteckt. Es hatte ihm ein irres Vergnügen bereitet, und finanziell gelohnt hatte es sich obendrein. Sein Auftraggeber war nicht gerade knauserig gewesen. Clarence konnte sich damals gar nicht losreißen von dem Anblick der hell auflodernden Flammen. Natürlich hatte er das Gebäude irgendwann verlassen, doch dann blieb er so lange in der Nähe stehen, bis es auf die Grundfesten abgebrannt war. Zu lange. Die Cops hätten ihn um ein Haar erwischt.

Kichernd riss Clarence ein neues Streichholz an. Er hatte seine Lektion gelernt. Es war nicht klug, allzu lange zu verweilen und zuzuschauen. Er hatte es auch gar nicht nötig. Die Feuer loderten weiter in seinem Kopf, in seiner Fantasie. So viele Feuer.

Er brauchte nur die Augen zu schließen, dann sah er sie. Fühlte sie. Nahm den Brandgeruch wahr.

Als das Telefon klingelte, ging ein strahlendes Leuchten über sein rundes, kindliches Gesicht. Nur ein einziger Mensch wusste, wo er sich im Moment aufhielt. Und für diesen Menschen gab es nur einen einzigen Grund, ihn anzurufen.

Es war wieder einmal an der Zeit, den Drachen freizulassen.

Es war gegen sieben und schon fast dunkel draußen. Ry saß an seinem Schreibtisch und studierte den Laborbericht, der vor ihm lag.

Genug für heute, sagte er sich. An irgendetwas hatte er sich in den vergangenen Wochen gewöhnt.

Nein, nicht an irgendetwas, berichtigte Ry sich selbst. An irgendjemand.

Es war ihm schon fast zur Gewohnheit geworden, am Ende eines jeden Tages geradewegs die Richtung zu ihrer Wohnung einzuschlagen. Sogar einen Schlüssel besaß er mittlerweile.

Das meiste, was sie inzwischen übereinander wussten, hatten sie per Zufall entdeckt. Oder durch genaue Beobachtungsgabe.

Immer, wenn sie abends nach Hause kam, schlüpfte sie als Erstes aus ihren halsbrecherisch hohen Pumps und ließ sich ein duftendes Schaumbad ein. Das Wasser war stets zu heiß, doch das liebte sie, und das unvermeidliche Glas Sekt stand neben ihr auf dem weißen Wannenrand.

Sie schlief in hauchzarten seidenen Nachthemden und belegte immer alle Bettdecken mit Beschlag. Punkt sieben summte jeden Morgen der Wecker. War er nicht schnell genug, um sie noch einen Moment festzuhalten, sprang sie innerhalb von Sekunden aus dem Bett.

Sie war zuverlässig und smart und stark.

Und er war in sie verliebt.

Ry lehnte sich zurück und schloss die Augen. Ein Problem, dachte er. Sein Problem. Sie hatten ein stilles Abkommen getroffen. Keine Fesseln.

Es war das, was er wollte.

Und alles, was seiner Meinung nach drin war.

Es gab zu viele Unterschiede zwischen ihnen. In jeder Beziehung. Bis auf eine. Die körperliche Anziehungskraft, die sie zusammengeführt hatte, war nach wie vor ungebrochen. Doch wie intensiv auch immer sie sein mochte, sie konnte nicht alles andere überdecken. Zumindest nicht auf längere Sicht.

Und das bedeutete, dass das Ganze auf längere Sicht gesehen nicht gut gehen konnte.

Er beabsichtigte, die Beziehung so lange aufrechtzuerhalten, wie die Brandermittlungssache andauerte. Doch dann wollte er die Angelegenheit so schnell wie möglich beenden. Er musste es tun.

Und um ihnen beiden eine Enttäuschung zu ersparen, beschloss er jetzt, dass es das Beste wäre, sich jetzt schon ein klein wenig zurückzuziehen. Dann würde ihnen die unvermeidliche Trennung, die vor ihnen lag, leichter fallen.

Er stand auf und warf sich sein Sakko über. Er hatte einen Entschluss gefasst. Heute Abend würde er nicht zu ihr gehen. Schuldbewusst schielte er zum Telefon hinüber und überlegte, ob er ihr nicht fairerweise wenigstens Bescheid sagen sollte. Irgendeine Ausrede würde ihm schon einfallen.

Nein, entschied er dann und drehte das Licht aus. Schließlich war er nicht ihr verdammter Ehemann.

Und würde es auch niemals sein.

Von einer inneren Unruhe getrieben, hielt Ry vor Natalies Geschäft. Rastlos war er lange Zeit kreuz und quer durch die Stadt gefahren.

Er saß hinterm Steuer, in Kopf und Bauch ein Gefühl von Leere, und bemühte sich, jedem Gedanken an sie aus dem Weg zu gehen.

Was er natürlich nicht schaffte.

Wahrscheinlich fragte sie sich, wo er blieb. Und warum er nicht wenigstens anrief. Wieder begann das Schuldbewusstsein an ihm zu nagen. Ein Gefühl, das er am allerwenigsten mochte. Es war nicht richtig, derart rücksichtslos zu handeln. Sie zu verletzen nur deshalb, weil ihm plötzlich Bedenken gekommen waren.

Vielleicht wollte er die Sache einfach nur beenden. Er wusste es nicht, er bekam einfach seine Gedanken und Gefühle nicht mehr auf die Reihe.

Das Mindeste, was er tun musste, war, sie anzurufen und ihr zu sagen, dass er heute Abend keine Zeit hatte.

Mit einem leisen Fluch auf den Lippen griff er zum Hörer des Autotelefons und begann ihre Nummer zu wählen.

Doch was war das? Ein Geräusch? Langsam, während seine Augen versuchten, das Dunkel zu durchdringen, legte er den Hörer zurück. Ein Blick auf seine Uhr sagte ihm, dass der Streifenbeamte, den er beauftragt hatte, in den nächsten zehn Minuten seine Runde gehen würde.

Kein Grund zur Besorgnis. Er beschloss, in der Zwischenzeit selbst nach dem Rechten zu sehen.

Lautlos öffnete er die Wagentür und glitt hinaus. Nichts war zu hören außer dem schwachen Rauschen des Verkehrs zwei Häuserblocks weiter. Ohne ein Geräusch zu verursachen, ging er noch einmal zu seinem Wagen zurück, um eine Taschenlampe zu holen.

Doch er knipste sie nicht an. Noch nicht, entschied

er. Seine Augen hatten sich bereits gut genug an die Dunkelheit gewöhnt, er konnte alles, was nötig war, erkennen.

Während er um das Gebäude herumging, überprüfte er jede Tür und die Fenster des Erdgeschosses.

Da hörte er es wieder. Das knirschende Geräusch von Schritten. Ry umfasste die Taschenlampe fester. Ein Schatten. Geräuschlos glitt er hinüber. Wenn es die Streife war, würde er dem Mann den Schreck seines Lebens einjagen. Wenn nicht …

Ein Kichern. Leise und erfreut.

Ry ließ seine Lampe aufleuchten und blickte in Clarence Jacobys schreckgeweitete Augen.

„Hallo, Clarence, wie gehts?" Ry grinste, während der Mann vom grellen Licht geblendet blinzelte. „Ich hab auf dich gewartet."

„Wer ist das?" Clarence' Stimme überschlug sich vor Aufregung. „Wer ist das?"

„Hey, das trifft mich aber!" Ry trat einen Schritt näher auf ihn zu. „Erkennst du deinen alten Kumpel nicht mehr?"

Clarence, noch immer vom Lichtkegel geblendet, spähte auf die dunklen Umrisse des Mannes, der vor ihm stand. Es dauerte einen Moment, dann verwandelte sich sein verblüffter Gesichtsausdruck zu einem breiten

Grinsen. „Piasecki. Hey, Ry Piasecki. Wie gehts? Sie sind doch jetzt Inspector, stimmts? Ich habs irgendwo läuten hören, dass man Sie befördert hat."

„Exakt. Ich hab dich gesucht, Clarence."

„Ach ja?" Verlegen schaute er zu Boden. „Warum denn?"

„Ich hab das kleine Lagerfeuer, das du kürzlich hier veranstaltet hast, ausgetreten. Du scheinst langsam alt zu werden, Clarence."

„Oh, hey …" Noch immer grinsend warf Clarence die Arme in die Luft. „Ich weiß absolut nichts über die Sache. Erinnern Sie sich noch daran, als wir beide fast verbrannt wären, Piasecki? War die Hölle damals, stimmts? Der Drache war wirklich riesig. Fast hätte er uns gefressen."

„Ich erinnere mich."

Clarence' Zunge glitt über seine Lippen. „Hat Sie bös erwischt damals. Hab gehört, wie sich die Krankenschwestern auf der Station über Ihre Albträume unterhalten haben."

„Ja, ich hatte eine Menge davon."

„Und jetzt bekämpfen Sie keine Brände mehr, oder? Habens aufgegeben, den Drachen zu töten, stimmts?"

„Ich zerquetsch jetzt lieber so kleine Wanzen wie

dich." Ry bewegte die Taschenlampe nach unten, und ihr Lichtstrahl fiel auf die Benzinkanister, die zu beiden Seiten von Clarence' Füßen am Boden standen. Ry deutete darauf. „Du benutzt nur hochwertige Qualität, was?"

„Ich mach gar nichts." Blitzschnell wirbelte Clarence herum in der Absicht, in der Dunkelheit zu entschwinden. Im selben Moment, in dem Ry zum Sprung ansetzte, peitschte ein Schuss auf, und Clarence duckte sich zu Boden.

Verblüfft starrte Ry auf den Schatten, der sich aus der Finsternis löste und auf Clarence zuging. Er packte ihn und zog ihn am Jackenaufschlag hoch.

Ry erkannte Gage. „War nur ein Warnschuss", sagte er. „Wenn mich mein Eindruck nicht täuscht, hatten Sie Ihr Gespräch mit Clarence noch nicht ganz beendet, Inspector. Stimmts?"

„Nein, hatte ich nicht." Ry atmete hörbar aus. „Danke."

„Nichts zu danken."

Das Telefon läutete. Schlaftrunken schreckte Natalie, die auf der Couch eingenickt war, hoch und nahm ab. Dabei warf sie einen Blick auf ihre Armbanduhr.

„Ja, hallo?"

„Ich bins, Ry."

„Oh." Sie rieb sich den Schlaf aus den Augen. „Es ist nach eins. Ich war …"

„Tut mir Leid, dass ich dich geweckt habe."

„Nein, das meine ich nicht. Ich habe einfach …"

„Wir haben ihn."

„Was?" In ihrer Stimme lag Verärgerung darüber, dass er sie nicht einmal hatte ausreden lassen.

„Clarence. Wir haben ihn heute Nacht erwischt. Ich dachte mir, es würde dich interessieren."

Plötzlich begann sich alles in ihrem Kopf zu drehen. „Ja. Natürlich. Es ist großartig. Aber wann …?"

„Ich muss jetzt alles unter Dach und Fach bringen, Natalie. Sobald ich fertig bin, melde ich mich bei dir."

„Gut. Aber …" Sie nahm den Hörer vom Ohr und starrte auf die Muschel, aus der ihr nur noch das Freizeichen entgegentönte. „Herzlichen Glückwunsch, Inspector", murmelte sie kopfschüttelnd, legte auf und begab sich dann ins Schlafzimmer.

Sie schüttelte die Kissen auf und stieg ins Bett. Es würde eine sehr lange Nacht werden.

9. KAPITEL

Nachdem er in den frühen Morgenstunden die Polizeistation verlassen hatte, ging Ry in sein Büro und legte sich auf die durchgesessene Couch, um wenigstens noch ein bisschen Schlaf zu bekommen. Drei Stunden später weckte ihn der Feueralarm.

Einer alten Gewohnheit zufolge sprang er blitzartig auf die Füße, bevor er sich erleichtert daran erinnerte, dass ihn die Sirene ja gar nichts mehr anging. Durch sein jahrelanges Training wäre er jetzt durchaus in der Lage gewesen, sich einfach nur auf die andere Seite zu rollen und augenblicklich wieder einzuschlafen. Stattdessen taumelte er müde hinüber zu der Kaffeemaschine, füllte sie und stellte sie an. Alles, was er im Moment brauchte, war eine große Tasse mit heißem, schwarzem Kaffee und eine kalte Dusche, um wach zu werden.

Er zündete sich eine Zigarette an, während er zuschaute, wie die braune Flüssigkeit langsam in die Kanne tröpfelte.

Sein Gesichtsausdruck wurde finster, als ihn ein energisches Klopfen an seiner Tür aus seinen Betrachtungen riss.

„Deine Sekretärin ist nicht da."

„Zu früh", brummte er und fuhr sich mit der Hand übers Gesicht. Warum zum Teufel sah sie eigentlich zu jeder Tageszeit perfekt aus? „Geh wieder, Natalie. Ich bin noch nicht wach."

„Nein, werde ich nicht." Sie bemühte sich, nicht verletzt zu sein, stellte ihre Aktenmappe auf den Boden. Offensichtlich hatte er wenig oder überhaupt keinen Schlaf bekommen diese Nacht. Sie sollte Geduld mit ihm haben. „Ry, ich muss wissen, was vergangene Nacht passiert ist, damit ich meine nächsten Schritte planen kann."

„Ich habs dir doch schon am Telefon erzählt."

Vor sich hin brummelnd schnappte er sich den Becher von seinem Schreibtisch und goss sich Kaffee ein. „Wir haben den Feuerteufel geschnappt und eingebuchtet. Er wird in der nächsten Zeit keine Dummheiten mehr anstellen können."

Geduld, ermahnte sich Natalie und setzte sich. „Clarence Jacoby?"

„Ja." Er schaute sie an. Blieb ihm überhaupt eine Wahl? Sie war hier und überwältigte ihn mit ihrer bloßen Gegenwart. „Warum gehst du nicht in dein Büro und lässt mich hier in Ruhe meine Sachen erledigen? Ich muss einen Bericht für dich zusammenstellen."

„Ist irgendetwas?"

„Ich bin müde", schnauzte er sie an. „Außerdem will ich in Ruhe meinen Kaffee trinken und unter die Dusche. Und zum dritten möchte ich dich bitten, mir nicht so auf die Pelle zu rücken."

Auf ihrem Gesicht malte sich erst Überraschung, die sich in Verletztheit wandelte. „Tut mir Leid", sagte sie steif, während sie sich erhob. „Ich war ein bisschen aufgeschreckt wegen letzter Nacht und wollte einfach nur sicher sein, dass dir nichts passiert ist." Sie hob ihre Aktenmappe vom Boden auf. „Aber wie ich sehe, gehts dir ja blendend. Also liefere deinen Bericht ab, und ab dann werde ich dir nicht mehr unter die Augen kommen."

Fluchend raufte er sich die Haare. „Natalie, setz dich. Bitte", fügte er hinzu, als er sah, dass sie keine Anstalten machte und schon in der offenen Tür stand. „Es tut mir Leid, ich bin völlig fertig, und du hast den Fehler begangen, heute Morgen die erste Person zu sein, die mir über den Weg läuft."

„Ich hab mir Sorgen um dich gemacht." Sie sprach ruhig, ging aber nicht zurück ins Zimmer.

„Mir gehts gut." Etwas widerstrebend hielt er ihr den Kaffeebecher hin. „Willst du einen Schluck?"

„Nein. Ich sollte besser immer darauf warten, dass du auf mich zukommst. Ich habs verstanden."

„Ach, komm." Er versuchte sich an einem Lächeln. „Setz dich. Bitte. Ich erzähl dir die Höhepunkte."

„Also gut."

„Irgendwie scheine ich wohl so eine Art Vorahnung gehabt zu haben. Auf einmal kam mir gestern Abend so eine Idee, bei deinem Geschäft nach dem Rechten zu sehen." Er lehnte sich in seinem Stuhl zurück und blies blaue Rauchkringel in die Luft. „Ich war aber nicht allein."

„Clarence."

„Ja. Weißt du, was wir noch außer seinen ganzen Brandutensilien bei ihm gefunden haben? Schlüssel. Nagelneue Schlüssel für das Schloss und die Sicherheitsanlage von deinem Laden."

„Na, so was." Natalie lehnte sich interessiert vor. „Und, hat er gesagt, woher er sie hat?"

„Bis jetzt behauptet er steif und fest, er hätte nur einen Spaziergang gemacht."

„Mit mehreren Kanistern Benzin?"

„Er hat doch tatsächlich frech behauptet, ich hätte sie mitgebracht."

„Da lachen ja die Hühner."

Ihre Empörung amüsierte ihn. „Natürlich kauft ihm das niemand ab, Legs. Diesmal haben wir ihn kalt erwischt, und es dürfte nur noch eine Frage der Zeit sein, bis ihm die Polizei die anderen beiden Delikte nachweisen kann. Wenn Clarence erst mal klar wird, dass es ihm an den Kragen geht, wird er singen. Niemand will allein untergehen."

Natalie nickte. „Aber wenn er Namen nennt, muss ich es sofort wissen, da ich im Moment in meiner Handlungsfreiheit ziemlich eingeschränkt bin, ja?"

Ry kratzte mit seinem Fingernagel auf dem Schreibtisch herum. Die Vorstellung, dass jemand aus ihrer engsten beruflichen Umgebung der Anstifter gewesen sein sollte, behagte ihm gar nicht. Doch es war nicht von der Hand zu weisen, dass jemand aus ihrer Firma die Eröffnung der Boutique sabotierte. „Da hast du ein Recht darauf. Ich werde schließlich auch von deinen Steuergeldern bezahlt." Er studierte ihr Gesicht über den Rand seines Kaffeebechers hinweg. „Ich hab dich letzte Nacht vermisst", rutschte es ihm dann heraus.

Sie verzog die Lippen. „Gut. Weil ich dich nämlich auch vermisst habe. Wir können es ja heute Nacht nachholen."

„Ja." Vielleicht ist es gar nicht das Schlechteste, mit fliegenden Fahnen unterzugehen, dachte Ry. „Warum nicht?"

„Ich werde dich jetzt in Frieden lassen, damit du unter die Dusche kommst." Sie bückte sich, um ihre Aktenmappe aufzuheben. „Ich beabsichtige, heute Abend relativ früh mit der Arbeit Schluss zu machen", informierte sie ihn.

„Gute Idee", murmelte er, als die Tür hinter ihr ins Schloss fiel. Teufel, Teufel, sagte er zu sich selbst, du bist ja schon vor ein paar Wochen untergegangen und hast es nicht einmal bemerkt.

Im Büro berief Natalie sofort ein Meeting ein. Punkt zehn saß sie am Kopfende des langen Mahagonitisches im Sitzungsraum.

„Ich freue mich, Ihnen mitteilen zu können, dass die große Eröffnung von *Lady's Choice* kurz bevorsteht. Und zwar, wie geplant, am kommenden Samstag."

Sie machte eine Pause, der wie erwartet Applaus und beifälliges Murmeln folgte. Dann fuhr sie fort: „Ich möchte dies zum Anlass nehmen, Ihnen allen ganz herzlich zu danken für Ihren hohen Arbeitseinsatz, den ich sehr zu schätzen weiß. Um ein neues Geschäft dieser Größenordnung aufzuziehen, ist Teamwork unerlässlich, ebenso wie Überstunden und viel Kreativität. Ich bin Ihnen allen sehr dankbar dafür, dass Sie Ihr Bestes gegeben haben."

Sie wartete wieder einen Augenblick, bis sich das Murmeln gelegt hatte.

„Ich bin mir bewusst darüber, dass wir unser Budget bereits bis zum Letzten ausgeschöpft haben, doch ebenso weiß ich, dass wir dies alles hier nicht geschafft hätten, wenn Sie alle nicht mit ganzer Kraft mitgeholfen hätten. Deshalb freue ich mich, Ihnen mitteilen zu können, dass Ladys Choice Ihnen am Ersten des nächsten Monats eine Sondergratifikation auszahlen wird."

Diese Ankündigung wurde mit großer Freude und Überraschung aufgenommen. Nur Deirdre zuckte zusammen und rollte die Augen zur Decke. Natalie grinste sie vergnügt an.

Ry war sich mehr als sicher. Er befand sich jetzt bereits seit Stunden mit Jacoby in dem öden Vernehmungsraum mit seinen beigefarbenen Wänden, dem abgetretenen Linoleumfußboden und dem großen Spiegel, von dem jedermann wusste, dass er von der anderen Seite aus gesehen eine einfache Glasscheibe war. Ry saß rücklings auf einem harten Stuhl und hatte die Arme auf die Lehne gestützt, während Clarence grinste und ständig nur mit seinen Fingern spielte.

„Du weißt, dass sie dich einsperren werden, Clarence. Und wenn du diesmal wieder rauskommst, bist du so alt, dass deine Finger zu zittrig sind, um ein Streichholz anzuzünden."

Clarence grinste und zuckte die Schultern. „Ich hab niemanden verletzt. Ich hab noch nie jemanden verletzt." Er schaute Ry treuherzig an. „Sie wissen, dass manche Leute es lieben, andere Menschen zu verbrennen. Ich aber nicht, das wissen Sie, Inspector, oder?"

„Ja, Clarence, das weiß ich."

„Ich nicht, Ry. Ich hab noch nie jemanden verbrannt." Dann leuchteten seine Augen auf. „Bis auf Sie. Aber das war ein Unfall. Haben Sie Narben?"

„Ja, ich habe Narben."

„Ich auch." Clarence kicherte wieder, erfreut darüber, dass sie beide etwas gemeinsam hatten. „Kann ich sie sehen?"

„Später vielleicht. Ich kann mich noch gut erinnern, wie wir beide im Feuer waren, Clarence."

„Bestimmt. Bestimmt können Sie das. Es war, als hätte uns der Drache geküsst, stimmts?"

„Der Besitzer hat dich damals dafür bezahlt, erinnerst du dich?"

„Ich erinnere mich. Aber es hat niemand da drin gewohnt. Es war nur eine alte, leere Halle. Ich liebe leere Gebäude. Das Feuer kann sich so richtig schön durchfressen, an den Wänden hochrasen, die Decken ergreifen und zum Einstürzen bringen. Das Feuer spricht zu einem. Haben Sie's nicht auch gehört?" Haben Sie nicht gehört, wie der Drache zu uns geflüstert hat?"

„Ja, hab ich. Wer hat dich denn dieses Mal bezahlt, Clarence?"

Verspielt legte Clarence seine Fingerspitzen aneinander und betrachtete sie eingehend. „Ich hab niemals zugegeben, dass mich jemand bezahlt hat. Ich hab überhaupt nichts zugegeben. Sie könnten das Benzin mitgebracht haben, Inspector. Weil Sie böse auf mich waren, dass ich schuld daran war, dass Sie fast verbrannt sind." Plötzlich wurde sein Lächeln durchtrieben. „Sie hatten damals im Krankenhaus Albträume. Albträume von dem Drachen, und jetzt wollen Sie den Drachen nicht mehr töten."

Ry verspürte hinter seinen Augen einen pochenden Schmerz. Das hinderte ihn jedoch nicht daran, sich eine neue Zigarette anzustecken. Clarence war offensichtlich fasziniert von den Albträumen, die er, Ry, gehabt hatte.

„Stimmt, eine Weile hatte ich Albträume. Doch sie vergingen dann. Und eine Zeit lang war ich tatsächlich böse auf dich, Clarence, doch das hat sich irgendwann auch gelegt. Wir haben beide unseren Job gemacht, oder was meinst du?"

Ry riss ein Streichholz an und bemerkte das Aufleuchten in Clarence' Augen. Er hielt ihm die Flamme entgegen. „Eindrucksvoll, nicht?" murmelte Ry. „Ist ja nur ein kleines Flämmchen, aber wir beide, du und ich, wissen, was es alles kann, wenn man es nur lässt. Eindrucksvoll. Wirklich eindrucksvoll. Wenn man es füttert, wird es größer und größer."

Während Ry die Flamme ausblies, fixierte er Clarence. „Wir wollen es beide kontrollieren, jeder auf seine Weise, stimmts?" Er warf das Streichholz in den überquellenden Aschenbecher.

„Ja." Clarence befeuchtete sich die Lippen und wünschte sich, Ry würde noch einmal ein Streichholz anreißen.

„Du lässt dich dafür bezahlen, ein Feuer zu legen. Ich bekomme Geld dafür, es zu löschen. Wer hat dich bezahlt, Clarence?"

„Sie werden mich sowieso einsperren."

„Mit Sicherheit. Was also hast du zu verlieren?"

„Nichts." Dann huschte wieder ein schlaues Lächeln über sein Gesicht. „Aber ich hab nicht zugegeben, dass ich irgendein Feuer gelegt habe. Doch selbst angenommen, ich hätte es vielleicht doch gemacht, könnte ich nicht sagen, wer mir den Auftrag gegeben hat."

„Warum nicht?"

„Also, noch immer nur unter der Annahme ..."

Clarence begann wieder mit seinen Fingern zu spielen. Es machte Ry langsam verrückt, und er musste sich zusammennehmen. „Vielleicht hab ich ja mit irgendjemandem gesprochen. Vielleicht aber auch nicht. Doch wenn ich es getan hätte, hätte die Stimme am Telefon geklungen wie von einem Tonband."

„Mann oder Frau?"

„Wie von einem Tonband", wiederholte Clarence hartnäckig und deutete auf Rys Kassettenrekorder. „Vielleicht hätte es beides sein können, ein Mann oder eine Frau. Und vielleicht haben sie mir ja das Geld an ein Postschließfach geschickt. Die Hälfte vorher, die andere Hälfte nachher."

„Wie sind sie auf dich gekommen?"

Clarence hob die linke Schulter, dann die rechte. „Vielleicht hab ich ja nicht danach gefragt. Die Leute finden mich schon, wenn sie mich brauchen." Wieder huschte ein Grinsen über sein Gesicht.

„Warum ausgerechnet diese Lagerhalle?"

„Ich hab nichts von einer Lagerhalle gesagt." Clarence' Gesichtsausdruck wurde verschlossen.

„Warum hast du diese Lagerhalle angezündet?" wiederholte Ry unbarmherzig. „Vielleicht."

Erfreut darüber, dass Ry bereit war, das Spiel weiterzuspielen, rutschte Clarence auf seinem Stuhl herum.

„Vielleicht wegen der Versicherung. Vielleicht, weil jemand den Besitzer nicht leiden konnte. Vielleicht nur zum Spaß. Es gibt eine Menge Gründe für Brände."

„Und was ist mit dem Geschäft?" Ry ließ jetzt nicht mehr locker.

„Da waren tolle Sachen in dem Laden. Schöne Sachen für Mädchen", verplapperte sich Clarence, da er in Erinnerungen schwelgte. „Es hat auch unheimlich gut gerochen dort. Nachdem ich das Benzin ausgeschüttet hab, allerdings noch viel besser."

„Wer hat dir gesagt, dass du das alles tun sollst, Clarence?"

„Ich hab nicht gesagt, dass ich's getan hab'."

„Doch, eben."

Clarence zog eine Schnute wie ein kleines Kind. „Hab ich nicht. Ich hab nur gesagt, vielleicht."

Die Tonbandaufzeichnung würde das Gegenteil beweisen, doch Ry wollte noch ein bisschen weitergehen. „Die Spitzenfummel in dem Laden haben dir gefallen, was?"

„In was für einem Laden denn?" fragte Clarence wachsam.

Ry schluckte den Fluch, der ihm auf den Lippen lag, herunter, und lehnte sich in seinem Stuhl zurück. „Jetzt musste er versuchen, Clarence zu verunsichern.

Vielleicht sollte ich meinen Freund anrufen und ihn bitten, mit dir zu sprechen."

„Was für einen Freund?"

„Den von letzter Nacht. Du erinnerst dich doch an letzte Nacht?"

Aus Clarence' Gesicht wich alle Farbe. „Ich mag ihn nicht!" Clarence fing an, an seinen Fingernägeln zu kauen. „Ich mag ihn nicht. Er ist wie ein Phantom."

„Dann solltest du besser mit mir reden, und wenn nicht, geh ich und hole ihn."

In Panik sah Clarence sich um. „Er ist nicht hier."

„Vielleicht doch." Jetzt begann die Sache, Ry Spaß zu machen. „Aber vielleicht auch nicht. Wer weiß. Wer hat dich bezahlt, Clarence?"

„Ich weiß es nicht." Seine Lippen begannen zu zittern. „Es war nur eine Stimme, das ist alles. Hab einfach das Geld genommen und das getan, was man von mir verlangte. Ich liebe Geld, ich liebe Feuer. Wollte in dem Raum anfangen, wo all die hübschen Sachen lagen. Doch die Stimme wollte, dass ich oben anfange." Unruhig blickte er sich um. „Ist er hier?"

„Was ist mit den Umschlägen? Wo sind die Umschläge, in denen du das Geld bekommen hast?"

„Ich hab sie verbrannt." Clarence grinste wieder. „Hat Spaß gemacht."

Das Hähnchen, das Natalie zubereitet hatte, wäre um ein Haar verbrutzelt.

Fluchend nahm sie es aus dem Backofen und stellte es warm, während sie die Soße zubereitete.

Anschließend beseitigte sie das Chaos, das sie beim Kochen veranstaltet hatte, und machte sich dann selbst zurecht. Diese beiden Dinge dauerten länger als die ganze Kochaktion. Nach einem kurzen Blick auf die Uhr drehte sie die Deckenbeleuchtung herunter, zündete die Kerzen in einem silbernen Kerzenständer an und deckte den Tisch.

Nachdem sie fertig war, stieß sie einen tiefen Seufzer aus und setzte sich auf die Armlehne der Couch. Zufrieden schweifte ihr Blick durchs Zimmer. Kerzenlicht, leise Musik, Blumenduft und der köstliche Duft aus der Küche, alles war perfekt.

Doch wo blieb Ry?

Er kam gerade den Flur zu ihrem Apartment hinunter.

Hängs nicht zu hoch, Piasecki, warnte er sich selbst. Du bist der eine von zwei Leuten, die ein bisschen Spaß miteinander hatten. Keine Bindung, keine Versprechungen. Und jetzt, nachdem Clarence in Haft war, würden sie wieder auseinander gehen. Ohne Probleme, ohne Tränen.

Warum zum Teufel stand er dann jetzt vor ihrer Tür, mit Herzklopfen wie ein Teenager und einem Strauß lächerlicher Narzissen in der Hand?

Er hatte ihr bisher noch niemals Blumen mitgebracht. Doch sie hatten ihn vom Tisch eines Straßenhändlers her angelacht, und da hatte er sie eben einfach gekauft. Warum auch nicht?

Doch im Moment dachte er ernsthaft daran, sie vor der Tür des Nachbarn abzulegen. Als er dieser Idee dann näher nachging, kam er sich allerdings noch lächerlicher vor. Mit einem stillen Fluch auf den Lippen kramte er den Wohnungsschlüssel aus seiner Hosentasche und schloss auf.

Einfach lachhaft, dieses Gefühl, nach Hause zu kommen. Es war nicht sein Zuhause.

Natalie erhob sich von der Couch und lächelte ihn an. „Hi."

„Hi."

Er hielt die Blumen hinter seinem Rücken versteckt und merkte kaum, dass das nur noch ein schwaches Rückzugsgefecht war. Alle Manöver, die er sich ausgedacht hatte, waren zum Scheitern verurteilt. Sie sah umwerfend aus in ihrem fließenden pfirsichfarbenen Kleid mit den dünnen Trägern, das im Kerzenlicht schimmerte. Als sie näher kam, schluckte er.

„Langer Tag?" fragte sie und küsste ihn auf den Mund.

„Ja." Als hätte sich seine Zunge verknotet. „Und selbst?"

„Halb so wild. Ich konnte meinen Angestellten eine gute Nachricht überbringen. So etwas ist immer erhebend. Für alle Beteiligten. Ich hab Wein kalt gestellt. Es sei denn, du möchtest lieber Bier."

„Egal", brummte er, während sie zu dem gedeckten Tisch hinüberging. „Schön. Genau wie du."

„Nun, ich dachte mir, wir hätten vielleicht was zu feiern." Sie füllte zwei Gläser. „Eigentlich wollte ich's erst nach der Eröffnung am Samstag machen, aber es schien mir dann heute angebrachter." Sie streckte eine Hand nach ihm aus. „Ich hab dir für einiges zu danken, Ry."

„Hast du nicht. Ich hab nur das getan, wofür ich bezahlt werde …" Er unterbrach sich, als er sah, dass ihr Blick plötzlich weich wurde. Voller Unbehagen wurde ihm klar, dass sie die Blumen entdeckt hatte.

„Du hast mir Blumen mitgebracht." Das tiefe Erstaunen, das in ihrer Stimme lag, trug nichts zu seiner Beruhigung bei.

„Ach, da stand ein Junge an der Ecke, und da hab ich mir halt gedacht …"

„Narzissen", seufzte sie. „Ich liebe Narzissen."

„Ja?" Tief verunsichert hielt er ihr den Strauß hin. „Nun, dann nimm sie."

Natalie barg ihr Gesicht in den duftenden Blütenkelchen. „Sie sind herrlich." Sie hob den Kopf, und ihre Augen glitzerten. „Danke."

„Das ist doch keine …" Den Rest von Rys Satz erstickte Natalie, indem sie ihm die Hand auf den Mund legte.

Drängendes Verlangen. Wie eine Flamme züngelte es in seinem Inneren empor. Eine einzige Berührung, dachte er, während er die Arme um sie schlang, nur eine einzige Berührung von ihr, und schon verlangte es ihn nach ihr. Sie schmiegte sich an ihn.

„Du wirkst angespannt", flüsterte sie. „Ist irgendwas passiert bei dem Verhör mit Clarence, was dich beschäftigt?"

„Nein." Clarence Jacoby war im Moment das Letzte, was ihn interessierte. „Ich steh vermutlich nur ein bisschen unter Strom." Und brauche dringend etwas mehr Selbstkontrolle, fügte er in Gedanken hinzu. „Irgendwas riecht hier gut", lenkte er ab und trat einen Schritt beiseite. „Irgendetwas außer dir."

„Franks Hühnchen."

„Franks?" Erstaunt machte Ry noch einen Schritt

zurück und griff nach seinem Weinglas. „Guthries Koch hat uns etwas gekocht?"

„Nein, es ist nur sein Rezept." Sie strich sich das Haar hinters Ohr. „Ich hab uns was gekocht."

Ry prustete vor Lachen. „Guter Witz. Na gut. Woher hast du's? Vom Italiener?"

Hin- und hergerissen zwischen Belustigung und Beleidigtsein, trank Natalie einen Schluck Wein. „Ich habs gekocht, Piasecki. Ich weiß, wie man den Herd anschaltet."

„Du weißt, wie man den Telefonhörer abnimmt und Befehle erteilt." Schon etwas entspannter, nahm Ry ihre Hand und ging mit ihr zusammen in die Küche. Dort hob er den Deckel der Pfanne und warf einen Blick hinein. Sah tatsächlich aus wie hausgemacht. Stirnrunzelnd schnüffelte er an der vor sich hinköchelnden, lecker duftenden Soße mit den goldbraunen Hähnchenteilen darin. „Du hast das gekocht? Wirklich du selbst?"

„Ich kann keinerlei Grund dafür sehen, dass dir das einen derartigen Schock versetzt. Man muss nur die Kochanweisungen befolgen."

„Du hast das gekocht", wiederholte er ein weiteres Mal fassungslos. „Und – wie kommts?"

„Nun, weil ... Ich weiß nicht. Ich hatte Lust dazu."

„Ich kann mir dich beim besten Willen nicht in der Küche vorstellen."

„Das war gar nicht so viel Arbeit." Dann lachte sie. „Nur hinterher hättest du die Küche sehen sollen! Kein besonders schöner Anblick Doch nun, egal wie es schmeckt, bist du dazu verurteilt, es zu essen."

Sie nahm eine Vase aus dem Schrank, und Ry sah ihr zu, wie sie den Strauß hineinstellte und die einzelnen Blüten liebevoll arrangierte.

Sie sieht so weich aus heute Abend, dachte er. Weich und fraulich. Er konnte sich nicht beherrschen und streichelte ihr sanft übers Haar. Überrascht schaute sie auf, und ihre Unsicherheit angesichts seines plötzlichen Zärtlichkeitsausbruchs war offensichtlich.

„Stimmt was nicht?"

„Nein, warum?" Sich selbst verfluchend, nahm er seine Hand weg. „Ich fass dich einfach nur gern an."

In ihren Augen tanzten Fünkchen. „Ich weiß." Sie ließ sich in seine Arme fallen. „Das Hähnchen muss noch ein bisschen ziehen." Sie sah ihm tief in die Augen und gab ihm einen kleinen neckenden Kuss auf den Mund. „Warum …"

„… setzen wir uns nicht hin?" beendete er den Satz und fühlte sich, als würde er bald explodieren. Wenn das so weiterging, könnte er sich unmöglich beherrschen.

„Okay." Sie nickte zustimmend. „Lass uns an den Kamin gehen."

Im Wohnzimmer kuschelte sie sich eng an ihn. Ganz offensichtlich hatte er etwas auf dem Herzen. Doch sie konnte warten, bis er so weit war, es ihr zu erzählen. Es genügte ihr, einfach nur dazusitzen, seine Wärme zu spüren und ins Feuer zu schauen. Nebenan köchelte das Essen leise vor sich hin, und aus den Lautsprechern drang leise Musik.

Es war so, als würden sie jeden Abend hier sitzen und sich miteinander wohl fühlen. Was konnte es nach einem langen Arbeitstag Schöneres geben, als mit dem Menschen, den man liebte, beisammenzusitzen und …

O Gott! Sie zuckte zusammen. Was hatte sie da eben gedacht? Lieben! Sie liebte ihn.

„Hast du was?"

„Nein, nichts. Gar nichts." Sie schluckte hart in dem Bemühen, ruhig zu sprechen. „Mir ist nur gerade etwas eingefallen. Aber ich kann es später erledigen."

„Kein Dienstgespräch jetzt, okay?"

„Nein, nein." Hastig nahm sie einen Schluck Wein. „Schmeckt gut."

Sie konnte nachts nicht mehr schlafen, wenn er nicht neben ihr lag. Heute hatte sie diesen unwiderstehlichen Drang verspürt, ihm etwas zu kochen. Jedes Mal, wenn er sie anlächelte, flog ihr Herz fast über. Sie hatte sogar eine Geschäftsreise seinetwegen verschoben.

Warum war ihr das alles nicht längst aufgefallen? Jedes Mal, wenn sie in den Spiegel blickte, starrte ihr doch die Wahrheit entgegen.

Was sollte sie jetzt bloß tun?

Sie schloss die Augen und befahl ihrem Körper, sich zu beruhigen. Ihre Gefühle waren ihr Problem. Sie musste allein damit zurechtkommen. Sie hatte sich offenen Auges auf eine Affäre eingelassen, bei der die Regeln von vornherein feststanden. Damit hatte sie jetzt umzugehen. Und das würde sie auch, schließlich war sie eine erwachsene, lebenserfahrene Frau.

Sie musste sich jeden ihrer Schritte in Zukunft sorgfältig überlegen. Was sie jetzt brauchte, war nur etwas Zeit. Dann würde sie die Angelegenheit schon in den Griff bekommen.

Seine Fingerspitzen strichen ihr zart über die Schulter. Das Herz klopfte ihr bis zum Hals.

„Ich glaube, ich sollte mal nach dem Essen sehen."

„Die Stunde ist doch noch längst nicht vorbei."

„Ich muss … den Salat noch machen", gab sie unsicher vor.

„Später."

Er legte seine Hand unter ihr Kinn und drehte ihren Kopf so, dass sie ihm ins Gesicht sehen musste. Verrückt, dachte er. Ich bin völlig verrückt nach ihr. Dann – er konnte nicht anders – küsste er sie.

Sie erschauerte. Eben wollte sie sich seinem Kuss so richtig hingeben, da ließ Ry sie auch schon wieder los.

„Warum sind wir eigentlich immer in Eile?" flüsterte er rau und adressierte die Frage mehr an sich selbst als an sie.

„Ich weiß es nicht." Sie musste jetzt augenblicklich aufstehen und sehen, dass sie einen klaren Kopf bekam, bevor sie irgendeinen idiotischen Fehler beging. „Ich geh uns noch etwas Wein holen."

„Wir brauchen jetzt keinen Wein." Langsam und aufreizend strich er ihr das Haar aus dem Gesicht. „Weißt du, was ich glaube, Natalie?"

„Nein." Sie befeuchtete ihre Lippen und kämpfte darum, ihr inneres Gleichgewicht wieder zu finden.

„Ich glaube, wir haben einen Schritt vergessen."

„Ich verstehe nicht, was du meinst."

Er strich ihr mit seinen Lippen übers Gesicht. „Verführung", flüsterte er rau.

10. KAPITEL

Verführung? Es war nicht nötig, sie zu verführen. Sie sehnte sich nach ihm. Ständig sehnte sie sich nach ihm. Bevor ihr klar geworden war, dass sie ihn liebte, hatte sie ihr Verlangen nach ihm als eine heftige körperliche Reaktion abgetan. Hormone ... Doch jetzt, sah er denn nicht ...

Ihre Gedanken lösten sich in Luft auf, als seine Lippen in erregender Langsamkeit über ihre Schläfe streiften.

„Ry." Sie presste die Hand gegen seine Brust und drückte ihn etwas von sich weg, während sie sich bemühte, einen leicht scherzenden Tonfall in ihre Stimme zu legen ... Sie musste Zeit gewinnen, um einen klaren Gedanken fassen zu können und ihr Gleichgewicht wieder zu finden. Doch da waren seine Fingerspitzen, die sanft und zärtlich über ihr Dekolletee strichen, und sein Mund näherte sich schon wieder ihrem. „Ry", flüsterte sie noch einmal.

„Wir könnten jetzt sofort loslegen, Natalie, du und ich, stimmts?" Seine Zunge zog eine heiße Spur über ihre Lippen. „Schnell, ohne Umwege. Ich denke, wir sollten zur Abwechslung mal ein paar kleine Seitenstraßen nehmen."

„Ich denke …" Doch sie dachte gar nichts. Konnte überhaupt nicht denken. Nicht mehr, nachdem sie seine Lippen so wie eben auf ihren gespürt hatte. Noch niemals zuvor hatte er sie auf diese tiefe Art und Weise geküsst, mit dieser glühenden stillen Besessenheit, die ihr durch Mark und Bein ging.

Ihr Körper war weich wie das Wachs, das träge von den Kerzen herabtropfte. Ein tiefer, hilfloser Seufzer schwang sich aus ihrer Kehle empor. Ry setzte seine ausgiebige Erkundung mit seiner Zunge fort, zärtlich und Besitz ergreifend in einem, sie spürte jeden ihrer Nerven vibrieren, und es schien ihr, als wäre er über Stunden hinweg glücklich damit, nur dieses eine zu tun.

Ihr Kopf sank nach hinten. Er umfasste ihn, und seine Zunge begann wieder mit ihrer zu spielen. Ihr Atem ging stoßweise, und ein Schauer überlief sie, als er mit seinen Fingerspitzen ihre Brüste berührte.

Jetzt, jetzt gleich würden das Tempo und die Wucht kommen, die sie kannte und denen sie sich gewachsen fühlte. Gleich ist der Moment da, wo du die Kontrolle wieder zurückerlangst, hoffte sie, gleich wird alles wieder so, wie du es kennst. Doch seine Finger strichen nur weiter mit quälender Langsamkeit über ihren Hals, ihre Kehle, dann fuhr er mit regelrecht verheerender Zärtlichkeit über ihre Wangen, so dass es ihr erschien, als sei ihre Haut nichts als hauchdünnes Seidenpapier und darunter lägen all ihre Nerven bloß. O Gott, O Gott, sie fühlte sich so ausgeliefert und glaubte zu spüren, wie sie unter seinen Händen zerschmolz …

Um die herrlichen Folterqualen, denen sie sich in diesem Moment nicht gewachsen fühlte, abzuwehren, streckte sie ihren Arm aus in der Absicht, ihn eng an sich zu ziehen, um in der bisher üblichen Art und Weise weiterzuverfahren.

„Nicht jetzt." Er war weit genug zurückgewichen, um ihr Gesicht studieren zu können. Die Mischung aus Verwirrung und Begehren, die in ihren Zügen stand, ergab eine hinreißende Kombination. Wie sehr auch jede Faser seines Körpers nach Erfüllung schrie, wichtiger war es ihm, sie noch konfuser zu machen, sie herauszufordern bis zum Letzten, bis sie vollends die Nerven verlor, um dann erst ihr Verlangen endlich zu stillen.

„Ich will dich." In wilder Raserei riss sie an den Knöpfen seines Hemdes. „Jetzt, Ry. Ich will dich jetzt. Auf der Stelle."

Leise lächelnd hob er sie von der Couch hoch und legte sie ganz vorsichtig, als sei sie ein leicht zerbrechlicher Gegenstand, auf den Teppich vor dem Kamin. Der Widerschein der Flammen tanzte über ihr Gesicht und ihr Haar, das glänzte, als sei es von purem Gold. Sie erschien ihm wie ein Schatz, für den ein Mann bereit wäre, sein Leben zu geben. Und jetzt, für diese Nacht, entschied Ry, würde sie sein Schatz sein.

„Da wirst du schon noch ein bisschen warten müssen", beschied er sie knapp. „So lange, bis ich dich wirklich verführt habe."

„Ich brauche nicht verführt zu werden." Sie hob sich ihm entgegen und bot ihm sehnsüchtig ihre Lippen, ihren Körper, alles.

„Das werden wir schon noch sehen."

Er beugte sich zu ihr hinunter und legte weich seinen Mund auf ihren, tauchte mit seiner Zunge hinein, als sie die bebenden Lippen öffnete. Wie oft hatten sie sich geliebt? Sie kannten sich noch nicht lange, doch er konnte die Male nicht mehr zählen, die er seinen Körper ihrer Wildheit überlassen hatte und umgekehrt.

Dieses Mal, so hatte er beschlossen, würde er sie mit Leib und Seele besitzen.

„Ich liebe deine Schultern", murmelte er und nahm seine Lippen von ihren, um eine kleine Erkundungsfahrt über die sanften Rundungen bis zu den Oberarmen hin zu machen. „Weich, fest und geschmeidig."

Mit den Zähnen zog er den Träger ihres Kleides herunter. Nun war nichts mehr zwischen seiner Zunge und ihrer Haut, und er witterte wie ein Tier den süßen Duft ihres Fleisches, nun konnte er sie mit den sensiblen Geschmacksknospen seiner Zunge schmecken und mit seinem Tastsinn spüren. Er schloss die Augen und atmete tief den herrlichen Geruch ihres Körpers ein.

„Und dies hier." Er legte seine Lippen um eine ihrer Brustspitzen, die sich unter dem Seidenstoff ihres Kleides abzeichneten, und saugte an ihr, bis sich Natalie halb außer sich vor Erregung und erhitzt unter ihm auf dem Boden wand.

„Du solltest einfach entspannen und es genießen, Natalie, es wird noch ein Weilchen dauern."

„Ich kann nicht." Die Art, wie er sie mit seinen Lippen streichelte, sanft wie der Flügelschlag eines Schmetterlings, und sein Gewicht auf ihr, raubten ihr fast den Verstand und quälten sie. Sie wollte etwas unbedingt sofort haben und bekam es doch nicht. „Küss mich noch mal."

„Mit Vergnügen."

Die Flammen zwischen ihnen schlugen für einen Moment hoch empor, bevor er sie wieder erstickte. Sie stöhnte und konnte ihrer Begierde kaum mehr Zügel anlegen, sie verlangte nach mehr Qualen und flehte zugleich um Erlösung. Er entschied für sie und verstärkte die Intensität seiner Küsse, bis sie vollkommen ermattet unter ihm lag.

Rauch. Sie sah ihn, konnte ihn jedoch nicht riechen. Dichte Rauchwolken stiegen vor ihrem geistigen Auge empor, vollkommen schwerelos schwebten sie gen Himmel. Sie fühlte sich hilflos und unfähig, mehr zu tun, als zu stöhnen und willenlos geschehen zu lassen, was geschah.

Zentimeter für Zentimeter schob er die Seide beiseite und legte die Haut ihres Körpers frei, wie ein Goldsucher, der seinen endlich gefundenen Schatz hebt. Sie fühlte sein Haar über ihre entblößte Brust streifen, dann seine Lippen über ihre weichen Rundungen fahren, um an der empfindsamen Unterseite zu verharren und sie zu liebkosen. Als seine Zunge schließlich über ihre Brustspitzen glitt und er sie gleich darauf saugend mit den Lippen umschloss, durchschoss sie ein heißer Strahl von Begierde und nistete sich ein in ihrem Schoß. Ry nahm ihre Knospe zwischen die Zähne und traktierte sie mit kleinen zärtlichen Bissen, bis Natalie flehend nach Befreiung seinen Namen stammelte und ihr Körper sich in wilden Zuckungen auf dem Teppich hin und her wand.

Er sehnte sich danach, in sie einzudringen, wollte, dass sie ihn in sich aufnähme und mit ihm all die Lust, die er ihr zu bereiten imstande war. Ihre Augen waren geschlossen, die Lippen begehrlich geöffnet, verführerisch, viel zu verführerisch, so dass er erneut ihren Geschmack kosten musste, und als er es tat, ließ er sich einfach fallen in den heißen Strom seiner Begierde.

Zeit verrann.

Dann ließ er sie los und schlüpfte aus seinem Hemd, nun wollte er auf ihr liegen, Haut an Haut, die Geschmeidigkeit ihres Körpers und seine Hitze in sich aufnehmen. Forschend glitt seine Hand unter ihr Kleid, zärtlich ihre nackte Haut umschmeichelnd.

Er öffnete es, quälend langsam, Knopf für Knopf, er ließ sich Zeit, doch er musste sich dazu zwingen. Willenlos lag sie vor ihm auf dem Rücken, die Beine leicht gespreizt, das Haar umfloss ihren Kopf wie pures Gold. Nun hatte er die vordere Knopfleiste des Kleides geöffnet, schob die glänzende Seide beiseite und streichelte alles, was vor ihm lag. Für heute Nacht gehörte es ihm.

Darunter trug sie auch Seide. Sie war von derselben Farbe wie ihr Kleid, das er unter ihr hervorgezogen hatte. Ihre Brust hob und senkte sich in heftigen Atemzügen. Er setzte sich auf die Fersen und sah sie an.

„Natalie."

Matt. Sie fühlte sich herrlich ermattet und war kaum

imstande, die Augen zu öffnen. Doch als sie es tat, sah sie nur ihn, und der Widerschein der Flammen spielte mit seinem dunklen Haar, seine grauen Augen mit ihren riesigen Pupillen schienen fast schwarz. Sie streckte einen Arm aus, er fühlte sich schwer und weich an, gerade so, als hätte sie keine Knochen. Ry nahm ihre Hand und küsste jede einzelne ihrer Fingerspitzen.

„Ich kann dir gar nicht sagen, wie glücklich ich darüber bin, dass du im Dessous-Geschäft tätig bist."

Ihre Lippen umspielte ein Lächeln, und gerade als sie auflachen wollte, löste er mit einem raschen Griff den ersten ihrer Strapse. Ihr Lachen schlug um in hilfloses Stöhnen.

„Und wie schön du bist." Damit öffnete er den zweiten. „Das beste Model für deine eigenen Sachen." Er tauchte seinen Blick in ihren und rollte langsam ihren Strumpf herunter. Dabei strich er mit seinen Fingernägeln zärtlich an ihrem Bein entlang.

Ihr Blick vernebelte sich, sie konnte kaum mehr was sehen, sie konnte ihn nur noch fühlen. O Gott, und wie sie ihn fühlen konnte! Eine irre Lust, sich ihm total auszuliefern, glitt durch ihre Empfindungen wie ein Schatten und ließ sie wehrlos zurück. Sich ihm auszuliefern, ihn mit ihr tun zu lassen, was immer er wollte. Alles wäre sie bereit, ihm zu geben im

Moment. Alles, solange er nur nicht aufhörte, sie zu berühren.

Neben ihnen knackte leise das Feuer. Die Hitze, die es abstrahlte, war nichts gegen jene, die er in ihrem Innern entfacht hatte. Als käme sie durch einen endlosen, mit Samt ausgekleideten Tunnel, drang die Musik leise an ihr Ohr. Der Duft der Blumen, des Kerzenwachses und Rys herber männlicher Duft vermischten sich zu einer Duftsymphonie, und der Geschmack des Weins verschmolz mit dem Geschmack von Ry. Und alles zusammen versetzte sie in den fantastischsten Rauschzustand ihres Lebens.

Dann glitt sein Finger langsam unter den spitzenbesetzten Saum ihres Slips. Und dann – dann hinein in ihren heißen, feuchten Schoß.

Sie fühlte sich, als würde sie zerbersten. Ihren Körper durchlief ein Beben, und ihre sexuelle Lust kannte keine Grenzen mehr. Während Begierde durch ihre Adern toste, stammelte sie wieder und wieder seinen Namen, bis er sie endlich, endlich erlöste.

Sie wollte ihm sagen, dass sie erschöpft sei, vollkommen erschöpft, doch er war schon dabei, ihr den Slip ganz abzustreifen, und dann alles Übrige. Konnte es sein, dass sie es schon wieder in tiefen Zügen auskostete, seine geschickten Finger über ihre Haut wandern zu spüren? War sie wirklich so unersättlich? Sie konnte es nicht fassen und schluckte bei dem Gedanken an die Worte, die ihr eben im Moment höchster Verzückung entschlüpft waren.

„Ich will in dich eindringen, Natalie." Seine Hände waren jetzt nicht mehr so ruhig und beherrscht, sie zitterten vor Erregung, während er sich seine restlichen Kleider vom Leib riss. „Ganz. Ganz und gar."

Das Blut rauschte in seinen Ohren, und er begann mit seinen Lippen eine sinnliche Reise über ihre Oberschenkel, um alsbald im geheimsten Versteck ihrer Lust zu landen. Er spürte an ihrer Reaktion, wie sie die Flammen von neuem ergriffen, er fachte sie mit großer Geschicklichkeit an, gab ihnen Nahrung, und als er Natalies Höhepunkt nahen fühlte, löste er sich von ihr, warf sich laut aufstöhnend über sie und drang dann endlich, endlich mit einem einzigen harten, schnellen Stoß in sie ein.

Als Natalie am nächsten Morgen im Aufzug zu ihrem Büro hochfuhr, hätte sie am liebsten vor Freude und Glück laut gesungen. Doch sie räusperte sich nur, nahm ihre Aktentasche in die andere Hand und bemühte sich, die neugierigen Blicke der Angestellten, die mit ihr zusammen nach oben fuhren, zu übersehen.

Was solls? dachte sie. Ja, sie fühlte sich glücklich, ganz so, als würde ihr gleich das Herz vor Freude zerspringen. Sie war verliebt.

Und was ist falsch daran, fragte sie sich, als der Aufzug hielt. Nichts, gar nichts. Jedermann hat das Recht, verliebt zu sein, und es ist herrlich.

Ja, es war herrlich. So herrlich, dass sie sich darüber wunderte, dass sie es noch niemals vorher ausprobiert hatte.

Weil du Ry da noch nicht gekannt hast, sagte sie sich und grinste.

Doch jetzt kam erst einmal die Arbeit. Ein hektischer Tag stand bevor, es gab viel zu tun.

„Perfekt, findest du nicht auch?" Natalie saß zusammen mit Donald auf dem Rücksitz des Wagens und streckte nun hoch zufrieden die Beine aus, während der Fahrer den Wagen ruhig und geschickt durch den dichten Verkehr lenkte. Eben waren sie im Geschäft gewesen und hatten die raschen Fortschritte, die die Renovierung machte, bestaunt. „Wenn man es nicht wüsste, würde man niemals auf die Idee kommen, dass es im Laden gebrannt hat."

„Stimmt, das haben sie irrsinnig gut wieder hingekriegt", stimmte Donald zu. „Und die Schaufensterdekoration ist Aufsehen erregend, wirklich. Das Verkaufspersonal wird am Samstag von Kauflustigen förmlich überrannt werden, das sehe ich schon kommen."

„Ich rechne fest damit." Sie berührte Donald am Arm. „Ich hab dir eine Menge zu verdanken, Donald. Das hätten wir ohne dich niemals auf die Beine stellen können. Besonders nicht nach dem ersten Brand."

„Schadensbegrenzung." Er wischte ihre Dankesrede mit einem Schulterzucken beiseite. „In einem halben Jahr werden wir uns daran schon nicht mehr erinnern. Und unsere Wahnsinnsumsätze werden endlich mal ein Lächeln auf Deirdres Gesicht zaubern."

„Na, das wäre allerdings das Größte."

„Sie können mich an der nächsten Ecke rauslassen", informierte Donald den Fahrer. „Das Lokal, wo ich hinmuss, ist nur eine Straße weiter."

„Schön, dass du dir die Zeit genommen hast, mitzukommen."

„Es war mir wichtig. Weißt du, der Gedanke, dass unser Prestigeobjekt hier in Flammen hätte aufgehen können, hat mich ganz krank gemacht. Vor allem, dass dein wunderbarer antiker Schreibtisch ruiniert ist. Ich nehme an, du hast ihn zu einem Restaurator bringen lassen?"

„Ja, gleich als Erstes nach dem Brand", erzählte Natalie ein wenig abwesend, während in ihrem Kopf leise eine Alarmglocke läutete, die sie jedoch nicht weiter beachtete. „Er muss es schaffen, ihn wieder hinzukriegen, ich hab ihn mir doch extra aus Colorado hierher schicken lassen."

„Nun, wird schon werden." Er tätschelte zum Abschied fürsorglich ihre Hand, während der Wagen hinter der Kurve anhielt. Dann stieg er aus.

Sie winkte ihm zum Abschied zu und ließ sich, nachdem sich der Fahrer wieder in den Verkehr eingefädelt hatte, mit einem leicht unbehaglichen Gefühl in die Polster sinken. Doch sie wischte es mit einem Schulterzucken beiseite und begann, sich Gedanken zu machen über die nächsten Dinge, die anstanden. Als Erstes wollte sie Ry einmal kurz anrufen. So viel Zeit musste einfach drin sein. Sie griff zum Hörer des Autotelefons.

Ry war nach dem dritten Läuten selbst am Apparat. „Brandermittlung. Piasecki."

„Hi." Wie sie sich jedes Mal freute, seine Stimme zu hören! „Ist deine Sekretärin nicht da?"

„Ist beim Essen."

„Aha. Und ich wette, du hast deins vor dir auf dem Schreibtisch."

Er warf einen Blick auf das Sandwich. „Ja. Mehr oder

weniger." Er bewegte sich, und sein Stuhl quietschte. „Wo bist du?"

Sie sah zum Wagenfenster hinaus. „Sieht aus wie zwischen Zwölfter und Hyatt. Ich hab einen Termin in der Menagerie."

„Aha." Die Menagerie, dachte er. Schon wieder so ein First-class-Schuppen. Da gibts kein Thunfischsandwich. Er sah sie vor sich, wie sie sich Designer-Wasser bestellte und einen Salat, wo jedes Blättchen einen anderen Namen trug. „Hör zu, Legs, wegen heute Abend …"

„Ich hab mir gedacht, wir könnten uns vielleicht bei Goose Neck treffen." Sie rieb sich den Nacken. „Ich brauch mal ein bisschen Entspannung."

Er fuhr sich mit der Hand übers Kinn. „Ich … äh, komm doch einfach mal zu mir, okay?"

„Zu dir?" Das war etwas Neues. Sie hatte aufgehört, sich zu fragen, warum er sie bisher noch nicht zu sich eingeladen hatte.

„Ja. Zwischen sieben und halb acht."

„Schön. Soll ich was zum Essen mitbringen?"

„Nein. Ich werd was besorgen. Bis dann." Er legte auf und lehnte sich zurück.

Unterwegs hielt er beim Chinesen und nahm etwas für sie beide zum Abendessen mit. Es war fast sieben, als er zu Hause ankam. Der Tag im Büro war anstrengend gewesen und seltsam zerfahren.

Während er die ausgetretenen Holztreppen zu seiner Wohnung hochging, hörte er, wie eine Tür zugeknallt wurde. Knoblauchduft hing in der Luft. Wahrscheinlich mal wieder seine Nachbarin. Sie pflegte ständig Riesentöpfe Spaghetti mit Knoblauchsoße zu kochen.

„Gut, schon gut, dann hol ich mir eben mein verdammtes Bier selbst."

Ry verzog den Mund und schloss seine Tür auf. Ja, dachte er, als er die Wohnung betrat. Ziemliche Bruchbude, das war nicht zu leugnen. Er drehte das Licht an, ging ins Wohnzimmer und sah sich um.

Okay, alles war sauber und relativ aufgeräumt. Wenn man genau hinsah, sah man wahrscheinlich etwas Staub, doch für solche Kleinigkeiten fehlte ihm einfach die Zeit. Als sein Blick auf die Bettcouch fiel, wurde ihm bewusst, dass er bereits seit fast drei Wochen nicht mehr in seinem eigenen Bett geschlafen hatte. Dieses Sofa! Missbilligend schüttelte er den Kopf. Früher hatte er sich niemals daran gestört, doch jetzt auf einmal fand er den doch schon recht verblassten blauen Bezug ziemlich scheußlich.

Dann ging er in die Küche, nahm ein Bier aus dem

Kühlschrank und öffnete den Verschluss. Die Wände könnten auch mal wieder etwas Farbe vertragen, dachte er, während er einen Schluck aus der Flasche nahm. Und auf den Fußboden gehört eigentlich ein Teppich.

Was soll der Quatsch, dachte er verärgert, reicht doch vollkommen, so wie es ist. Er brauchte keinen Schnickschnack. Zwei Zimmer in nächster Nähe zum Büro, was wollte er mehr? Es war genug.

Doch es war nicht genug. Konnte nicht genug sein. Für Natalie.

Ihr würde es bei ihm nicht gefallen. Das war ihm klar. Nur deshalb hatte er sie gebeten, hierher zu kommen. Um es ihm und ihr zu beweisen, dass es ihr nicht genug war.

Sie konnten so wie bisher nicht weitermachen. Je länger es andauerte, umso mehr brauchte er sie. Und je mehr er sie brauchte, desto schwerer würde es ihm fallen, sich von ihr zu lösen.

Seine Scheidung war für ihn nicht weiter schlimm gewesen. Natürlich hatte es ein bisschen wehgetan. Und Bedauern, ja, Bedauern war da auch gewesen. Aber kein wirklicher Schmerz. Nicht diese tief verwurzelte, quälende Pein, die er empfand, wenn er an ein Leben ohne Natalie dachte.

Auf eine bestimmte Art und Weise konnte er sie wahrscheinlich halten. Es gab dafür eine reale Chance. Die körperliche Anziehungskraft zwischen ihnen war tatsächlich ungewöhnlich intensiv. Und wenn sie in Zukunft nur noch halb so stark wäre wie bisher, so wäre das noch immer ein Vielfaches mehr als alles, was er bisher erlebt hatte.

Und er war sich sehr bewusst darüber, was für eine Wirkung er auf Natalie hatte.

Er würde sie allein mit Sex halten können. Und es schien ihr genug zu sein. Doch eines Morgens, als er neben ihr aufgewacht war, war ihm klar geworden, dass es ihm nicht genug war.

Nein, es war nicht genug. Nicht, nachdem er damit begonnen hatte, sich in seiner Fantasie auszumalen, wie ihre gemeinsamen Kinder fröhlich im Garten miteinander spielen würden.

Das stand niemals zur Debatte, erinnerte er sich selbst. Und er hatte nicht das Recht, auf einmal die Spielregeln zu verändern. Nur weil er plötzlich sesshaft werden wollte. Aber hatte er nicht schon einmal bewiesen, dass er nicht für die Ehe taugte? Dabei hatten seine ehemalige Frau und er wenigstens denselben Lebensstil gehabt. Nein, nichts, aber auch gar nichts deutete darauf hin, dass Natalie zu ihm passen würde.

Daran konnte auch die Tatsache, dass er es sich so sehr wünschte, nichts ändern.

Noch schlimmer als all diese Überlegungen erschien ihm allerdings die Vorstellung, dass sie ihn abweisen könnte, wenn er sich ihr offenbarte.

Er wollte sie ganz. Oder gar nicht. Und da er sie nicht bekommen konnte, erschien es ihm richtig, das Feuer auszutreten, bevor es noch höher lodern konnte.

Es klingelte, er nahm sein Bier und ging hinaus in den Flur, um zu öffnen.

Sie stand im Treppenhaus, schlank, mit goldschimmerndem Haar, ein exotischer Fisch im Karpfenteich. Sie lächelte ihn an und bot ihm ihre Lippen zum Kuss.

„Hi."

„Hi. Komm rein. Hast du's gleich gefunden?"

Sie schüttelte die schimmernde Fülle ihres Haares zurück. „Ich bin mit dem Taxi gekommen."

„Gute Idee. Wenn du deine Luxuskarosse hier irgendwo in der Nähe abgestellt hättest, wären hinterher wahrscheinlich nur noch die Türgriffe übrig gewesen. Willst du ein Bier?"

„Nein." Interessiert ging sie zum Fenster und sah hinaus.

„Keine besonders schöne Aussicht", sagte er trocken in dem Wissen, dass ihr Blick nicht weiter wandern konnte, als bis zu dem Hochhaus gegenüber.

„Nein, nicht besonders", stimmte sie zu. „Es regnet immer noch." Sie zog ihren Mantel aus und lächelte, als sie auch hier einige Basketballtrophäen entdeckte. „MVP", murmelte sie, während sie eine Gravur las. „Eindrucksvoll. Und doch kann ich dich neun von zehnmal besiegen."

„Ich war völlig fertig." Er drehte sich um und ging in die Küche. „Wein hab ich aber nicht."

„Macht nichts. Mmmm ... chinesisch." Sie öffnete einen der Kartons und setzte sich an die Küchentheke. „Ich sterbe vor Hunger. Alles, was ich heute gegessen hab, war ein kläglicher Salat zu Mittag. Ich war den ganzen Tag unterwegs, um die letzten Einzelheiten für Samstag festzumachen. Wo sind denn Teller?" Ganz so, als wäre sie zu Hause, öffnete sie, bevor er antworten konnte, einen Schrank. „Ich hab gedacht ..." Sie brach ab, drehte sich um und sah, dass er sie anstarrte. „Was?"

„Nichts", brummte er und nahm ihr die Teller aus der Hand.

Ich habe sie nicht eingeladen, damit sie ein bisschen belanglos herumschwätzt, dachte er, während er das noch immer heiße Essen auf die Teller legte. Sie ist hier, um sich mit eigenen Augen davon zu überzeugen, dass die ganze Angelegenheit zwischen uns beiden ein Irrtum ist.

„Verdammt noch mal, siehst du eigentlich nicht, wo du hier bist?" Er wirbelte herum und funkelte sie wütend an.

Sie schaute ihn verdutzt an. „Äh … in der Küche?"

„Schau dich um." Erzürnt packte er sie am Arm und zog sie ins Wohnzimmer. „Los, schau dich um. Hier lebe ich. So bin ich."

„Gut." Sie schüttelte seine Hand ab, er tat ihr weh. Gehorsam schaute sie sich um. Ja, die Einrichtung war recht spartanisch. Typisch männlich eben. Die Wohnung war klein, aber nicht unordentlich.

„Könnte mal neu gestrichen werden", entschied sie nach einem Moment des Überlegens.

„Ich hab dich nicht um deinen Rat gefragt", entgegnete er schroff.

In seinem Tonfall schwang mehr mit als Verärgerung, etwas Endgültiges, das ihren Atem zum Stocken brachte. Sehr langsam drehte sie sich zu ihm herum. „Wonach hast du denn gefragt?"

Fluchend ging er hinüber in die Küche, um sich sein Bier zu holen. Wenn sie ihn weiterhin mit diesem verwirrten, verletzten Blick ansah, hatte er verloren.

Also blieb ihm nichts anderes, als grausam zu sein. Lieber ein Ende mit Schrecken als ein Schrecken ohne Ende. Er setzte sich auf die Armlehne seiner Couch und nahm einen tiefen Zug aus der Bierflasche.

„Lass uns doch mal ganz realistisch sein, Natalie", begann er, „wir beide, du und ich, haben mit dieser Sache angefangen, weil wir scharf waren aufeinander."

Sie fühlte, wie ihr seine Worte das Blut aus den Wangen trieben. Doch als sie antwortete, waren ihr Blick fest und ihre Stimme ruhig. „Ja, das ist richtig."

„Alles ging sehr schnell. Doch dann ist uns auf einmal einiges durcheinander geraten."

„Ist es?"

Sein Mund war trocken, wie ausgedörrt, da half auch kein Bier. „Du bist eine wunderbare Frau. Ich begehrte dich. Und du hattest ein Problem. Mein Job war es, es für dich zu lösen."

„Was du ja auch getan hast." Sie wählte ihre Worte mit Bedacht.

„Fast. Die Polizei ist dabei herauszufinden, wer Clarence bezahlt hat. Bis das geschehen ist, musst du noch vorsichtig sein. Doch ansonsten sind jetzt alle Dinge unter Kontrolle. Zumindest in dieser Hinsicht."

„Und sonst?"

„Ich denke, es ist an der Zeit, einen Schritt zurückzutreten, damit man mal wieder etwas klarer in die Zukunft sehen kann."

Natalie zitterten die Knie. „Willst du mir den Laufpass geben, Ry?"

„Ich sage nur, dass wir die Dinge auch außerhalb des Betts betrachten müssen. Uns ansehen müssen, wie du bist." Er sah sie fest an. „Und wie ich nicht bin. Wir hatten eine heiße Zeit zusammen, Natalie. Das Problem ist, dass von all dem Rauch dein Kopf benebelt ist. Zeit, frische Luft ins Zimmer zu lassen, das ist alles."

„Ich verstehe." Sie war zu stolz, um zu betteln. Genauso wenig wollte sie vor ihm weinen. Nicht, wenn er sie so kalt betrachtete wie jetzt und wenn seine Worte so sachlich waren, dass man meinen konnte, er wäre imstande, ihr das Herz bei lebendigem Leibe herauszureißen. Sie versuchte sich daran zu erinnern, wie sanft und zärtlich er zu ihr gewesen war, doch sie konnte es nicht. Der, der hier vor ihr stand, war ein Fremder.

„Nun gut, ich vermute, du weißt sehr genau, was du da sagst." Trotz ihrer Entschlossenheit, sich nicht klein zu machen vor ihm, verschleierte sich ihr Blick von den Tränen, die heiß in ihr hochstiegen.

Sobald er es wahrnahm, sprang er auf. „Nicht. Wein nicht."

„Ich werde nicht weinen. Verlass dich drauf." Doch die erste Träne rollte bereits ihre Wangen herab, während sie zur Tür ging. „Ich pflege nicht in der Öffentlichkeit zu weinen." Sie umklammerte die Türklinke. Ihre Finger waren wie taub.

„Natalie."

„Mir gehts gut." Wie um es ihm und auch ihr selbst zu beweisen, drehte sie sich um und sah ihm direkt ins Gesicht. „Ich bin kein Kind mehr, und es ist für mich nicht die erste Beziehung, die in die Brüche geht. Es ist allerdings dennoch in gewisser Weise das erste Mal, und das weißt du auch." Sie schniefte und wischte sich eine Träne weg. „Ich habe noch niemals jemanden geliebt. Du bist der Erste. Und dafür hasse ich dich."

Sie riss die Wohnungstür auf und stürmte hinaus. Ihren Mantel ließ sie liegen.

11. KAPITEL

Ry lief die nächsten zehn Minuten im Zimmer auf und ab und versuchte, sich selbst davon zu überzeugen, dass er das Richtige getan hatte. Das Richtige für sie beide. Sicherlich, er hatte sie etwas verletzt. In erster Linie wohl ihren Stolz. Und er war nicht besonders diplomatisch gewesen.

Die nächsten zehn Minuten verbrachte er damit, sich einzureden, dass sie das, was sie gesagt hatte, bestimmt nicht so gemeint hatte.

Sie liebte ihn doch nicht. Was war das für ein Quatsch! Sie konnte ihn überhaupt nicht lieben. Weil sie war, was sie war, und er war der größte Trottel auf der ganzen Welt.

O Gott, er war wirklich der größte Trottel!

Er schnappte sich ihren Mantel, vergaß seinen eigenen, und rannte die Treppe nach unten, hinaus in den strömenden Regen.

Jetzt verfluchte er sich dafür, dass er sein Auto vorhin bei der Feuerwache stehen gelassen hatte, und flehte zum Himmel um ein Taxi. Frierend rannte er im Regen die nassglänzende Straße entlang. Als endlich ein leerer Wagen vor ihm anhielt, war er schon zwölf Blocks von zu Hause entfernt und nass bis auf die Haut.

Der Taxifahrer kämpfte sich durch den abendlichen Verkehr. Sie kamen kaum voran.

Es wäre klüger gewesen, er wäre zu Fuß gegangen.

Als er bei Natalie anlangte, war fast eine Stunde vergangen. Er klingelte gar nicht erst, sondern schloss mit seinem Schlüssel, den sie vergessen hatte zurückzuverlangen, auf.

Diesmal hatte er nicht das Gefühl, nach Hause zu kommen. Und in derselben Sekunde, in der er das Apartment betrat, wusste er, dass Natalie nicht da war. Er rief ihren Namen, doch er war sich gewiss, dass er keine Antwort bekommen würde.

Also würde er warten müssen. Früher oder später musste sie ja hier auftauchen. Und dann würde er ihr in Ruhe alles erklären. Würde die Dinge richtig stellen, egal wie.

Neben dem Telefon lag ein Zettel, auf den flüchtig eine Nummer gekritzelt war.

Atlanta, National-8:25

National, dachte er. National Airlines.

Da war Ry schon aus dem Apartment gestürmt,

fuhr mit dem Lift nach unten und drängte den Portier, ihm so rasch wie möglich ein Taxi zu rufen.

Als er am Flughafen eintraf, war es zu spät. Vor fünf Minuten war ihr Flieger gestartet.

„Nein, Mr. Piasecki, ich kann Ihnen nicht genau sagen, wann Miss Fletcher zurückkommt." Maureen lächelte zurückhaltend. Der Mann sieht völlig fertig aus, dachte sie. Scheint eine miese Nacht hinter sich zu haben. Doch im Moment erschienen ihr die Dinge durch die überstürzte Abreise ihrer Chefin schwierig genug. Auch ohne diesen Verrückten hier, der ihr um neun Uhr morgens auf die Pelle rückte.

„Wo ist sie?" verlangte Ry zu wissen. Vergangene Nacht war er drauf und dran gewesen, den nächsten Flug nach Atlanta zu buchen, als ihm aufging, dass er keinen Schimmer hatte, wo er sie suchen sollte.

„Tut mir Leid, Inspector. Ich bin nicht befugt, Ihnen weitere Auskünfte zu erteilen. Aber Sie können Miss Fletcher gern eine Nachricht hinterlassen. Ich werde sie weiterleiten, wenn sie anruft."

„Ich will wissen, wo sie ist", stieß Ry zwischen zusammengebissenen Zähnen hervor.

Maureen erwog ernsthaft, den Sicherheitsdienst zu rufen. „Unsere Firmenpolitik ist ..."

Er murmelte etwas Unflätiges über ihre Firmenpolitik und fischte dann fluchend seine Visitenkarte aus der Hosentasche. „Sehen Sie das hier? Ich bin mit der Brandermittlung beauftragt. Ich habe eine wichtige Information für Miss Fletcher, die ich ihr umgehend mitteilen muss. Wenn Sie nicht willens sind, mir zu sagen, wo ich sie finden kann, muss ich dies meinem Vorgesetzten melden."

Daraufhin schwieg er längere Zeit in der Hoffnung, dass seine Worte ihre Wirkung nicht verfehlten.

Hin- und hergerissen biss sich Maureen auf die Unterlippe. Es stimmte, dass Miss Fletcher ihr ans Herz gelegt hatte, ihren Aufenthaltsort geheim zu halten. Und es stimmte ebenso, dass sie gewünscht hatte, dass ganz besonders Inspector Piasecki nichts davon erfahren sollte. Doch wenn er sie jetzt unbedingt wegen der Brandsache erreichen musste ...

„Sie wohnt im Ritz-Carlton, Atlanta."

Noch bevor sie den Satz richtig beendet hatte, war Ry schon draußen.

Fünfzehn Minuten später stürmte er in sein Büro und schreckte seine Sekretärin auf. „Geben Sie mir das Ritz-Carlton in Atlanta", verlangte er, rannte in sein Zimmer und knallte die Tür hinter sich zu.

Er lief im Zimmer auf und ab, bis sein Telefon klingelte. Das Ritz war am Apparat. „Natalie Fletcher", bellte er in den Hörer. „Verbinden Sie mich."

„Ja, Sir, einen Moment bitte."

Der Moment erschien ihm wie eine Ewigkeit. Endlich hörte er erleichtert, wie sich Natalie am anderen Ende der Leitung meldete.

„Natalie, was zum Teufel tust du in Atlanta? Ich will ..." Ein Klicken zeigte ihm an, dass sie aufgelegt hatte. Er fluchte und beauftragte seine Sekretärin, es ein zweites Mal zu versuchen.

Ruhe, beschwor Ry sich. Immer mit der Ruhe. Schließlich wusste er, wie man angesichts eines Feuers, angesichts von Unglück und Tod die Nerven behielt. Da würde es ihm wohl jetzt auch gelingen. Doch als die Verbindung noch einmal hergestellt war und ihm durch den Hörer nur immer wieder das Freizeichen entgegentönte, hätte er am liebsten das Telefon gegen die Wand geknallt.

„Buchen Sie mir die nächstmögliche Maschine nach Atlanta." Er war ins Nebenzimmer gegangen, und seine Sekretärin blickte ihn fassungslos an. „Schnell."

Mehr als zehn Stunden nach seiner überstürzten Reise nach Atlanta war er wieder zu Hause. Es war ihm nicht gelungen, Natalie zu Gesicht zu bekommen. Stunden hatte er im Flugzeug verbracht und noch mehr Stunden damit, hinter ihr herzujagen in Atlanta, von ihrem Hotel zu der Niederlassung von Ladys Choice, zurück zu ihrem Hotel und wieder zum Flughafen. Und mit jeder Sekunde, die vergangen war, vermisste er sie mehr.

Es war geradeso gewesen, als hätte sie gewusst, dass er hinter ihr her war. Langsam stieg er die Treppe zu seiner Wohnung hinauf.

Er konnte nichts anderes tun, als zu warten.

Deirdre war froh darüber, dass sie sich ein bisschen Arbeit mit nach Hause genommen hatte. Diese verdammte Erkältung, die sie sich irgendwo eingefangen hatte, steckte ihr noch immer in den Knochen.

Appetitlos löffelte sie eine Tasse mit Hühnersuppe. Dann verzog sie das Gesicht, stellte sie beiseite und griff nach dem Glas mit heißem Grog. Das würde ihr gut tun.

Wenn sie Glück hatte, viel Glück, würde sie die Grippe vom Hals und die Vorarbeiten für ihre eigentliche Arbeit beendet haben, ehe Natalie zurückkam. Hoffentlich.

Sie drückte eine Taste, und auf dem Bildschirm ihres Computers erschien eine Tabelle. Deirdre überflog sie und stutzte. Irgendetwas stimmte hier nicht. Im nächsten Moment sah sie klarer.

Das kann nicht sein, dachte sie irritiert, drückte hintereinander verschiedene Tasten und starrte wieder auf den Bildschirm. Niemals im Leben konnte das sein! Ihr wurde auf einmal ganz heiß, und sie wusste nicht, ob sie das ihrem Fieber zu verdanken hatte oder der Entdeckung, die sie eben gemacht hatte.

Doch sie konnte es noch immer nicht fassen, lehnte sich zurück und holte tief Luft. Wahrscheinlich ganz einfach nur ein Fehler, versuchte sie sich zu beruhigen. Sie würde ihn finden und umgehend berichtigen.

Doch es dauerte nicht lange, und ihr wurde klar, dass es sich tatsächlich nicht um einen Fehler handelte. Oder um ein Versehen.

Eine Viertelmillion Dollar! Sie war und blieb verschwunden.

Sie hob den Telefonhörer ab und wählte hastig. „Hallo Maureen. Deirdre Marks."

„Miss Marks. Sie klingen ja schrecklich."

„Ich weiß, mir gehts auch noch nicht besonders. Hören Sie, ich muss unbedingt Natalie erreichen, sofort."

„Alle wollen das."

„Es ist wirklich wichtig, Maureen. Sie ist doch bei ihrem Bruder, stimmts? Geben Sie mir die Nummer."

„Das kann ich nicht, Miss Marks."

„Ich sage Ihnen doch, es ist absolut dringend."

„Ich versteh Sie ja, Miss Marks, aber sie ist nicht mehr dort. Sie ist vor einer Stunde abgeflogen."

Es war gut, dass sie diese Reise gemacht hatte. Natalie saß im Flugzeug und starrte hinaus in das Wolkenmeer unter ihr. Sie hatte nette, vertrauensvolle und entspannende Stunden mit ihrem Bruder, Cilla und den Kindern verlebt, und in beruflicher Hinsicht war es auch ein Erfolg gewesen. Doch nun musste sie wieder zurück, ihre Arbeit wartete. Sie musste sie zu Ende bringen, aber der Gedanke, wieder nach Colorado zu ziehen, ließ sie nicht mehr los. Sie könnte in Denver eine Zweigstelle eröffnen und sich mit einem neuen Erfolg über ihre persönliche Niederlage und ihren Schmerz hinwegtrösten.

Und wenn ihr Weggang auch eine Flucht war, wen ging es schon etwas an außer sie selbst?

Sie würde natürlich warten müssen, bis man herausgefunden hatte, wer Clarence Jacoby bezahlt hatte. Ob in der Tat einer ihrer Angestellten für diese Schandtaten verantwortlich war. Sie könnte allerdings auch Donald die Verantwortung übertragen.

Es war eine ganz einfache Sache. Donald hatte jede Befähigung dazu, das Geschäft in ihrem Sinne weiterzuführen. Er würde ganz einfach nur von seinem Schreibtisch zu ihrem hinüberwechseln.

Schreibtisch, dachte sie und stutzte. Irgendetwas war merkwürdig mit dem Schreibtisch. Nicht mit dem in ihrem Büro, sondern mit dem, der in ihrem neuen Geschäft fast verbrannt wäre.

Ihr Herz begann schneller zu schlagen. Woher hatte Donald gewusst, dass ihr Schreibtisch im Laden antik war? Er hatte ihn noch niemals zu Gesicht bekommen. Seit sie ihn aus Colorado hatte herüberbringen lassen, war Donald nicht im Geschäft gewesen, und sie hatte ihm niemals von diesem Schreibtisch erzählt.

Wie betäubt begann sie, alle Puzzleteilchen in ihrem Gedächtnis zusammenzusuchen. Sie rief sich jeden ihrer Schritte, den sie nach dem zweiten Brand gemacht hatte, ins Gedächtnis zurück, bis zu dem Zeitpunkt, an dem sie sich zusammen mit Donald das renovierte Geschäft angesehen hatte. Hatte er ihr nicht erzählt, dass er seit Wochen nicht mehr hier gewesen sei?

Doch irgendwann musste er einmal dort gewesen sein, sonst hätte er von dem Schreibtisch nichts wissen können. Na und? Was ist so schlimm daran? Nichts, gar nichts, bemühte sie, sich selbst zu versichern. Er hatte es wahrscheinlich ganz einfach vergessen. Das allein war kein Grund, ihn zu verdächtigen.

An dem Morgen, nachdem die Lagerhalle abgebrannt war, war er sofort zur Stelle gewesen. Sehr früh schon. Hatte sie ihn angerufen? Sie war sich dessen nicht mehr sicher. Außerdem konnte er es aus den Nachrichten erfahren haben. Hatten die Medien schon so früh am Morgen darüber berichtet? Sie wusste es nicht.

Doch was für einen Grund sollte er wohl gehabt haben, einer Firma, in die er fest eingebunden war, einen so großen Schaden zuzufügen? Welches Motiv konnte dem zugrunde liegen, dass er den gesamten Warenbestand und die ganze Ausstattung zerstört sehen wollte?

Warenbestand, Ausstattung und – die Erkenntnis durchzuckte sie wie ein Stromstoß – Unterlagen mit allen geschäftlichen Daten, die *Lady's Choice* betrafen.

Krampfhaft um Ruhe bemüht, kamen ihr die Akten in den Sinn, die sie Deirdre gegeben hatte, und die Kopien, die in ihrem Bürosafe sicher verwahrt lagerten. Nach der Landung musste sie als Allererstes überprüfen, ob sie sich noch an ihrem Platz befanden. Einfach nur zu ihrer Beruhigung.

Sie tat Donald unrecht. Ganz bestimmt tat sie ihm unrecht.

Das Flugzeug hatte Verspätung. Unruhig rannte Ry in der Ankunftshalle des Flughafens auf und ab.

Wenn Maureen nicht Mitleid mit ihm gehabt hätte, hätte er gar nicht erfahren, dass Natalie heute Abend zurückkam. Die unangenehme Vorstellung, dass ihre Sekretärin ihn bemitleidete, nagte an seinem Selbstwertgefühl. Sie hatte es doch gar nicht übersehen können, dass er sich aufführte wie ein liebeskranker Kater, dem man zu allem Überfluss auch noch Baldrian ins Fell gerieben hat.

Ja, ja, er wusste es ja. In Ordnung. Das Flüstern hinter seinem Rücken, die mitleidigen Blicke, die man ihm zuwarf auf der Feuerwache, das Gekicher. Sollten sie ihm doch alle den Buckel runterrutschen.

Ja, er hatte einen Fehler gemacht, verdammt noch mal. Einen einzigen kleinen Fehler. Und sie hatte es ihm zurückgezahlt.

Er umklammerte den Strauß mit Narzissen, als sie durch die Sperre kam.

„Natalie." Mit ein paar Schritten war er bei ihr.

„Fahr zur Hölle."

„Da bin ich schon seit Tagen, aber es gefällt mir dort nicht." Er hielt ihr den Blumenstrauß hin. „Hier. Für dich."

Sie schoss ihm einen vernichtenden Blick zu. „Soll

ich dir sagen, was du mit deinen dämlichen Blumen tun sollst?"

„Du hättest wenigstens mit mir reden können, als ich dich angerufen hab."

„Ich hatte keine Lust dazu." Damit verschwand sie in der Damentoilette.

Zähneknirschend blieb er vor der Tür stehen und wartete.

Nachdem sie wieder zurück war, ging sie schnurstracks, ohne ihn zu beachten, in Richtung Gepäckabfertigung. Er rannte hinter ihr her.

„Wie war deine Reise?"

Sie brummte nur unwirsch ein paar unverständliche Worte.

„Schau, Natalie, merkst du denn nicht, dass ich versuche, dich um Verzeihung zu bitten?"

„Ach ja?" Sie warf den Kopf zurück und betrat den Lift. „Vergiss es."

„Ich hab einfach durchgedreht. Es tut mir Leid. Seit Tagen bin ich hinter dir her, aber du ignorierst, ohne mit der Wimper zu zucken, jeden meiner Anrufe."

„Ja. Und das hat was zu bedeuten, Piasecki. Das sollte selbst jemand begreifen, der so beschränkt ist wie du."

„Deshalb", fuhr er unbeirrt fort und schluckte die

hitzige Erwiderung, die ihm auf der Zunge lag, hinunter, „habe ich dich jetzt abgeholt. Damit wir miteinander reden können."

„Ich hab' mir einen Wagen bestellt."

„Wir haben ihn abbestellt. Das ist …" Er bemühte sich, seine Worte sehr sorgfältig zu wählen angesichts des eisigen Blicks, mit dem sie ihn musterte. „Ich hab' ihn abbestellt, nachdem ich erfahren hatte, wann du ankommst." Keine Notwendigkeit, hier Maureen ins Spiel zu bringen, dachte er. Sonst bekam sie womöglich noch Schwierigkeiten. „Weil ich dich nach Hause bringen möchte."

„Dann nehm ich mir eben ein Taxi."

„Himmel, sei doch nicht so verdammt stur", murmelte er, während er ihren Koffer von dem Förderband nahm.

Sie rang mit sich. Er wollte sie nur übertölpeln. Es gab keinen Grund, ihm diese Befriedigung zuteil werden zu lassen.

„Ich gehe aber jetzt noch nicht nach Hause, ich muss noch mal ins Büro."

„Es ist doch schon neun Uhr."

„Ich gehe ins Büro", erklärte sie kategorisch.

„Schön, dann reden wir eben in deinem Büro."

Sie waren inzwischen nach draußen gegangen, Ry

trug ihr Gepäck. Er setzte es vor seinem Wagen ab. „O Gott, wie ich dich vermisst habe."

Sie trat schnell zurück, als er die Hand nach ihr ausstreckte. Nein, noch einmal wird er mich nicht verletzen, das schwor sie sich. Noch einmal fiel sie nicht auf ihn herein.

„Okay." Er hob beide Hände. „Das hab ich kommen sehen. Genau das. Alles habe ich kommen sehen. Ich gebe dir die Chance, jetzt loszulegen. Komm, mach mich fertig."

„Ich hab überhaupt kein Interesse daran, dich fertig zu machen", erwiderte sie. „Ich hatte einen langen Flug. Ich bin im Moment einfach nur müde."

„Lass mich dich nach Hause bringen, Natalie."

„Ich muss ins Büro." Sie wartete ungeduldig darauf, dass er die Autotür aufschloss.

Dann ließ sie sich in die Polster sinken und schloss die Augen.

„Lass mich hier raus." Ohne an ihr Gepäck zu denken, sprang sie aus dem Wagen. Nur den Blumenstrauß, der während der Fahrt auf ihrem Schoß gelegen hatte, trug sie in der Hand. Während Ry im Halteverbot parkte, kündigte sie sich über die Sprechanlage an, und der Wachmann schloss ihr auf.

„Verdammt Natalie, könntest du vielleicht gnädigerweise auf mich warten?"

„Ich habs eilig. Guten Abend, Ben."

„Guten Abend, Miss Fletcher. So spät noch?"

„Ja, ich habe noch zu arbeiten." Sie rauschte eilig an dem Pförtner vorbei, Ry blieb ihr dicht auf den Fersen. „Es besteht überhaupt keine Notwendigkeit, dass du mitkommst, Ry."

„Du hast gesagt, dass du mich liebst."

Während sie den neugierigen Blick des Wachmannes einfach übersah, drückte sie den Knopf des Fahrstuhls. „Darüber bin ich hinweg. Es hat zum Glück nicht lange gedauert."

Angst durchzuckte ihn. Nein, das konnte nicht sein. „Das ist nicht wahr."

„Überlass es ruhig mir, das zu beurteilen." Sie drückte den Knopf für das Stockwerk. „Du willst den Grund wissen, warum ich dich nicht zurückgerufen habe?" Sie warf ihr Haar zurück, ihre Augen funkelten vor Zorn. „Weil ich dich nicht brauche. Ist jetzt dein männlicher Stolz verletzt?"

„Das hat nichts mit Stolz zu tun. Ich war …" Im Grunde jedoch konnte er nicht abstreiten, dass es ihn verletzt hatte. Tief verletzt. „Ich war im Unrecht", räumte er ein. Hart genug, das zugeben zu müssen, doch wenigstens war es nicht demütigend. „Es lag an dir – du in meiner Wohnung. Ich bin mit der Situation nicht klargekommen. Aber du solltest es mit eigenen Augen sehen."

„Was?"

„Dass wir nicht zusammenpassen."

Ihre Augen versprühten Zornesblitze. „Wenn ich Ihnen richtig folgen kann, Inspector, heißt das, dass Sie mich haben fallen lassen, weil ich nicht in Ihr Apartment passe?"

So simpel, wie es jetzt aus ihrem Mund klang, waren seine Überlegungen nicht gewesen. „Weil du überhaupt nicht zu mir passt", verteidigte er sich. „Ich kann dir nicht geben, was … Das alles eben. Schau dich doch an, sogar an den Ohren hast du Diamanten." Hilflos gestikulierte er. „Diamanten, um Himmels willen!"

Hitze stieg ihr in die Wangen. „Wegen meines Geldes ist es also? Sag, ist es das?"

„Nein, wegen …" Wie sollte er es ihr bloß erklären? „Natalie, lass mich dich anfassen. Bitte."

„Den Teufel werde ich." Sie schob ihn von sich; in dem Moment blieb der Aufzug stehen, und die Türen öffneten sich. „Du hast mich weggeschmissen, weil du geglaubt hast, ich würde erwarten, dass du mir Diamanten, ein Haus oder Blumen schenkst?" Wütend schmiss sie den Blumenstrauß auf den Boden. „Kann ich mir alles selbst kaufen, verstehst du? Ich kann mir alles kaufen, was ich will! Was ich wollte, warst du."

„Verlass mich nicht, Natalie. Bitte nicht." Seine Stimme klang beschwörend, während er den langen Flur hinter ihr herrannte. Irgendwo läutete ein Telefon. „Natalie." Er hatte sie erreicht, packte sie an den Schultern und drehte sie zu sich herum. „Ich hab das doch nicht wirklich gedacht."

Sie rammte ihm ihre Aktentasche in den Magen. „Und du hast die Frechheit, mir zu sagen, ich sei ein Snob."

Er war vollkommen am Ende. Seine Hände lagen noch immer auf ihren Schultern, und nun begann er, Natalie voller Verzweiflung und Zorn zu schütteln. „Es war falsch. Es war dumm. Ich war dumm. Was willst du, dass ich noch mehr sage? Ich hab nicht nachgedacht. Ich war nur voller Gefühle. Herrgott, Natalie!" Er schrie es heraus.

„Du hast mir wehgetan."

„Ich weiß." Er nahm ihren Duft wahr, er fühlte sie, und der Gedanke, sie zu verlieren, ließ ihm die Knie weich werden. „Es tut mir Leid. Ich wusste nicht, dass ich dir überhaupt wehtun könnte. Ich hab gedacht, es würde nur mir wehtun. Und irgendwann würdest du mich sowieso verlassen. Ich war ein gottverdammter, feiger Idiot, Natalie."

„Also wolltest du mir zuvorkommen."

„Irgend so was, vielleicht."

„Feigling." Sie schüttelte ihn ab. „Verschwinde, Ry. Lass mich allein. Ich muss darüber nachdenken."

„Du liebst mich doch noch immer. Ich werde nicht weggehen, bevor du mir das nicht gesagt hast."

„Da wirst du wohl noch einige Zeit darauf warten müssen." Das Telefon läutete wieder. Während sie sich die Schläfe massierte, überlegte Natalie, wer wohl so spät abends noch anrief. „Du kannst nicht erwarten, dass ich dir meine Gefühle nach den Erfahrungen, die ich mit dir gemacht habe, auf dem Silbertablett serviere."

„Dann serviere ich dir eben meine", erwiderte er. „Ich liebe dich, Natalie."

Die tiefen Emotionen, die sie bei seinen Worten überschwemmten, spiegelten sich in ihren Augen wider. „Verdammt sollst du sein, verdammt! Das ist nicht fair."

Er trat einen Schritt zu ihr und streckte die Hand aus, um ihr Haar zu berühren. Doch er hielt wie erstarrt mitten in der Bewegung inne, als er den tanzenden Lichtschein am unteren Ende des Korridors wahrnahm. Diese Art von Lichtschein kannte er zu gut. „Geh die Feuertreppe nach unten", befahl er mit plötzlicher eisiger Ruhe. „Ruf die Feuerwehr."

„Was? Wovon sprichst du überhaupt?"

„Geh", schrie er und stürmte schon den Korridor hinunter. Jetzt konnte er den Rauch riechen. Er verfluchte ihn und verfluchte sich selbst, dass er so in seine eigenen Probleme verstrickt war, dass er ihn nicht schon viel früher bemerkt hatte. Er stand vor ihrem Büro und sah entsetzt, wie hinter der breiten Milchglasscheibe hohe glutrote Flammen emporschlugen.

„O Gott, Ry."

Natalie war direkt hinter ihm. Er hatte gerade noch so viel Zeit festzustellen, dass gleich die Scheiben bersten würden. Blitzschnell drehte er sich zu Natalie um und riss sie mit sich zu Boden. Im selben Moment explodierte die Glasscheibe mit einem ohrenbetäubenden Krachen, ein Scherbenhagel regnete auf sie herab, und eine rot glühende Feuerwalze schob sich heraus.

12. KAPITEL

Ein heftiger Schmerz, scharf und durchdringend, durchfuhr Natalie, als ihr Kopf auf den Fußboden knallte. Funken sprühten über sie hinweg. Einen schrecklichen Moment lang glaubte sie, Ry wäre bewusstlos oder sogar tot. Er hatte sich über sie geworfen als Schutzschild, um das Schlimmste der Explosion mit seinem eigenen Körper abzufangen.

Doch bevor sie Luft holen konnte, um seinen Namen zu schreien, war er schon aufgesprungen und zog sie auf die Füße.

„Bist du in Ordnung?"

Sie nickte, trotz des stechenden Schmerzes in ihrem Kopf und des Rauchs, der ihr in den Augen, der Lunge und im Hals brannte. Obwohl sie Rys Gesicht in dem Rauch fast nicht mehr erkennen konnte, sah sie doch den breiten Blutstreifen, der von seiner Schläfe hinabrann.

„Du blutest!" Ohne ihre Worte zu beachten, zog er sie hinter sich her den Flur hinunter, der mittlerweile in dichte undurchdringliche Rauchschwaden gehüllt war. Dicht neben ihnen explodierte ein Fenster, und die Flammen schlugen hoch empor.

Feuer umgab sie, brandrot und gierig, unglaublich heiß. Natalie schrie auf in Todesangst, als sie sah, wie die Flammen den Flur entlangrasten. Sie züngelten wie Tausende hungriger Schlangen.

Wilde Panik ergriff sie, eine eisige Hand umschloss ihr Herz, drückte ihr die Kehle zu. Sie waren gefangen, saßen in der Falle, es gab keinen Ausweg. Überall nur noch Flammen.

Wieder riss er sie zu Boden. „Bleib ruhig." Seine Stimme klang besonnen, wie viel Angst auch immer er selbst haben mochte. Er fasste in ihr Haar und drehte ihren Kopf zu sich herum. Er musste dafür sorgen, dass sie jetzt nicht in Panik geriet.

„Ich kann nicht mehr atmen." Sie rang um Luft, doch bei jedem Atemzug, den sie tat, drang Gift in ihre Lungen, und trockene Hustenanfälle schüttelten ihren ganzen Körper.

„Wir müssen nach unten, uns bleibt nicht mehr viel Zeit." Er war sich darüber im Klaren, dass die glühende Feuerwalze sie in Kürze erreichen und ihnen den Weg über die Treppen abschneiden würde. Er hatte nichts, um sie zu bekämpfen.

Wenn das Feuer sie nicht umbringen würde, würde es der Rauch tun.

„Zieh deinen Mantel aus."

„Was soll ich tun?"

Ihre Bewegungen wurden bereits schwerfällig. Er unterdrückte seine Angst und riss ihr den Mantel von den Schultern. „Wir müssen durchs Feuer."

„Das geht nicht." Wieder explodierte eine Fensterscheibe, und Natalies Schrei wurde von einem heftigen Hustenanfall erstickt. Ihre Benommenheit nahm von Sekunde zu Sekunde zu. „Wir werden verbrennen. Ich will nicht sterben!"

„Du wirst nicht sterben." Er warf ihr den Mantel über den Kopf, packte sie an den Handgelenken und zog sie auf die Füße. Da sie taumelte und wieder hinzufallen drohte, ergriff er sie kurz entschlossen und warf sie sich über die Schulter. Er stand da und überlegte eine Sekunde. Sie mussten die Feuertür erreichen, doch dort hatte sich bereits ein Brandherd gebildet, aber schlimmer noch war die glühende Feuerwalze hinter ihnen, die sie in kürzester Zeit erreicht haben würde. Das wäre ihr sicherer Tod. Es blieb nichts, sie mussten vorwärts gehen, vorwärts durch das Feuer.

Er begann zu rennen.

Für einen Moment befanden sie sich mitten in der Hölle. Rotglühende Hitze sprang ihnen entgegen, das wütende Fauchen der Flammen, ihr begieriges und unersättliches Knistern und Knacken. Für nicht mehr als zwei Herzschläge lang – eine Ewigkeit – schien es, als wollten sie sie verschlingen.

Dann endlich hatte er es geschafft und stand mit Natalie auf den Schultern vor einer dichten Rauchwand. Blind tastete er nach dem Griff der Feuertür.

Nachdem er ihn gefunden hatte, drückte er ihn, da er glühend heiß war, mit dem Ellbogen, der durch den Stoff seiner Jacke geschützt war, herunter. Die Tür sprang auf. Ry holte hustend Luft und riss Natalie den versengten Mantel vom Kopf. Er war hinüber, ebenso wie seine eigene Kleidung.

Ein eisiger Schreck durchzuckte ihn, als er bemerkte, dass sie leblos an ihm hing wie eine Gliederpuppe. Rasch ließ er sie zu Boden sinken, um zu sehen, ob sie überhaupt noch lebte.

„Gib nicht auf", beschwor er sie, nachdem er erkannt hatte, dass sie schwerfällig atmete. Er hob sie wieder hoch und warf sie sich über die Schultern. „Verdammt, Natalie, du darfst nicht aufgeben." Gott, o Gott, er durfte nicht zu spät kommen, sie durfte nicht sterben.

Er flog förmlich die Treppen nach unten, Stockwerk für Stockwerk; er spürte die Erschöpfung nicht; er hatte nur einen Gedanken: Sie durfte nicht sterben, er musste sie retten.

Der Rauch begann dünner zu werden, und er schöpfte Hoffnung.

Dann war er endlich unten angelangt, stieß die Tür zum Erdgeschoss auf und taumelte hindurch.

Wie durch dichten Nebel hörte er, wie Befehle gebrüllt wurden, und das durchdringende Heulen der Sirenen. Eine Hand kam auf ihn zu und befreite ihn von seiner Last.

„Allmächtiger Gott, Inspector."

„Sie braucht sofort Sauerstoff", stieß er mit letzter Kraft hervor.

Dann fiel er in ein tiefes schwarzes Loch.

Als er erwachte, lag er auf einem Untersuchungstisch. Er wollte sich erheben, doch eine Hand drückte ihn wieder nach unten.

„Bleiben Sie liegen." Eine grauhaarige Frau in einem weißen Kittel beugte sich über ihn. „Ich möchte Sie erst mal ordentlich und sauber vernähen. Sie haben viel Blut verloren, Inspector Piasecki."

„Natalie …"

„Miss Fletcher ist in guten Händen. Nun lassen Sie mich bitte meine Arbeit beenden, ja?" Sie sah ihn an. „Wenn Sie hier weiterhin so rumfuhrwerken, Mister, muss ich Sie ruhig stellen. Sie können im Moment nicht das Geringste tun. Mein Job war einfacher, als Sie noch ohnmächtig waren."

„Wie lange?" brachte er krächzend heraus.

„Anscheinend nicht lange genug." Sie vernähte die Wunde und schnitt dann den Faden ab. „Wir mussten Ihnen die Glassplitter aus den Schultern pflücken. Die Verletzungen sind nicht weiter schlimm. Aber das hier am Arm sieht bös aus. Fünfzehn Stiche." Sie lächelte. „Da hab ich gute Arbeit geleistet."

„Ich möchte Natalie sehen." Seine Stimme war rau wie Sandpapier. „Jetzt."

„Das können Sie nicht. Jetzt müssen Sie hier liegen bleiben, bis ich fertig bin. Erst dann, und auch nur, wenn Sie ein braver Junge waren, lässt sich vielleicht darüber reden."

Seine Knie fühlten sich an, als hätte er Pudding in den Knochen, doch er ließ es nicht zu, dass sie ihn auf einer Trage in ein Krankenzimmer karrten. Er setzte sich über den Protest von Dr. Milano hinweg und steuerte die Wartezone an.

Als Deirdre ihn sah, sprang sie von ihrem Stuhl auf. „Natalie?"

„Die Ärzte sind noch nicht fertig mit ihr. Doch die Ärztin, die mich zusammengeflickt hat, hat mir versichert, dass sie durchkommen wird. Ich denke, sie ist bald wieder auf den Beinen."

„Gott sei Dank." Deirdre schlug die Hände vors Gesicht. Dann sah sie Ry an und setzte sich wieder. „Ich habe Natalies Bruder angerufen", erzählte sie dann. „Vermutlich ist er schon unterwegs."

Ry konnte lediglich nicken. Ihm war schwindlig, und eine starke Übelkeit überfiel ihn plötzlich. Er musste sich setzen.

„Außerdem hab ich ihm ein paar knappe Informationen darüber gegeben, was ich heute früh herausgefunden habe." Sie holte tief Luft. „Ich war die letzten Tage nicht im Büro – ich musste eine Erkältung auskurieren, doch ich habe mir Arbeit mit nach Hause genommen. Einschließlich der Unterlagen und Disketten, die Natalie mir gab, bevor sie abreiste. Ich bin alte Zahlen noch einmal durchgegangen und dabei auf einige fast unglaubliche Diskrepanzen gestoßen. Als Erklärung dafür kommt im Grunde genommen nur eine Unterschlagung in Betracht."

Geld, dachte Ry. Immer geht es um Geld. „Wer?"

„Ich kann es nicht mit Sicherheit sagen …"

Er unterbrach sie in einem Ton, der sie erschauern ließ. „Wer?"

„Ich sage Ihnen doch, dass ich mir nicht sicher bin.

Ich kann nur meine Vermutungen anstellen. Und ich werde den Teufel tun und Ihnen einfach aus einem vagen Verdacht heraus einen Namen nennen."

Damit er den Betreffenden dann zu Brei verarbeiten konnte. Das würde er sicher tun, sie sah es ihm an.

„Ich könnte falsch liegen. Deshalb muss ich unbedingt erst mit Natalie sprechen", ergänzte sie dann. „Sobald ich mir darüber im Klaren war, auf was für eine Ungeheuerlichkeit ich gestoßen war, versuchte ich sie in Colorado zu erreichen, doch sie war schon unterwegs. Da ich sie gut kenne, war ich überzeugt davon, dass sie nach ihrer Rückkehr als Erstes im Büro vorbeischauen würde. Also beschloss ich, sie dort zu treffen, und fuhr hin, um ihr zu erzählen, was ich herausgefunden hatte." Sie tippte auf ihre Aktenmappe, die neben ihr auf dem Boden stand. „Ich wollte es ihr zeigen. Als ich vor dem Büro parkte, schaute ich nach oben. Ich sah …"

Sie schloss die Augen. „Ich sah so seltsame Lichter hinter einigen Fenstern. Zuerst konnte ich es mir gar nicht erklären, doch dann wurde mir schlagartig klar, was es zu bedeuten hatte, und ich rief sofort von meinem Autotelefon aus die Feuerwehr." Gepeinigt von ihren Erinnerungen, presste sie eine Hand auf den Mund. „Dann bin ich reingerannt und hab dem Wachdienst Bescheid gesagt. Kurz darauf hörten wir die erste Explosion. Es war schrecklich. Der Wachmann sagte mir, dass sie da oben war, und ich konnte ihr nicht helfen." Sie schüttelte unglücklich den Kopf. „Ich hab getan, was ich konnte."

„Ja, das haben Sie."

„Inspector?" Dr. Milano kam auf sie zu. „Sie können jetzt kurz zu Miss Fletcher hinein."

Er sprang auf. „Wie geht es ihr?"

„Wir haben sie stabilisiert, und sie hat ein Beruhigungsmittel bekommen. Aber Sie können zumindest einen Blick auf sie werfen."

Er schaute Deirdre an. „Werden Sie hier warten?"

„Ja. Wenn Sie mir nur anschließend sagen, wie es ihr geht."

„Ich komme zurück", versicherte er und rannte hinter der Ärztin her, die schon vorgegangen war.

In Natalies Zimmer brannte nur eine kleine Lampe. Totenbleich und schmal lag sie in den Kissen. Doch als er vorsichtig, um sie nicht zu wecken, ihre Hand berührte, war sie warm.

Ry nahm sich einen Stuhl und setzte sich neben das Bett.

Es war eine lange Nacht. Ein- oder zweimal nickte er ein. Hin und wieder betrat eine Nachtschwester das

Zimmer und scheuchte ihn nach draußen. Während einer dieser kurzen Pausen lief er Boyd, der ihm auf dem langen Korridor entgegenkam, in die Arme.

„Piasecki."

„Captain. Sie schläft." Ry deutete auf die geschlossene Tür. „Dort."

Ohne ein weiteres Wort zu verlieren, rannte Boyd an ihm vorbei ins Zimmer.

Ry ging in die Wartehalle und nahm sich aus dem Automaten einen Becher Kaffee. Er ging ans Fenster und starrte hinaus. Er konnte noch immer keinen einzigen klaren Gedanken fassen. Das war auch besser so. Denn wenn er anfing zu denken, stand ihm die Hölle, der er und Natalie nur um Haaresbreite entronnen waren, wieder allzu deutlich vor Augen. Und er würde sich nur wieder daran erinnern, wie er mit ihr auf den Schultern die Feuertreppe hinuntergehetzt war, nicht wissend, ob sie bereits tot war oder doch noch lebendig.

Als er spürte, dass etwas Heißes, Nasses seinen Unterarm hinabrann, bemerkte er, dass er den Pappbecher mit Kaffee zerdrückt hatte.

„Soll ich Ihnen einen neuen holen?" hörte er Boyds Stimme hinter sich.

„Nein." Ry warf den Becher in einen Papierkorb und wischte sich seine Hand an der Jeans ab.

„Haben Sie mal einen Blick in den Spiegel geworfen?" Boyd nahm einen Schluck Kaffee.

„Warum?"

„Sie sehen fast wie ein Gespenst aus. Schlimmer noch."

„Ich bin zäh. Das gibt sich wieder." Als Boyd nichts darauf erwiderte, schob Ry die Hände in die Hosentaschen. „Ich hab Ihnen versprochen, dass ich aufpassen werde, dass ihr nichts passiert. Und jetzt hab ich sie fast umgebracht."

„Haben Sie?"

„Ich hab die Übersicht verloren. Dabei wusste ich doch genau, dass es nicht einfach nur Clarence war. Ich wusste, dass es einen Hintermann gab. Doch ich war so … so verstrickt in die Beziehung mit ihr. Ich bin überhaupt nicht auf die Idee gekommen, dass der Täter noch einen weiteren Feuerteufel anheuern könnte. Oder dass er die Sache gleich selbst in die Hand nehmen würde."

„Man kann nicht immer an alles denken."

„Es ist mein Job, an alles zu denken."

„Und aus der Kristallkugel zu lesen."

„Sie haben sie mir anvertraut." Seine Stimme klang rau, nicht nur wegen des vielen Rauchs, den er inhaliert hatte, sondern auch weil ihn der Gedanke schmerzte, versagt zu haben. Um ein Haar hätte seine Unvorsichtigkeit sie umgebracht.

„Ja." Boyd drehte den Kaffeebecher in seinen Händen. „Ich hab bereits einige Telefongespräche geführt. Unter anderem mit Deirdre Marks und dem Feuerwehrhauptmann." Er blickte auf Rys verbundenen Arm und schüttelte den Kopf. „Sie haben sie aus dieser Hölle gerettet."

„Das ist jetzt nicht der Punkt."

„Der Punkt ist, dass mir der Hauptmann ein klares Bild davon gezeichnet hat, dass es im Grunde genommen übermenschlicher Kräfte bedurfte, um diesem Inferno da oben lebend zu entkommen. Wofür also sollte ich Sie abkanzeln? Ich habe Ihnen meine Schwester anvertraut, und Sie haben ihr das Leben gerettet. Mehr kann man doch wirklich nicht verlangen. Danke."

Boyd warf seinen Kaffeebecher in den Papierkorb, streckte Ry die Hand entgegen und grinste.

Ry zögerte einen Moment, dann schlug er ein. „Danke ebenfalls."

„Ich vermute, Sie sind noch einige Zeit hier. Ich hab noch eine Kleinigkeit zu erledigen."

Ry kniff die Augen zusammen. „Deirdre ist Ihnen gegenüber damit rausgerückt, wer der Schuldige ist, stimmts?"

„Stimmt." Als Boyd den verärgerten Blick in Rys Augen sah, fuhr er fort: „Ihn festzunehmen ist Sache der Polizei hier in Urbana. Ihr Part, Ry, ist es, nachzuweisen, dass es in allen drei Fällen Brandstiftung war."

„Wer ist es?" stieß Ry zwischen zusammengebissenen Zähnen hervor.

„Donald Hawthorne. Es lag bereits vor zwei Tagen ein Verdacht gegen ihn vor. Wir haben daraufhin ein paar Erkundigungen über ihn eingeholt. Bankauskünfte und so weiter." Er lächelte leicht. „Manchmal zahlt es sich aus, ein Cop zu sein."

„Und Sie haben die Informationen nicht an mich weitergegeben", stellte Ry enttäuscht fest.

„Das wollte ich, sobald ich sie noch ein bisschen mehr festgeklopft hatte. Das habe ich nun, und jetzt haben Sie sie ja auch."

Ry schaute finster. „Sie sollten gut auf Hawthorne aufpassen. Wenn ich ihn in die Finger bekomme …"

„Sie brauchen nicht weiterzureden. Ich weiß genau, was Sie sagen wollen."

Natalie lag wachsbleich in den Kissen. Ry beugte sich über sie und sprach mit leiser Stimme auf sie ein. „Natalie, wir sind heil rausgekommen. Dir wirds bald wieder gut gehen. Du hast nur zu viel Rauch geschluckt, aber sonst ist alles okay. Ich will nicht, dass du jetzt sprichst, deinen Stimmbändern wirds noch eine ganze Weile hundsmiserabel gehen."

„Du sprichst doch auch", flüsterte sie.

„Ja." Und es fühlte sich jedes Mal so an, als zöge jemand ein flammendes Schwert über seinen Kehlkopf. „Genau deshalb empfehle ich dir, es nicht zu tun."

Sie schluckte schwer und zuckte vor Schmerz zusammen. „Wir sind nicht tot."

„Sieht nicht so aus." Sanft hob er ihren Kopf und hielt ihr ein Glas Wasser an die Lippen.

„Haben wir schlimme Brandwunden?"

„Wir haben überhaupt keine. An manchen Stellen ein bisschen angesengt, das ist alles."

Ein Schauer der Erleichterung überlief sie. „Ich fühle überhaupt nichts, außer …" Sie hob die Hand und befühlte die Beule an ihrer Stirn.

„Tut mir Leid, die hast du abbekommen, als ich dich über die Schulter geworfen habe. Du musst dich wohl irgendwo gestoßen haben."

Langsam sah sie sich um. „Krankenhaus?" fragte sie. Als ihr Blick auf ihn fiel, stockte ihr der Atem. Blutige Kratzer liefen über sein Gesicht, an der Schläfe trug er einen Verband, und sein rechter Arm lag in einer Schlinge. Seine Hände, seine wunderschönen Hände waren mit Mullbinden umwickelt.

„Mein Gott, Ry, du bist verletzt."

„Schnittwunden und Blutergüsse, nicht weiter schlimm. Und ein paar Brandblasen." Er lächelte sie an. „Meine Haare sind ein bisschen versengt."

Ein Hustenanfall schüttelte sie, und während sie sich verzweifelt bemühte, ihn unter Kontrolle zu bringen, betrat eine Krankenschwester das Zimmer und scheuchte Ry nach draußen.

Natalie glaubte, dass er gleich zurückkommen würde, doch sie sah ihn erst mehr als vierundzwanzig Stunden später wieder.

„Du solltest wirklich noch einen Tag länger bleiben, Natalie." Boyd schlug die Beine übereinander und beobachtete, wie sie den kleinen Koffer packte, den er ihr mitgebracht hatte.

„Ich hasse Krankenhäuser."

„Damit eins klar ist, Natalie, bevor du hier rauskommst: Ich will dein Ehrenwort, dass du dir eine volle Woche freinimmst und deine Wohnung nicht verlässt. Du musst dich wirklich erst mal richtig erholen. Mit einer so schweren Rauchvergiftung, wie du sie hattest, ist nicht zu spaßen."

„Drei Tage", versuchte sie zu handeln. Das muss reichen. Ich fühle mich schon besser."

„Eine ganze Woche und keinen Tag weniger", erwiderte er gnadenlos.

Sie gab sich geschlagen. „Also gut, eine Woche. Ich seh bloß keinen Unterschied." Sie griff nach dem Wasserglas und trank. Ihr schien es in diesen Tagen, als würde es ihr niemals gelingen, ihren Durst zu löschen. „Alles ist ein heilloses Durcheinander. Einer meiner engsten Mitarbeiter ist für drei Brände verantwortlich. Er hat eine Viertelmillion Dollar unterschlagen, und ich hab nicht mal mehr ein Büro, wo ich hingehen könnte."

„Du wirst dich früh genug um alles kümmern können. Nächste Woche. Hawthorne wird uns noch eine Menge Antworten geben müssen."

„Und das alles nur aus Besitzgier." Im Moment zu wütend, um die paar Dinge, die Boyd ihr ins Krankenhaus mitgebracht hatte, einzupacken, lief sie im Zimmer auf und ab. Dann fiel ihr etwas ein. „Wie frustriert muss er gewesen sein, als ich ihm erzählt habe, dass ich von den meisten Unterlagen, die im Lagerhaus verbrannt sind, noch Kopien habe."

„Und er war sich nicht sicher, wo du sie aufbewahrtest. Also zündete er das nächste Gebäude an in der

Hoffnung, dass es diesmal geklappt hatte. Das Büro war sein letzter Streich. Und der verzweifeltste. Weil er ihn selbst durchführen musste. Als wir ihm nach der Festnahme erzählten, dass du und Ry bei dem Brand fast umgekommen wäret, bekam er einen Riesenschreck und legte auf der Stelle ein Geständnis ab."

„Ich habe ihm vertraut", murmelte Natalie. „Es ist mir unbegreiflich, wie ich mich in einem Menschen derart täuschen konnte." Sie sah zur Tür.

„Schön, Sie zu sehen, Ry." Boyd beschloss, Rys Erscheinen als Stichwort zu nehmen, um schnell und diskret zu verschwinden.

Ry nickte ihm zur Begrüßung zu und wandte sich dann an Natalie. „Warum bist du nicht im Bett?"

„Ich gehe nach Hause."

„Du bist noch nicht so weit."

„Entschuldigt mich. Ich brauch dringend eine Tasse von diesem fürchterlichen Kaffee." Damit schlüpfte Boyd zur Tür hinaus.

Weder Natalie noch Ry nahmen es zur Kenntnis. Sie begannen bereits, sich ein neues Wortgefecht zu liefern.

„Ich wusste gar nicht, dass Sie auch Ihren Doktor der Medizin gemacht haben, Inspector."

„Ich weiß, in welchem Zustand du warst, als du hier eingeliefert wurdest."

„Nun, da du dich seitdem nicht mehr hast blicken lassen, hast du eben auch meine raschen Fortschritte nicht mitbekommen."

„Ich hatte eine Menge Dinge zu klären", verteidigte er sich. „Und du brauchtest dringend Ruhe."

„Davon hab ich mehr als genug gehabt."

Er streckte ihr den Blumenstrauß hin, den er mitgebracht hatte. „Jetzt bin ich hier."

Sollte sie es ihm wirklich so leicht machen? Und warum eigentlich sollte sie ihn nicht noch ein bisschen bezahlen lassen als Strafe dafür, dass er versucht hatte, sie aus dem lächerlichsten aller Gründe loswerden zu wollen?

Er warf den Strauß aufs Bett. „Ich werde mit dem Arzt sprechen."

„Das wirst du mit Sicherheit nicht tun. Und genauso wenig brauche ich deine Einwilligung, um das Krankenhaus zu verlassen."

Sie maßen sich mit Blicken.

„Dutzende von Leuten sind hier aufgetaucht, nur du hast es offensichtlich nicht für nötig befunden …"

„Ich hatte zu tun", stellte er klar. „Ich wollte so schnell wie möglich alle Beweise gegen diesen Scheißkerl zusammentragen. Das war doch alles, was ich tun konnte. Am liebsten würd ich ihn umbringen, diesen verdammten Dreckskerl."

Ihr lag eine heftige Entgegnung auf der Zunge, doch sie hielt sie zurück, als sie den finster entschlossenen Ausdruck auf seinem Gesicht sah. „Hör auf damit. Ich will nicht, dass du so sprichst." Sie warf ihren Morgenmantel in den Koffer.

„Ich wusste doch gar nicht, ob du überhaupt noch lebst." Er drehte sie zu sich herum, und seine Finger gruben sich in ihre Schultern. „Du hast dich überhaupt nicht mehr bewegt. Und ich konnte nicht erkennen, ob du noch atmest." In einer starken Gefühlsbewegung zog er sie zu sich heran und vergrub sein Gesicht in ihrem Haar. „Mein Gott, Natalie, ich hatte noch niemals in meinem Leben so entsetzliche Angst."

Jetzt wurde sie weich und legte tröstend den Arm um ihn. „Ach komm, denk einfach nicht mehr daran, ja?"

„Das hab ich versucht, bis du gestern Morgen aufgewacht bist. Doch seitdem kann ich an überhaupt nichts anderes mehr denken." Er rang um Fassung und trat einen Schritt beiseite. „Tut mir Leid."

„Es tut dir Leid, dass du mir das Leben gerettet hast? Dass du dein eigenes riskiert hast, um mich zu schützen? Du hast mich mit deinem Körper vor der Explosion geschützt. Du hast mich durchs Feuer getragen." Sie sah, dass er sie unterbrechen wollte, und schüttelte schnell den Kopf. "Erzähl mir jetzt nicht, du hast nur deinen Job gemacht. Nein, was du getan hast, war wirklich heldenhaft, denn du hast dabei dein Leben aufs Spiel gesetzt."

"Ich liebe dich, Natalie."

Ihr Herz wurde groß und weit, und sie drehte sich um, um den Blumenstrauß, den er aufs Bett geknallt hatte, zusammenzusammeln. Es war an der Zeit, aufzuhören zu kämpfen. Sie hatten überlebt. "Du hast es schon einmal beiläufig erwähnt, bevor wir unterbrochen wurden."

"Da gibts noch was, das ich hätte erwähnen sollen. Warum ich dich loswerden wollte."

Sie zupfte an einer der großen gelben Blüten herum. "Du hast alle Gründe aufgezählt."

"Die Ausreden hab ich aufgezählt, nicht die Gründe. Würdest du mich vielleicht wenigstens ansehen, wenn ich schon hier vor dir zu Kreuze krieche?"

Sie versuchte ein Lächeln. "Ist nicht mehr notwendig, Ry."

"Doch, ist es. Du hast noch nicht entschieden, mir eine zweite Chance zu geben." Er streckte die Hand aus und schob eine Haarsträhne hinter ihr Ohr. „Ich hatte Angst. Angst um mich, Angst um dich, um uns. Ich konnte es einfach nicht zugeben. Nicht, bis ich sah, was es wirklich war, vor dem ich Angst hatte. Angst, die durch Mark und Bein ging." Er sah sie an und fuhr dann weiter fort. „Es macht Angst zu lieben. Man kommt sich ausgeliefert und schwach vor. Ja, ich hatte Angst vor der Liebe. Und deswegen hab ich mich so blöd benommen."

„Ich auch. Ich hatte auch Angst. Und hab mich auch blöd benommen." Doch gleich darauf blickte sie ihn wieder kampfeslustig an und ergänzte: „Aber du natürlich noch viel blöder."

Er sah sie ruhig an. „In meinem ganzen Leben hab ich niemals für einen Menschen etwas Ähnliches empfunden wie für dich. Für niemanden."

„Ich weiß." Sie holte zitternd Luft. „Mir gehts doch genauso."

„Gibst du mir eine zweite Chance?"

Sie sah ihn an, sah sein markantes Gesicht, die rauchgrauen Augen, das ungebändigte Haar, und lächelte. „Ich weiß dich natürlich sehr zu schätzen, ebenso wie ich es zu schätzen weiß, dass du mir das Leben gerettet hast." Ein bisschen musste sie ihn schließlich noch auf die Folter spannen. Doch dann wurde ihr Lächeln strahlend. „Nun, ich nehme an, ich sollte uns beiden noch mal eine Chance geben."

„Willst du mich heiraten?"

Vor Überraschung fiel ihr der Blumenstrauß aus den Händen. „Verzeihung, wie bitte?"

„Ich denke, die Sterne stehen im Moment günstig, um mein Glück etwas herauszufordern, da du gerade in so großzügiger Stimmung bist." Um seine Verlegenheit zu überspielen, bückte er sich schnell und hob die Narzissen auf. „Doch es eilt nicht so."

Sie räusperte sich. „Würdest du deine Frage bitte noch mal wiederholen?"

Es dauerte einen Moment, bis er seine Sprache wieder gefunden hatte. Was er im Moment trieb, war riskant. Er hatte sein Schicksal in ihre Hände gelegt.

„Willst du mich heiraten?"

„Ich wäre glatt dazu imstande." Sie holte tief Luft und warf sich lachend in seine Arme. „Ja, ich wäre tatsächlich dazu imstande."

„Jetzt endlich hab ich dich." Wie benommen vergrub Ry sein Gesicht in ihrem Haar. „Mein Gott, Legs, jetzt endlich hab ich dich." Dann küsste er sie.

„Ich möchte Kinder", erklärte sie, nachdem sie wieder sprechen konnte.

„Du machst jetzt keinen Spaß?" Mit einem Grinsen

schob er ihr eine Haarsträhne aus dem Gesicht und sah ihr in die Augen. „Ich auch."

„Siehst du jetzt, wie gut wir zusammenpassen?"

Er riss sie an sich und schwenkte sie durch die Luft. „Was würdest du sagen, wenn wir gleich, nachdem wir zu Hause sind, damit anfangen?"

Er ließ sie herunter, und sie schloss ihren Koffer. „Das heißt dann, von heute an noch neun Monate. „Sie gab ihm einen Kuss auf die Wange. „Und du weißt ja, ich bin immer pünktlich."

– ENDE –

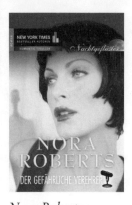

Nora Roberts
Nachtgeflüster 1
Der gefährliche Verehrer
Band-Nr. 25126
6,95 € (D)
ISBN: 3-89941-165-X

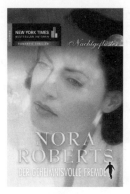

Nora Roberts
Nachtgeflüster 2
Der geheimnisvolle
Fremde
Band-Nr. 25133
6,95 € (D)
ISBN: 3-89941-172-2

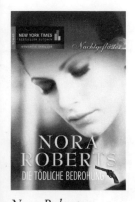

Nora Roberts
Nachtgeflüster 3
Die tödliche Bedrohung
Band-Nr. 25146
6,95 € (D)
ISBN: 3-89941-185-4

*Deutsche Erstveröffentlichung
Dieser Roman erscheint im Dezember 2005*

Nora Roberts
Nachtgeflüster 5
Die riskante Affäre
Band-Nr. 25161
6,95 € (D)
ISBN: 3-89941-200-1

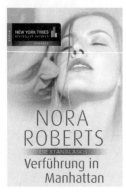

Nora Roberts
Die Stanislaskis 2
Verführung in Manhattan
Band-Nr. 25125
6,95 € (D)
ISBN: 3-89941-164-1

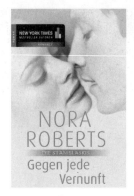

Nora Roberts
Die Stanislaskis 3
Gegen jede Vernunft
Band-Nr. 25132
6,95 € (D)
ISBN: 3-89941-171-4

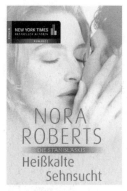

Nora Roberts
Die Stanislaskis 4
Heißkalte Sehnsucht
Band-Nr. 25144
6,95 € (D)
ISBN: 3-89941-183-8

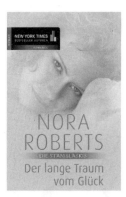

Nora Roberts
Die Stanislaskis 5
Der lange Traum
vom Glück
Band-Nr. 25152
6,95 € (D)
ISBN: 3-89941-191-9

Sandra Brown

Nur wer Liebe lebt

Jennys Gefühle für Bruce Hendren sind aufregend, prickelnd – und verboten. Denn alle in der strengen Pfarrersfamilie, die sie aufgenommen hat, erwarten von ihr, dass sie seinen Bruder Hal heiratet ...
Band-Nr. 25154
6,95 € (D)
ISBN: 3-89941-193-5

Jennifer Crusie

Manche mögen's richtig heiß

Zwei aufregende Liebesromane aus Jennifer Crusies bewährter Feder – prickelndes Lesevergnügen pur!

Band-Nr. 25155
6,95 € (D)
ISBN: 3-89941-194-3

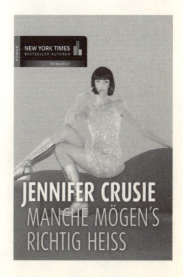

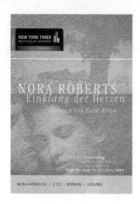

Nora Roberts

Einklang der Herzen
Hörbuch

Band-Nr. 45001
3 CD's nur 9,95 € (D)
ISBN: 3-89941-206-0

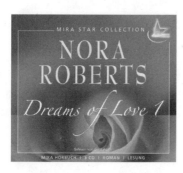

Nora Roberts

Dreams of Love 1
Rebeccas Traum
Hörbuch
Band-Nr. 45003
3 CD's nur 9,95 € (D)
ISBN: 3-89941-219-2

Nora Roberts

Ein Meer von
Leidenschaft
Hörbuch

Band-Nr. 45004
4 CD's nur 10,95 € (D)
ISBN: 3-89941-220-6